Berlin

ARMIN ÖHRI

Die dunkle Muse

DIE KUNST DES MORDENS Berlin, 1865. Die Stadt ächzt unter der Hitze des Sommers, und mit Spannung verfolgen die Bürger der Stadt den neuesten Kriminalfall: Professor Botho Goltz soll eine Gelegenheitshure bestialisch ermordet haben. Alle Beweise sprechen gegen den angesehen Gelehrten, und so wird er vor Gericht gestellt. Julius Bentheim, ein junger Student der Rechte, der sich sein Zubrot als Tatort- und Gerichtszeichner verdient, verfolgt den Fall aus nächster Nähe. Bald wird klar: Nichts ist so offensichtlich, wie zu Beginn von der Staatsanwaltschaft vermutet, und der vermeintliche Mörder führt die Justiz an der Nase herum. Julius muss erkennen, dass der geniale Professor eine undurchsichtige Strategie verfolgt, an deren Ende die Kapitulation des preußischen Rechtsapparats stehen könnte …

Der Liechtensteiner Autor Armin Öhri wurde 1978 geboren. Er lebt in Grabs im St. Galler Rheintal. Seit mehreren Jahren ist er im Bildungswesen tätig und arbeitet an einer Berufs- und Handelsschule. Mit »Sinfonie des Todes«, geschrieben mit der Autorin Vanessa Tschirky, gab er sein Debüt im Gmeiner-Verlag.

Bisherige Veröffentlichungen im Gmeiner-Verlag:
Sinfonie des Todes (2011)

ARMIN ÖHRI

Die dunkle Muse

Historischer Kriminalroman

GMEINER Original

Besuchen Sie uns im Internet:
www.gmeiner-verlag.de

Im Ehnried 5, 88605 Meßkirch
Telefon 07575/2095-0
info@gmeiner-verlag.de

1. Auflage 2012

Lektorat: Claudia Senghaas, Kirchardt
Herstellung: Julia Franze
Umschlaggestaltung: U.O.R.G. Lutz Eberle, Stuttgart
unter Verwendung des Bildes »Frau in der Badewanne« von Edgar Degas; http://commons.wikimedia.org/wiki/File:Edgar_Germain_Hilaire_Degas_032.jpg
Druck: GGP Media GmbH, Pößneck
Printed in Germany
ISBN 978-3-8392-1295-0

Für Wilkie

Herbei, herbei, der Tag bricht an,
Der Tag voll Furcht und Schrecken,
Der Tag, der alles auf die Bahn
Wird bringen und entdecken.
Der Tag des Grimms, der Tag des Zorns,
Der Tag der ernsten Rache,
Der Tag des Stachels und des Dorns,
Der ungerechten Sache.

(Angelus Silesius: ›Das jüngste Gericht‹)

Erstes Kapitel

Den Tag ihrer Ermordung begann Lene Kulm auf gewohnte Art und Weise. An jenem 12. Juli des Jahres 1865 schlief sie bis 11 Uhr und machte sich dann auf den Weg zum Schlachthof, wo sie bis in den späten Nachmittag hinein die wertlosen Knochen und Sehnen der abgestochenen Schweine und Kühe einsammelte und in massiven Eisenkübeln entsorgte. Es war eine üble, schlecht bezahlte Tätigkeit. Aber der Arbeitsplatz wurde ihr von niemandem streitig gemacht, und das Geld brauchte sie für ihre Wohnungsmiete. Lene war jung, knapp über die 20 hinaus. Sie sah nicht so verlebt aus, wie es ihr Lebenswandel vermuten ließ, und mit ihrem ovalen Gesicht und den dunkelgrünen Augen konnte man sie sogar als hübsch bezeichnen.

Mechanisch sammelte sie die Reste auf, die von den Schlachtern übrig gelassen worden waren, und bespritzte die Eisengitter am Boden mit frischem Wasser. Rötliche Seen bildeten sich um die Abflussrohre. Einige ihrer Arbeitskollegen wechselten ein paar Worte mit ihr, doch Lene nickte bloß geistesabwesend. Das in die Kanalisation rinnende Tierblut erinnerte sie an die Wortgefechte der letzten beiden Nächte. Wie immer, wenn sie ihre Regelblutung hatte, wurde sie von ihrem Freund beleidigt, verprügelt und gedemütigt. Sie dachte wehmütig an den Abend, an die Zeit nach Sonnenuntergang, wenn sie versuchen würde, ein paar Freier anzuwerben.

Naturgemäß war ihr zweites Einkommen während

ihrer Menstruation geschmälert. Doch es fanden sich immer wieder Kunden, die weniger wählerisch waren. An diesem Tag nahm sie ihr Abendbrot in einer verrauchten Kaschemme ein. Als sie bezahlt hatte, suchte sie den Abort auf, um sich frisch zu machen. Der Vorraum war eng und besaß nicht einmal einen Spiegel über dem Waschbecken. Lene griff in ihre linke Rocktasche und zog einen Taschenspiegel, eine Quaste und eine billige Puderdose hervor. Sie schminkte sich hinreichend und öffnete die oberen Knöpfe ihrer Bluse. Mit fahrigen Bewegungen zupfte sie an ihrem Unterhemd, bis der Graben zwischen ihren Brüsten deutlich zu sehen war. Daraufhin bewegte sie die Schultern, erst nach rechts, dann nach links, und vergewisserte sich, dass die Warzenvorhöfe sichtbar, die Brustwarzen selbst aber bloß zu erahnen waren.

Sie beugte sich vor, um sich davon zu überzeugen, dass ihre Bauchpartie verdeckt war, falls das Unterhemd verrutschte. Niemand sollte die Blutergüsse bemerken; sie würden die Kunden nur abschrecken. Gregor, ihr Freund, schlug sie meist so, dass man die Verletzungen nicht sah. Naiv und geistlos, wie sie war, liebte sie ihn in ihrer Unbedarftheit sogar für diese Umsicht.

Lene Kulm betrachtete ihr Spiegelbild. Unmerklich nickte sie, als sie fand, dass ihr Aussehen für diesen Abend seinen Zweck erfüllen würde.

Nachdem sie die Kneipe verlassen hatte, schlug sie den Weg zur Spree ein. Sie schlenderte den Damm entlang, bis sie zum Friedrichswerder gelangte. Neben dem würfelförmigen Gebäude der Bauakademie standen früher die Packhöfe und einige Bürgerhäuser, doch Karl Friedrich Schinkel, der berühmte Architekt, hatte sie abreißen lassen. Im Lichtkreis einer Laterne hielt Lene inne. Ihre Beine taten weh und sie rieb sich die Unterschenkel. Links lag der Fluss mit seinen vertäuten Lastkähnen, rechts erhoben sich die Fassaden einiger Mietshäuser, geradeaus erblickte die junge Frau die Akademie. Sie mochte diesen modernen Stil nicht. Der viergeschossige Komplex mit seinen geometrisch angeordneten Fenstern ließ sie an das Rastersystem amerikanischer Straßen denken. Sie war noch nie aus Berlin herausgekommen, doch genau so kühl und unnahbar stellte sie sich die fortschrittliche Neue Welt vor. Der einzige Grund, diesen Platz aufzusuchen, war der Park, dessen Sträucher und Bäume ausreichend Schutz boten, damit Lene ihrer Arbeit nachgehen konnte.

Die Dämmerung hatte eben erst eingesetzt und Lene spazierte den Damm auf und ab. Hin und wieder warf sie einen Blick auf das ruhig fließende Gewässer. Sie war selten Stimmungen unterworfen, aber an diesem Abend erwartete sie mit Ungeduld das Einbrechen der Nacht. Viel zu viele Passanten waren noch unterwegs, viel zu viele Fenster an den Backsteingebäuden noch erleuchtet.

Eine Gruppe junger Männer kam ihr entgegen – es mochten wohl Studenten sein. Sie waren ausgelassen und pfiffen ihr nach. Einige Damen mit Krausen und Bordüren an ihrer eleganten Kleidung flanierten vorbei und rümpften die Nase. Lene sah gleichgültig an sich hinab. Ihr Busen wogte verheißungsvoll im Unterhemd. Nach einer halben Stunde, als die Wege sich allmählich leerten, machte sie kehrt und bummelte zurück zum Park. Nicht mehr lange, und lichtscheues Gesindel würde sich dort einfinden.

Die Nacht war mild. Ein angenehm warmes Lüftchen kräuselte die Spree. Auf dem Gehweg kam ihr ein untersetzter Mann mit breitem Brustkorb entgegen. Sie hob spielerisch den Rock, bis er ihre Knie entblößte, und ließ ihn wieder fallen. Der Fremde schien Interesse zu bekunden, denn er verlangsamte die Schritte. Lene trat aus dem Lichtkegel und zog sich zu einem dichten Ligusterstrauch zurück.

Der Mann folgte ihr.

»Wie viel?«, flüsterte er. Als er sprach, stieg ihr seine Alkoholfahne in die Nase.

»Fünf Silbergroschen.«

»Das ist billig«, bemerkte er überrascht.

»Es gibt auch nicht das volle Programm.«

»Große Wäsche, was?« Er brummte missmutig. Nichtsdestoweniger besah er sich ihr Gesicht genauer, während er eine Hand in ihren Ausschnitt gleiten ließ. »Eine prächtige Auslade haste ja«, meinte er, als er ihr warmes Fleisch knetete. »Na, wir wollen ma nich so sein. Hier haste was.«

Sie steckte die Münzen ein, nahm den Kunden bei der Hand und führte ihn durchs Gebüsch an die Vorderfassade der Akademie. Verhaltenes Stöhnen in der Nähe zeigte an, dass dort noch mehr Paare miteinander beschäftigt waren. Lene Kulm hielt auf eines der Fenster zu, von dem sie wusste, dass es abends mit Eisenjalousien verschlossen war, und setzte sich aufs Fensterbrett. Behände ließ sie die Träger ihres Kleides von den Schultern gleiten, damit die plumpen Arbeiterhände des Freiers ihre Brüste betasten konnten.

Sie nestelte an seiner Hose herum, einer Schreinerhose aus verschlissenem Stoff, und öffnete den Latz. Ihre Handgriffe waren fest, zupackend und von liebloser Mechanik. Der Arbeiter seufzte leise, als er sich nach wenigen Augenblicken über ihre Finger ergoss. Brüsk schob er die Dirne von sich und knöpfte sein Gewand zu. Lene wischte die Hand am Rasen ab und folgte dem Freier, der schon wieder den Gehsteig erreicht und grußlos seinen Heimweg angetreten hatte.

Sie nahm sich fest vor, an diesem Abend noch mindestens zwei weitere Kunden zu bedienen, und tatsächlich dauerte es nicht lange, bis sie ihr Soll erfüllt hatte. Zufrieden spürte sie das Gewicht der Münzen, die sie am Körper trug, als sie ihre Schritte zur Marienburger Straße lenkte. Vor dem Eingang einer mehrgeschossigen Mietskaserne blieb Lene schließlich stehen. Sie schloss die Tür auf und betrat das düstere Treppenhaus. Lediglich durch die Dachfenster im obersten Stock drang ein fahler Lichtschein herein. Die spärlichen Gaslaternen funktionierten ohnehin nie.

Der Dirne gefiel es, eine Unterkunft in einem Gebäude gefunden zu haben, dessen Fassade reich mit Stuck verziert war. Zwar wohnten sie und ihr Freund nicht im Vorderhaus, sondern hatten sich in einer Mansarde im Seitenflügel eingemietet, aber der äußere Schein war es, der für Lene zählte. Unter solchen Gedanken bog sie im Flur in das Durchgangszimmer ab, das zu den allgemein zugänglichen Stuben des Seitenflügels führte. Von dort überquerte sie einen Innenhof, ging an der Remise vorbei, aus der das Wiehern von Pferden drang, und betrat das Hinterhaus.

Lene überlegte, wie viele Mieter wohl in diesem

Moment gerade miteinander schliefen. Es konnten einige sein. Der Gebäudekomplex war groß und verschachtelt, die Wohnungen beengt und überfüllt. Dennoch war hier die Situation noch relativ erträglich. Eine Arbeitskollegin aus dem Schlachthof wohnte nur ein paar Straßen weiter, und dort hausten die Leute sogar auf den Fluren. Wohnungsnot macht erfinderisch. So manch einer vermietete Matratzen. Beinah im Schichtbetrieb teilte man sich die Schlafstellen.

Im Dachgeschoss angekommen, öffnete Lene Kulm die Tür zu einem separaten Wohnabteil. Am Boden lag eine abgescheuerte Fußmatte. An einer Gardinenschnur, die durch die Wand zu einer Glocke führte, hing ein Rehfuß. Geradeaus endete der kleine Flur bei einem Lichtschacht. An Seilen baumelten Papiertüten von der Decke, in denen sie getrocknete Kräuter aufbewahrte. Zu beiden Seiten führten Türen zu den Mansarden. Die rechte Wohnung bewohnte sie mit ihrem Freund Gregor; den Mieter der anderen, einen feisten, rotbärtigen Mann, der viel zu elegant gekleidet war für dieses Milieu, sah sie nur sporadisch.

»Was der wohl hier zu suchen hat?«, hatte Lenes Freund sie vor ein paar Tagen gefragt.

»Er ist reich. Sieh dir doch nur mal seine Kleidung an. Vielleicht ist die Dachwohnung hier sein kleines Geheimnis.«

»Du meinst, er bringt seine Weiber hierher?«

»Oder seine Männer.«

»Ja, oder seine Männer«, hatte Gregor wiederholt und hämisch gegrinst.

Lene lächelte bei dem Gedanken an dieses Gespräch

und blieb vor der Fensterbank des Lichtschachts stehen. Die Scheibe war zersplittert, sodass ein milder Lufthauch hereinwehte. Sie öffnete das Fenster und spähte in die Tiefe, die ihr wie der gurgelnde Rachen eines Ungeheuers vorkam. Ausnahmsweise war nichts zu spüren von den Gerüchen, die sonst von den vermodernden Abfällen der Hausbewohner ausgingen. In den unteren Etagen beschwerten sich die Leute ständig darüber, dass der Kehricht aus den oberen Stockwerken einfach im Lichtschacht verschwand.

Lene überlegte einen Moment, dann zuckte sie die Achseln. Kurz entschlossen wühlte sie sich durch mehrere Schichten Unterröcke und löste die Riemen ihres Hygienegurts, den sie um Bauch und Beine geschnallt hatte. Nach einigen Handgriffen zog sie einen wollenen Lappen hervor, auf welchem die mit Menstruationsblut verklebten Moosballen lagen. Sie übergab die Binde dem Schacht und vernahm noch, wie sie an die Wand klatschte, bevor sie von der Schwärze des Schlundes verschluckt wurde.

Ihre Mutter hatte stets versucht, ihr die überalterte Gepflogenheit einzubläuen, sich während der Periode nicht zu waschen. Doch der Geruch von zersetztem Blut war Lene ein Gräuel. Nachdem sie die Hand prüfend an die Nase gehalten hatte, wischte sie sie am Fensterbrett ab und wich einen Schritt zurück, um das Fenster zu schließen. Der Rahmen krächzte ein wenig und in den Scherben spiegelte sich die von hinten beleuchtete Silhouette eines Mannes wider. Kaleidoskopartig formten die Glassplitter eine Fratze mit roten Haaren und feurigem Bartwuchs.

Erschrocken fuhr Lene herum.

Im Türrahmen der Nachbarmansarde stand eine korpulente, in einen vornehmen Herrenanzug gewandete Person. Die graue Hose mit den anknöpfbaren Hosenträgern besaß die gleiche Farbe wie der lange Gehrock, während die Weste des Mannes aus gemusterter Seide das elegante Bild vervollständigte. Einzig das wulstige Gesicht des Fremden war mit seinem galligen Teint nicht eben dazu angetan, Vertrauen einzuflößen. Sogar die Augen wirkten eher lüstern statt lebhaft. Doch als er die Stimme erhob, war sie sanft und schmeichelnd und nahm Lene die Befangenheit.

»Verzeihen Sie mein stilles Einmischen in Ihre persönlichen Angelegenheiten, wertes Fräulein Kulm«, begann der Mann. »Ich hätte mich bemerkbar machen sollen. Ein unverzeihlicher Fehler. Habe ich Sie erschreckt?«

Wortlos schüttelte Lene den Kopf. Sie fühlte sich unwohl, ertappt, und irgendwie genierte sie sich vor diesem geschmackvoll gekleideten Herrn von Welt.

»Sie sind Fräulein Kulm, ich gehe doch richtig in der Annahme?« Seine fleischigen Backen verzogen sich, während er lächelnd an sie herantrat. In der Hand hielt er ein dunkelbraunes Bündel, wohl ein altes Kleidungsstück, das er an den Jackenärmeln zusammengeknotet hatte. Verschwörerisch zwinkerte er ihr zu, als er das Fenster noch einmal aufschwang und das Stoffpaket aufs Fensterbrett stellte. »Wir haben alle unser Geheimnis, nicht wahr, Fräulein Kulm? Sie verraten mich nicht, und ich verrate Sie auch nicht. Abgemacht?«

Die Dirne nickte. Sie betrachtete die zerknüllte Jacke. Ihr Freund besaß das gleiche Modell, fuhr es ihr durch den Kopf, als der Mann dem Bündel einen Schubs gab und es in den Schlund beförderte.

Als ihr Nachbar das Fenster wieder schloss, fiel ihr flüchtiger Blick auf die längliche Holzkante und es war ihr, als wäre sie in rötliche Farbe getaucht. Instinktiv hob sie die Hand, um zu prüfen, ob Blut zu erkennen war.

Doch als sich der Mann in seiner gestelzten Sprache ein weiteres Mal entschuldigte, holte er sie wieder in die Wirklichkeit zurück: »Wertes Fräulein, ich bitte nochmals um Vergebung. Es geziemt sich nicht, die Leute zu verunsichern, ich weiß. Ich bin unverbesserlich. Und dennoch muss ich Sie – selbst zu so später Stunde – noch um zwei Gefallen bitten. Sehen Sie, Fräulein Kulm, ich war heute Nachmittag bei ihrem werten Verlobten zu Gast.«

»Bei Gregor?«

»Exakt, bei Herrn Gregor Haldern. Sie müssen wissen, ich war in Verlegenheit, ich hatte kein Messer.«

»Kein Messer?« Die Situation kam ihr immer grotesker vor.

Der Mann kraulte sich die roten Barthaare. Mit seinem imposanten Äußeren erinnerte er an den alten Stauferkaiser Barbarossa. »Beginnen wir doch von vorn, Fräulein Lene«, meinte er gutmütig und eine Nuance vertrauter, als er ihr die Hand reichte. »Gestatten, mein Name ist Botho Goltz, meines Zeichens Professor der Philosophie. Wie gesagt, heute Nachmittag war ich in Nöten. Sie müssen wissen, ich habe unten beim Schlachter um die Ecke ein prächtiges, saftiges Nierstück erstanden. Da ich neulich erst eingezogen bin, ist meine Mansarde noch unvollständig eingerichtet. Teller, Gläser, sogar eine

Bratenplatte für den eisernen Gussofen – alles vorhanden. Lediglich das Besteck fehlt noch. Deshalb habe ich bei Herrn Haldern geklopft, um mir ein Messer auszuleihen, mit dem ich das Filet tranchieren konnte. Warten Sie bitte einen Moment, Fräulein Lene.«

Er wandte sich um und verschwand in seiner Mansarde. Draußen im Flur vernahm die Frau ein Rascheln und Stühlerücken. Als der Professor zurückkam, hielt er ein längliches, mit Zeitungspapier umwickeltes Päckchen in den Händen. Es waren Seiten des meistgelesenen deutschen Presseerzeugnisses, nämlich der Allgemeinen Zeitung, wie Lene erkennen konnte.

»Ich hatte kein Wasser mehr, um die Klinge zu reinigen«, entschuldigte sich Goltz.

»Schon gut. Das macht nichts.«

Er reichte ihr das eingewickelte Messer und geraume Zeit standen sie wortlos voreinander. Der Dirne war es, als werde sie von dem Mann gemustert.

»Sie haben vorhin von zwei Gefallen gesprochen«, brach sie schließlich das Schweigen, als es ihr zu unbehaglich wurde.

»Richtig, ja. Nun, wie soll ich das erklären, Fräulein Kulm? Meine zweite Bitte ist ungleich delikater. Es ist schwierig, die passenden Worte zu finden.«

»Tun Sie sich keinen Zwang an, Herr Professor.«

»Sie haben sich bestimmt schon gefragt, warum ein Mann wie ich in eine solche Gegend zieht, die seinem Stand nicht angemessen erscheint? Damit will ich Sie und Ihren Herrn Verlobten natürlich in keiner Weise kränken.«

»Natürlich nicht«, bestätigte Lene naiv.

»Der Grund hierfür ist in der menschlichen Natur zu suchen, die leider Gottes nicht immer aufs Beste bestellt ist. Wir Menschenkinder sind den Trieben unterworfen. Eine meiner hervorragendsten Eigenschaften ist die Lust. Dies kann ich eingestehen. Allein meine Statur verrät Ihnen, dass ich gern esse und guten Wein nicht verachte. Doch damit nicht genug, ich weiß auch schöne Frauen zu würdigen. Und gerade Sie, Fräulein Lene, sind eine ausgesprochen schöne Frau.«

Sie errötete leicht. Dass er zu einer persönlicheren Anrede übergegangen war, schien sie nicht einmal zu bemerken.

»Ich? Aber nicht doch, Herr Professor.«

»Doch, doch, Lene. Einzig Ihre Nähe habe ich gesucht. Sie sind mir aufgefallen. Und genieren Sie sich nicht, meine Kleine, ich weiß um Ihre heimlichen Einkünfte.«

Der Hure dämmerte es allmählich, worauf der Dicke hinauswollte. Die Männer sind doch alle gleich, dachte sie und verschränkte die Arme vor der Brust. Kaum sehen sie ein hübsches Ding, denken sie nicht mehr mit dem Kopf. Aber eher soll er von mir 100 Schläge auf seine fette, rote Gesichtsgurke bekommen, als dass ich 100 Silbergroschen dafür annehme, mit ihm ins Bett zu gehen. Das wäre ja noch schöner, wenn ich mich schon mit den Nachbarn einließe.

Unbeirrt von ihrer abweisenden Haltung fuhr Botho Goltz fort: »Lene, ich gäbe viel dafür, gemeinsam mit Ihnen dem Eros zu opfern, Sie auf den Altar zu legen und Ihren makellosen Körper in einer Mysterienfeier kultisch zu verehren. Aber diese Zeiten sind leider längst vorbei … Und dennoch, Lene, ich will Sie. Noch heute, noch diese Nacht.«

»Ich bin verlobt«, brachte sie leise hervor.

»Und ich habe schon mit Herrn Haldern über mein Ansinnen gesprochen.«

»Sie haben was?«

»Gehen Sie hinein, Lene, werfen Sie einen Blick auf die Kommode in Ihrer Mansarde. Dort liegt die erste Anzahlung für unsere Liebesnacht. Ihr Freund war so gütig, meinem Anliegen einen positiven Bescheid zu geben.«

»Positiver Bescheid?«, wiederholte sie ungläubig. Sie drehte sich um, drückte die Klinke und betrat ihre Mansarde. Auf der Abstellfläche der Kommode erkannte sie ein Bündel Banknoten. Aus dem Nebenzimmer drangen Gregors Schnarchgeräusche.

»So viel Geld«, entfuhr es ihr.

»Und es gibt noch mehr«, flüsterte eine Stimme hinter ihr. Der rothaarige Mann war näher getreten. Er fletschte die Zähne und fuhr sich mit der Zunge über die Lippen. »Komm, Lene, komm mit mir.«

»Ich will mich noch frisch machen.«

Sein Gesicht verfinsterte sich und ein Anflug von Zorn legte seine Stirn in Falten. »Nein, nicht nötig!«, beschied er sie brüsk. Einer inneren Eingebung folgend verbesserte er sich jedoch schnell: »Nein, Lene, komm einfach mit mir.«

Sie legte die Scheine zurück, ohne sich weiter Gedanken zu machen, und platzierte das Messer daneben. Ein Lächeln huschte über das Gesicht ihres Nachbarn, als er die Frau an der Hand hinüber in seine Wohnung führte. Die Mansarde war praktisch identisch mit jener von

Lene, nur spiegelverkehrt. Die Wandverzierung bestand aus Paneelen, verschlissene Zitzgardinen hingen vor dem Gaubenfenster, das wohl auch tagsüber nur wenig Licht hereinließ. Möbel gab es fast keine. Nachdem Goltz eine Lampe entzündet hatte, fiel Lenes prüfender Blick auf einen Tisch, einen Stuhl und eine Matratze, die als Schlafstätte diente. Neben dem gusseisernen Ofen stand eine flache Wanne am Boden, die zu einem Drittel mit einer dunklen Flüssigkeit angefüllt war. Wahrscheinlich hatte Goltz hier die blutigen Nierstücke zugeschnitten.

»Sie wissen, dass ich menstruiere«, bemerkte sie.

»Es ist mir nicht entgangen.«

»Und das stört sie nicht?«

»Es gibt auch noch andere Möglichkeiten, Genuss zu finden.«

Lene nickte. Nur zu gut waren ihr die abartigen Wünsche ihrer Freier bekannt. Doch alles hatte seinen Preis, und der Professor hatte eindeutig den richtigen gefunden. Während sie sich ihrer Kleider entledigte, zählte Goltz die gleiche Anzahl Scheine ab, wie als Anzahlung auf ihrer Kommode lag, wickelte sie in Wachstuch und deponierte sie auf dem Tisch. Grinsend näherte er sich ihr und zitierte geheimnisvoll: »Animula vagula blandula.«

Sie lächelte scheu, aber verstand kein Wort. Es war Latein, das wusste sie, denn diese fremden Laute hatte sie schon einmal in einem Gottesdienst bei den Katholiken gehört.

Er griff ihr mit seiner Pranke an die Brust und umspielte die Warze mit den Fingern. Selbst auf seiner Hand wuchsen rote Haare. Sie unterdrückte den in ihr aufsteigenden

Ekel, indem sie krampfhaft versuchte, an etwas anderes zu denken. Blumen kamen ihr in den Sinn, ein Ausflug, den sie als Kind mit Bekannten gemacht hatte, der Eindruck, den breiten, gestampften Kiesweg der Promenade Unter den Linden unter den Füßen zu spüren …

Lene Kulm ließ sich auf die Knie nieder und reckte dem Mann ihr Hinterteil entgegen. Den Kopf bettete sie seitlich mit der Wange auf ein Kissen, sodass sie ihren Freier aus den Augenwinkeln beobachten konnte. Er zog sich aus. Unwillkürlich musste sie schmunzeln, als sie den Penis sah, der wie der unförmige Stundenzeiger einer Standuhr nach oben gerichtet war. Sie versuchte sich zu entspannen, als Botho Goltz ans Werk ging. Als er wie ein Berserker wütete, sich hin und her bewegte, ihre Hüfte umkrallte und sich schließlich keuchend ganz auf sie fallen ließ, litt sie Qualen. Sein glitschiger Körper, die Brust und sogar der tonnenförmige Bauch waren von nassen, verschwitzten Haaren bedeckt.

»Nicht bewegen.« Er sprach keineswegs mehr säuselnd, sondern mit hartem, befehlendem Tonfall. Verwundert stellte Lene fest, dass der Professor sein Glied einfach auf dem Bettlaken abwischte und dieses dann benutzte, um ihren After zu säubern. Er schien äußerste Sorgfalt darauf zu verwenden und penibel darauf bedacht zu sein, ihr Gesäß zu frottieren, während das Laken immer schmutziger wurde. Als es den Anschein machte, dass er seine Arbeit beendet hatte, wagte Lene sich umzudrehen und aufzustehen.

Der Rothaarige war damit beschäftigt, seinen Gehrock über die Weste zu ziehen. Von der verliebten Aufmerksamkeit, mit der er Lene noch vor einigen Minuten umgarnt hatte, war nichts mehr vorhanden. Grob warf er ihr das Wachstuch zu. Sie zog sich hastig an, verabschiedete sich mit ein paar nichtssagenden Worten und verließ die Mansarde.

Als sie den Türgriff zu ihrer Wohnung bereits in der Hand hielt, sprach der Professor sie noch einmal an. In einer leichten, schwungvollen Bewegung, die ihre Haare flattern ließ, drehte sie sich um die eigene Achse. Dabei sah sie anmutig aus, was Botho Goltz, der Professor der Philosophie, wohl bemerkte, als er ein Messer zückte und es von unten in ihren Bauch rammte.

Lenes Augen weiteten sich. Sie wollte schreien, doch eine Hand hielt ihr den Mund zu. Ein furchtbarer, nie gefühlter Schmerz durchfuhr sie, als Goltz die Klinge in ihrem Körper drehte, bevor er sie herauszog. Ihr Blick war auf das rot umrandete Gesicht ihres Mörders gerichtet, das mehr denn je an eine Teufelsfratze gemahnte. Bilder aus dem Schlachthaus schwirrten ihr durch den Kopf: zerfetzte Muskeln, Sehnen und Gekröse. Ein weiteres Mal stach der Mann zu, schnell und zielsicher. Diesmal traf er ihren Hals. Sie röchelte, rang nach Atem, doch alles, was in ihre Luftröhre kam, war ein warmer Schwall Blut, an dem sie erstickte.

Botho Goltz hielt die Leiche aufrecht, indem er sie in seine kräftigen Arme sinken ließ. Das Wachstuch mit den Geldscheinen fingerte er aus ihrem Ausschnitt. Dann schleifte er Lene zur Mitte des Flurs, wo er sie ablegte und mit Bedacht zehn weitere Stellen aussuchte, an denen er ihr in aller Gemütsruhe sein Messer in den Leib stieß. Schließlich tastete er ihre Röcke ab, bis er den Zimmerschlüssel fand.

Danach stand er auf und betrachtete sein Werk. Er rieb die Hände an der Hose trocken und schloss Lenes Wohnungstür ab. Darauf wickelte er die Geldscheine aus und ließ das blutige Tuch in der Tiefe des Lichtschachts verschwinden. Mit methodischer Exaktheit ging er die Schritte noch einmal durch, die es zu beachten galt. Er nickte, wie um sich zu vergewissern, dass alles planmäßig verlief, und betrat seine Mansarde …

Kurz darauf erschien er wieder auf dem Flur. Diesmal trug er ein sauberes Messer bei sich. Er ging in die Knie und tauchte die Klinge in die Blutlache, die sich am Boden gebildet hatte. Fröhlich pfeifend stand er auf, öffnete die Außentür zum Treppenhaus, um nach dem Rehfuß zu greifen und die Glocke bimmeln zu lassen. Mitten in der Bewegung hielt er noch einmal inne. Der Merkspruch von Martial kam ihm in den Sinn, dass ein gutmütiger Mann stets ein Anfänger sei. Fast hätte er einen Fehler begangen. Das zufriedene Lächeln, das auf seinem Gesicht auftauchte, war fast wieder verschwunden, als er bei den Nachbarmansarden mit der Faust an die Tür hämmerte.

Botho Goltz hörte den schlurfenden Gang einer Person in Pantoffeln, dann das Geräusch eines Türriegels. Eine fast 70-jährige Frau stand auf der Schwelle. Zwei senkrechte Furchen zogen sich von der Nasenwurzel über ihre Stirn. Eine Brille baumelte an einem Bindfaden vor ihrer Brust. Obwohl sie alt war und schlecht sah, war ihre Begrüßung ruppig: »Wohl besoffen, was?«

Der Professor blickte sie treuherzig, fast schon um Verzeihung bittend an, als er das blutverschmierte Messer vorwies und sagte: »Entschuldigen Sie die Störung, Gnädigste. Aber hätten Sie die Güte, die Polizei zu benachrichtigen? Ich habe soeben Ihre Nachbarin ermordet.«

Zweites Kapitel

Die Nachricht von Lene Kulms Ermordung erreichte den Kriminalkommissar Gideon Horlitz in den frühen Morgenstunden. Als der pausbäckige Polizeiaspirant, den man mit einer Eilnotiz geschickt hatte, ihn endlich fand, war er gerade dabei, den Ort einer menschlichen Tragödie zu besichtigen. Mehrere Leute schwärmten um ihn herum, die meisten in Uniform, angeregt diskutierend, mit Maßbändern und Richtschnüren das Zimmer absteckend. Einer allein bewegte sich nicht mehr: Er hing an einem Seil von der Decke, unter ihm ein umgekippter Stuhl.

Die besagte Gruppe hatte sich etwas außerhalb des alten Stadtkerns in einer jener Nebengassen eingefunden, die nicht von Pferdekarren, Arbeitern und Bummelanten verstopft war. Der Raum selbst, in dem die Männer den Selbstmord untersuchten, gehörte zu einer Laube im hinteren Teil eines ausgedehnten Grundstücks, die ihrem Besitzer wohl als Rückzugsort gedient hatte, um vom Wüten der Welt Erholung zu finden.

Kommissar Horlitz beugte sich vor, um die Arbeit seines Tatortzeichners besser betrachten zu können. »Gute Arbeit, Bentheim. Da zeigt sich wieder mal Ihr Talent.«

Julius Bentheim sah kurz auf und lächelte dankbar. Er war 19 Jahre alt und verdiente sich dank seines Talents ein Zubrot für sein Studium der Rechtswissenschaften. Mit dem Daumen fuhr er auf dem Pastellpapier über eine Stelle, die er für schlecht gelungen ansah, und verwischte einen kleinen Flecken Kohle. Er griff vorerst nach einem Kreidestift, dann nach einem Wachsstift und verbesserte den Bildausschnitt. Hin und wieder riefen ihm die Polizisten Längen- und Höhenangaben zu. Den Grundriss des Tatorts hatte er im Maßstab 1:25 angefertigt und nun fehlten lediglich einige wenige Details, um die Zeichnung zu vollenden.

Bald war seine Arbeit getan und er verfolgte konzentriert das Gespräch zwischen Gideon Horlitz und dem Boten aus dem ehemaligen Palais Grumbkow, dem Standort der Polizeiverwaltung.

»Professor Goltz, sagten Sie?«

Der junge Mann nickte und ein aufgeregtes Funkeln schoss aus den Augen seines Vorgesetzten.

»Potztausend! Ein kapitaler Fang.«

»Deswegen ist auch dringend Ihre Anwesenheit vonnöten, Herr Kommissar. Das ist ein gefundenes Fressen für die Zeitungsfritzen. Wenn die Wind von der Sache bekommen, ist es aus mit der Ruhe.«

»Wer ist vor Ort?«

»Vier, fünf Gendarmen, ein Untersuchungsrichter, ein Anwalt und Kommissar Bissing.«

Horlitz hob eine Augenbraue. »Sagen Sie mal, wenn Sie schon einen Kommissar haben, wozu brauchen Sie dann mich bei der ganzen Chose?«

»Bissing kennt den Professor persönlich«, erklärte der Bote.

»Aha, verstehe.« Der Blick des Kommissars schweifte unstet im Zimmer umher, bis er auf seinen Tatortzeichner fiel. Später sollte sich Julius Bentheim mit quälender Schärfe an diesen Zeitpunkt zurückerinnern. Es war der kritische Moment, an dem die Weichen in seinem Leben gestellt werden sollten. Und die Schicksalsgöttin hatte sich unerbittlich entschieden, ihn in die Abgründe der menschlichen Seele blicken zu lassen. »Herr Künstler«, sprach Horlitz ihn an, »es tut mir leid, Ihre Arbeitszeit wurde soeben verlängert.«

Das Leben in der Marienburger Straße erwachte allmählich. Die ersten Fuhrwerke holperten über das Kopfsteinpflaster, die Bäuerinnen brachten ihre Waren von außerhalb zu den Märkten in der Stadt. Von dem Verbrechen im Dachgeschoss hatten die Bewohner der Mietskaserne jedoch nichts mitbekommen. Julius Bentheim saß gegenüber dem Kommissar in einem Landauer, einer viersitzigen, vierrädrigen Kutsche, die sich von einem offenen in einen geschlossenen Wagen umwandeln ließ. Da die Julinacht schwül gewesen war, fuhren sie mit offenem Verdeck. Schweigend hatten sie etwas weniger als eine halbe preußische Meile zurückgelegt, als der Kutscher ihr Ziel erreichte und die Pferde anhielt.

»Steigen wir aus«, brummte Horlitz.

Sie schwangen sich aus dem Wagenschlag. Der junge

Bentheim war gespannt wie ein Flitzebogen. Wenngleich sein Studium ihm kaum Freizeit ließ, liebte er doch die Aufträge, die ihn an die absonderlichsten Orte Berlins führten. Außerdem war die Bezahlung nicht schlecht. Es war hauptsächlich Nachtarbeit, die er verrichtete, und so bekam er einen Aufschlag zur üblichen Entlohnung. Zumeist wurde er gerufen, um die Spuren eines Einbruchdiebstahls abzubilden. Hin und wieder kam er auch mit Kleinkriminellen, Huren und Zuhältern in Kontakt. Die Arbeit war vielfältig und voller Überraschungen; und das war es, was Julius daran mochte.

Vor dem Eingang wartete bereits ein Gendarm auf sie. Er nickte zur Begrüßung und öffnete den zwei Neuankömmlingen die Tür. In der Hand hielt er eine Laterne, deren Lichtschein den Eingang ausreichend erleuchtete. »Es ist ziemlich unübersichtlich hier drin. Ein wahres Labyrinth. Der Anwalt meinte, ich sollte unten auf Sie warten. Wo er recht hat, hat er recht.«

Sie erklommen die Treppenstufen, die wenige Stunden zuvor Lene Kulm gegangen war. Gideon Horlitz bemerkte schnaufend: »Der Anwalt, der heute Dienst hat – ist der groß und hager, trägt seine Haare von einer Seite zur anderen über den Glatzkopf gekämmt?«

»Ja, Herr Kommissar.«

Bentheim glaubte, im flackernden Licht der Laterne ein Lächeln zu erkennen.

»Dann ist es Theodor Görne.«

»Ja, so heißt er.«

»Hm.« Der Kommissar murmelte Unverständliches vor sich hin. Er war ein 53-jähriger Mann mit Bauchansatz. Seine grau melierten Haare trug er tadellos frisiert.

15 Jahre lang hatte er als Obristwachtmeister in einem Dragonerregiment Dienst geschoben, bis er in den Polizeidienst wechselte. Im November 1848 war er an der Auflösung der Preußischen Nationalversammlung durch die Armee beteiligt gewesen; ein Umstand, viel zu peinlich, um ihn je zu erwähnen.

Die Szenerie, die sich ihnen bot, als sie das oberste Stockwerk erreichten, hatte etwas Bizarres an sich. Mehrere Leute drängten sich auf engem Raum zusammen und behinderten sich gegenseitig. Rechts wurde eine Hausbewohnerin mit bleichem Gesicht von einem Gendarmen befragt; links im Flur erkannte man den blutbespritzten Leichnam einer jungen Frau. Ringsherum standen Männer in der Uniform der Schutzmannschaft Berlin.

Julius zog seine Mercier, die ihm ein Onkel einst vermacht hatte, aus der Westentasche und blickte auf das Zifferblatt.

»Wie spät?«, fragte Horlitz.

»4 Uhr 15.«

»Dann werden die ersten Mieter bald aufstehen. Das wird mir ein Theater geben, wenn die merken, dass die Polizei im Haus ist. Kommen Sie, Bentheim.«

Der ehemalige preußische Soldat bahnte sich einen Weg zu den Gendarmen am Tatort. An der rechten Mansardentür kauerte ein Mann am Boden. »Lene«, murmelte er unablässig, »meine Lene.« Das Gesicht wirkte ausdruckslos und die Augen schimmerten glasig. Man konnte an seiner verstörten Miene deutlich das Leid ablesen. Gideon Horlitz waren volkstümliche Instinkte wie Mitleid für einen völlig Fremden unbekannt, doch den jungen Bentheim dauerte diese Kreatur.

Einer der Gendarmen deutete mit einem Kopfnicken zur zweiten Mansardentür, und Horlitz und Bentheim wandten sich um. Gemeinsam betraten sie die Dachwohnung des Professors. In dem Ofen in der Raummitte knisterte ein Feuer und verbreitete wohlige Wärme. Auf einem Stuhl vor der hinteren Paneelwand saß ein unförmiger kleiner Mann mit fuchsrotem Haarschopf. Der Anwalt namens Görne hatte sich über ihn gebeugt und redete ununterbrochen auf ihn ein. Etwas abseits, vor dem Gaubenfenster, unterhielten sich zwei Männer, von denen der eine Moritz Bissing war, jener als befangen geltende Kommissar. Als er Horlitz erblickte, winkte er ihn heran.

»Gideon! Schön, dass du kommen konntest. Darf ich vorstellen? Der Herr an meiner Seite ist Untersuchungsrichter Karl Otto von Leps.«

Sie reichten sich die Hände. Die des Richters, eines greisenhaften Mannes mit hagerem Schädel, war eiskalt.

»Sehr erfreut«, sagte Horlitz ehrerbietig.

Bissing fuhr fort: »Ich habe den Herrn Richter darüber informiert, dass der geständige Mörder wie ich Angehöriger des anthropologischen Renan-und-Feuerbach-Vereins sowie korrespondierendes Mitglied der Preußischen Akademie der Wissenschaften ist. Herr Professor Goltz und ich haben uns bei verschiedenen Anlässen bereits getroffen und sind einander bekannt. Ich habe mir deshalb erlaubt, einen Boten nach dir auszusenden, Gideon, da ich wusste, dass du heute Nachtdienst schiebst.«

»Kannst du mich aufklären, was inzwischen alles veranlasst wurde?«

»Herr Kommissar, verzeihen Sie, wenn ich mich einmische«, sagte der Richter. »Aber da Sie nun vor Ort sind, ist die Anwesenheit von Kollege Bissing nicht mehr vonnöten. Seine Bekanntschaft mit dem Täter ist heikel und ich entbinde ihn hiermit von seiner Aufgabe.«

Moritz Bissing verbeugte sich wortlos, klopfte Horlitz freundschaftlich auf die Schulter und zog sich zurück. Karl Otto von Leps beäugte scharf den jungen Maler, der zwei Schritte hinter dem Kommissar stand und alles mit angehört hatte. »Und Sie sind …?«

»Mein Protegé«, antwortete Gideon an Bentheims Stelle.

»Gut, gut. Also, beginnen wir von vorn: Die Nachbarsfrau, eine verwitwete Frau Bettine Lützow, hat Alarm geschlagen. Ihrer Aussage nach pochte Professor Goltz in aller Seelenruhe an ihre Tür und eröffnete ihr, soeben einen Mord begangen zu haben. Die Lützow erschrak natürlich – wer kann ihr das verdenken? An den exakten Wortlaut des Geständnisses erinnert sie sich nicht, aber ungefähr tat Goltz dies mit folgenden Worten kund: Ich habe gerade Ihre Nachbarin umgebracht.«

»Sagte er ›umgebracht‹ oder ›getötet‹? Oder sogar ›ermordet‹?«

»Eine unbeabsichtigte Tötung ist auszuschließen, wenn Sie darauf hinauswollen. Er muss methodisch vorgegangen sein. Opfer ist übrigens die 21-jährige Schlachtereigehilfin Magdalene Kulm, von allen kurz Lene gerufen. Sie ist bei uns aktenkundig, da sie nebenberuflich der Prostitution nachging und auch schon aufgegriffen wurde.«

»Magdalene«, wiederholte der Kommissar sinnierend. »Nomen est omen. Und was geschah dann?«

»Der Professor ging seelenruhig in sein Zimmer zurück, wo er auf die eintreffenden Beamten wartete.« Der Alte deutete mit einer raschen Armbewegung auf den rothaarigen Mann. »Seither sitzt er auf seinem Stuhl und schweigt beharrlich.«

»Wer ist der arme Kerl auf dem Flur?«

»Wenn es nach der Lützow geht, der Verlobte von Fräulein Kulm. Meiner Meinung nach wohl eher ihr Liebhaber und Zuhälter. Aber man muss ihm zugestehen, dass er arg gebeutelt ist. Nun zu Ihnen, Horlitz: Machen Sie was aus dem Fall. Gehen Sie dem Staatsanwalt zur Hand, bevor er wieder einen Bock schießt.« Er senkte die Stimme, als er hinzufügte: »Unter uns gesagt, alle wissen, dass er eine Schande seiner Zunft ist.«

Julius Bentheim sah beschämt zu Boden. Wenn es schon so weit kommt, dass ein Richter die eigenen Staatsanwälte kompromittiert, festigt dies nur noch den schlechten Ruf, den die Justiz in den Augen der Bevölkerung besitzt. Am Molkenmarkt befanden sich Polizeipräsidium und Stadtvogtei gemeinsam im ehemaligen Palais des Oberfeldmarschalls von Grumbkow. Gleich daneben, im früheren Palais des Grafen von Schwerin, hatte seit 1771 das Kriminalgericht seinen Sitz genommen. Der gesamte Gebäudekomplex galt wegen der oft willkürlich ausgeübten Polizeigewalt als Ort des Schreckens.

Der Kommissar warf einen betrübten Blick auf Theodor Görne, der sich mit dem Verdächtigen abmühte, und zuckte ergeben die Achseln. »Mein lieber Julius, sehen Sie zu und lernen Sie. Und führen Sie das Protokoll. Das können Sie doch? Stifte und Papier haben Sie ja ausreichend zur Hand.« Er machte einen Bogen um den Ofen und bot dem Anwalt an, die Befragung zu übernehmen. Görne fuhr sich mit der Linken über den Kopf, um ein paar Haare glatt zu streichen, und nahm das Angebot erleichtert an.

»Ihr Mann«, sagte er knapp.

Gideon Horlitz ging vor dem feisten Kerl mit dem roten Bart in die Hocke und musterte ihn. Wie Rübezahl erschien ihm dieser mit seinem Bauch, seiner wilden, gesinnungslosen Miene. Zu seiner Überraschung zeichnete sich auf dem Gesicht des Professors ein Lächeln ab, und er sprach ihn sogar an: »Ah, der neue Herr Kommissar. Dann können wir endlich an die Arbeit gehen. Wir wollen doch keinen Justizskandal verursachen. Es ist löblich, dass der gute Moritz von sich aus in den Ausstand getreten ist. Nun, wie kann ich Ihnen dienlich sein?«

Verdutzt sah Horlitz zu Bentheim, der inzwischen einen Grafitstift angespitzt und das Gesagte bereits in kursiver deutscher Stenografie zu Papier brachte. Er verwendete das System des Franz Xaver Gabelsberger, eines vor 16 Jahren verstorbenen Ministerialbeamten aus Bayern. Es war praktisch und leicht zu entziffern, und Julius benutzte es auch für seine Vorlesungen an der Universität.

»Tja, äh«, stammelte Horlitz, »haben Sie uns etwas zu sagen, Herr Professor?«

»Ganz und gar nicht. Was diesen vertrackten Fall angeht, berufe ich mich auf mein Schweigerecht. Sobald Sie mich ins Palais Grumbkow überführt haben, möchte ich, dass mir ein Pflichtverteidiger an die Seite gestellt wird. Der soll sich um alles kümmern. Das wird es mir erleichtern, mich wieder meinen Studien zu widmen. All dieser Polizeikram ermüdet einen nur. Finden Sie nicht auch, Herr …?«

»Gideon Horlitz.«

»Ah, Gideon. Einer der sechs Richter der Stämme Israels. Ein schöner Name. Übersetzt heißt er ›der Hacker, der Zerstörer‹. Hoffen wir, dass Sie diesen Kriminalfall nicht zerstören werden, Gideon. Oder dass der Fall nicht Sie zerstört.«

Ein diabolisches Grinsen huschte über seine Backen, bevor er wieder liebenswürdig und lammfromm aussah.

»Sie verweigern die Aussage?«

»Korrekt.«

»Gut, wenn Sie nicht reden wollen, hat das keinen Sinn. Ich werde Ihre Überführung an den Molkenmarkt veranlassen.«

»Sehr liebenswürdig. Es ist aber nicht so, dass ich mich völlig in Schweigen hüllen möchte, Kommissar. Für eine kleine Plauderstunde bin ich leicht zu haben. Sie dürfen das Thema wählen. Literatur, Philosophie, Musik – was hätten Sie gern?«

»Wie wäre es mit Medizin? Die Pathologie der Irren?«, entfuhr es Horlitz heftig.

»Na, na, Herr Kommissar! Warum denn gleich so aufbrausend? Um Ihnen in Ihrer schwierigen Situation Verständnis entgegenzubringen, werde ich Ihnen einen Rat geben.«

»Einen Rat?«

»Ja, einen Rat. So etwas wie eine Empfehlung, ein

Fingerzeig, wenn Sie so wollen: Lassen Sie eine Inventarliste anlegen.«

Gideon Horlitz richtete sich zu voller Größe auf. Seine Miene war wieder undurchdringlich. Julius Bentheims Grafitstift ruhte untätig auf dem Papier. Interessiert beobachtete der Tatortzeichner seinen Mentor, der den Kiefer bewegte und mit den Zähnen knirschte. Mit einer unwirschen Handbewegung forderte der Polizeibeamte den Professor schließlich auf, sich zu erheben. Ein Gendarm, der die Szene vom Flur aus mitverfolgt hatte, trat heran.

»Führen Sie ihn ab.«

Botho Goltz ließ sich widerstandslos zur Tür geleiten. Der junge Bentheim blickte ihm nach. Bevor der Mann mit den roten Haaren im Flur verschwand, hörte er ihn noch sagen: »Wird allmählich kälter, meinen Sie nicht? Ist wohl an der Zeit, noch ein Stück Brennholz nachzulegen …«

Drittes Kapitel

Erst viel später kam Julius Bentheim dazu, mit Hilfe der erhobenen Raumdaten die ersten Bilder des Tatorts zu zeichnen. Die Stelle, an der die Leiche lag, war derart beengt, dass er sich fragte, wie um alles in der Welt die ungezählten Leute, die hier recherchierten, es vermieden hatten, eigene Spuren zu hinterlassen. Aber wahrscheinlich hatten sie dies gar nicht: Hier sah er einen Fußabdruck in einer Blutlache, dort fiel ihm ein Stückchen Papier ins Auge. Mit der unbestechlichen Akribie eines Künstlers, der sich dem Realismus verschrieben hatte, skizzierte er alles, was er sah. Selbst diese Unreinheiten, welche die Szenerie beeinträchtigten. Die sogenannten mildernden Elemente, die er als Künstler ohne schlechtes Gewissen hätte einbauen können, fehlten ganz, und so zeigten die Zeichnungen ein getreues Abbild der grauenhaften Wirklichkeit.

Nach und nach leerte sich der Ort des Verbrechens. Nachdem der alte Untersuchungsrichter gegangen war, verließen auch die Gendarmen die Dachkammer. Gregor Haldern, den verstörten Geliebten des Mordopfers, der in ärztliche Pflege gebracht werden sollte, musste man stützen.

»Armer Kerl«, murmelte Theodor Görne und verabschiedete sich ebenfalls. Zurück blieben Bentheim, der Kommissar und ein als Wache abgestellter Schutzmann. Alles wirkte einsam und verlassen, als Gideon Horlitz die Tür zum Treppenhaus ins Schloss warf. Nun waren sie weggesperrt von der Außenwelt, alleine mit dem Leichnam. Julius verfeinerte ein paar Details, zog noch einmal die Striche des Koordinatennetzes nach, das er über seine Bilder gelegt hatte, und reichte sein Werk dem Kommissar.

»So was ist viel nützlicher als diese teuren Fotografien«, bemerkte Gideon. »Bei diesen Mustern tritt ganz deutlich die räumliche Komponente hervor. Vor Gericht kann das entscheidend sein.«

Julius, der mit einem der Polizeifotografen auf gutem Fuß stand, griff das Stichwort auf und erkundigte sich: »Wird Albrecht Krosick noch aufgeboten?«

»Ihr Kommilitone, nicht wahr?«

»Ja, wir studieren zusammen.«

»Ich habe nach ihm schicken lassen.« Mit einer abfälligen Geste zeigte er auf Lene Kulm. »Hoffentlich trifft er ein, bevor die da zu riechen anfängt. Aber ich bezweifle, dass sich bei diesen Lichtverhältnissen etwas machen lässt. Eine finstere Räuberhöhle ist das hier.«

Er betrachtete die Bilder, die Julius gemalt hatte, und seufzte. »Eigentlich Talentverschwendung, solche Motive malen zu müssen.«

»Wem sagen Sie das!«

»Danke, Bentheim. Sie können gehen. Legen Sie sich aufs Ohr. Die Nacht war anstrengend. Sie brauchen Erholung.«

»Es war mir eine Ehre, Herr Kommissar. Das Protokoll von Ihrem Gespräch mit Goltz bringe ich spätestens morgen ins Palais.«

»Sie verwenden die Gabelsberger-Schrift?«

Julius bejahte.

»Gut, geben Sie mir die Blätter mit. Die kann ich selbst ins Reine schreiben. Und nun machen Sie, dass Sie fortkommen«, meinte er freundlich und öffnete einen Spaltbreit die Tür, um den Jüngling hinausschlüpfen zu lassen.

Als Bentheim den Heimweg einschlug, spukten die Bilder des geschundenen Frauenkörpers unablässig in seinem Kopf herum. Sein Anzug war zerknittert, sein Hemd verschwitzt. Er erreichte seine Studentenbude, ohne zu wissen, welche Strecke er genommen hatte. Einzig die schreckliche Vision der Leiche erblickte er vor seinem inneren Auge. Sie wollte einfach nicht verschwinden. Geistesabwesend schloss er die Fensterläden, um das Zimmer abzudunkeln, und ließ sich angezogen aufs Bett fallen.

Lange Zeit fand er keinen Schlaf.

Er starrte an die Decke und überlegte. Wie konnte ein weltgewandter Akademiker derart unmotiviert einen Mord begehen? Botho Goltz hätte höflich, zuweilen fast schon chevaleresk gewirkt, wären da nicht seine blutverschmierten Hände gewesen, die in rasender Wut aus einer jungen Frau einen abstoßenden Kadaver gemacht hatten. Da ihn schwindelte, schloss er die Augen und unmerklich versank er in einen Zustand tiefer Traumlosigkeit.

Am Spätnachmittag wachte er auf. Er rasierte sich und erfrischte sich an einem mit kaltem Wasser gefüllten Zuber. Zwei Vorlesungen hatte er an diesem Tag verpasst und er würde einiges nachzuholen haben, doch im Moment kümmerte ihn dies wenig. Sein Kopf war leer von all den üblen Gedanken, die ihn vor dem Schlafen noch geplagt hatten, und er verließ fröhlich pfeifend sein Studentenzimmer.

Julius Bentheim wohnte in der Nähe der Friedrich-Wilhelms-Universität. Aufgewachsen war er im Spreewald bei seinen Eltern, einem Krämerpaar, das auf den Lübbenauer Kürbis- und Meerrettichmärkten jede Saison ihr Glück aufs Neue machte; doch sie waren gestorben, als er fünf war. Beim Stapelplatz hatte ein durchgehendes Pferd erst seine Mutter überrannt, dann seinen Vater unter die Hufe bekommen. Während die Frau auf der Stelle verstorben war, lebte der Mann noch und rang über vier Tage und drei Nächte hinweg mit dem Tod. Als das Unabwendbare eintrat, nahm sich ein Onkel des Kleinen an, um ihn Jahre später für ein Studium in die Hauptstadt zu schicken. Durch Zufall hatte Julius von einer verwitweten Offiziersgattin erfahren, die gegen geringes Entgelt Zimmer vermietete. Er hatte die Wohnung inspiziert und für gut befunden. Schnell wurde ein Vertrag aufgesetzt und binnen Wochenfrist war der Student bei der rüstigen Alten eingezogen. Noch drei weitere junge Männer bewohnten das Haus, doch zwei von ihnen sah Julius wenig oder gar nicht. Nur Albrecht Krosick, der angehende Polizeifotograf und Student der Rechtswissenschaften, nahm häufig mit ihm die Mahlzeiten am Tisch der Vermieterin ein.

Diesmal fand er ihn in der Stube, den Kopf hinter einem Berg von Büchern versteckt. Der zwei Jahre ältere Krosick war groß und hager und lief zeitweise – wenn er für Prüfungen büffelte – mit eingefallenen Wangen und tiefen Rändern unter den Augen umher. Ansonsten war er ein liebenswerter Tunichtgut, der bei Wein, Weib und Gesang Zerstreuung fand. In Wirtshäusern traf man ihn öfter an als in der juristischen Fakultät und seine einzige körperliche Ertüchtigung bestand denn auch im Stemmen von Bierkrügen. Der ehrwürdige Turnvater Jahn hätte ihn seinen Burschenschaften wohl ohne mit der Wimper zu zucken als verabscheuungswürdiges Beispiel vorgehalten.

»Gott zum Gruße, werter Julius«, rief ihm der Fotograf jovial entgegen. Er schob einige Bücherstapel beiseite und machte seinem Freund Platz.

»Hallo, Albrecht.«

»Alter Knabe, du siehst blass aus um die Lippen. Ist wohl Zeit für einen Roten, was meinst du?«

»Lieber Bier.«

»Bier! Der wohltuende Gerstensaft! Gottes Geschenk an die Menschheit! Auch gut. Bier gibt zumindest keine Rotweinflecken. Komm, gehen wir in irgendeine Spelunke, wo wir reden können.«

Sie schlenderten zur Universität. Vor dem Gebäudekomplex mit seinen zwei Nebenflügeln und dem nach hinten versetzten Hauptgebäude mit den sechs Säulen blieben sie stehen. Albrecht blickte sich um. Es dauerte nicht lange, bis einer der vielen Getränkehändler auftauchte, die stets mit schwer beladenen Handkarren vor den Lehranstalten ihre Runden machten. Albrecht schubste Julius leicht und sagte: »Was meinst du? Die Sonne scheint, das Wetter ist warm. Gasthaus oder Park?«

»Park.«

»Braver Junge.«

Er rief den Mann mit dem Karren herbei und kramte in seiner Tasche nach Geld. Da der Wagen nur zwei Räder besaß, trug der Arbeiter Tragegurte um den Hals und unter den Achseln. So verhinderte das improvisierte Joch ein Umkippen des Konstrukts. Auf der Abstellfläche befand sich ein dickbauchiges Holzfass mit kühlem Wasser.

»Bedient euch«, meinte der Mann, nachdem er ein paar Münzen in Empfang genommen hatte, und deutete auf das Fass. Entschlossen krempelte Krosick einen Hemdsärmel hoch, tauchte den Arm ins Wasser und fischte zwei Flaschen heraus. Die Freunde lösten den Wachsverschluss und prosteten sich zu. Dann spazierten sie über den Platz. Das Kopfsteinpflaster vor dem Hauptgebäude führte um einen kleinen Park. Einige Sträucher und Bäume befanden sich hinter einer kniehohen Hecke, welche die Anlage einfasste, und in regelmäßigen Abständen waren Straßenlaternen platziert. Der Fotograf wies wortlos auf einen Steinpoller. Bentheim verstand, und beide setzten sich und lehnten sich mit dem Rücken an den rundgeschliffenen Fels.

»Sag mal, Albrecht, musstest du die Kulm heute eigentlich fotografieren?«

Krosick war ganz in die Beobachtung der Passanten vertieft, weshalb er lediglich nickte.

»Was hältst du von der Sache?«

»Kann ich nicht sagen, Julius. Muss ein verdammter Spinner gewesen sein. Der Torso war regelrecht durchlöchert. Da hat jemand ganz tief und heftig zugestochen. Sieht nach Affekt aus.«

»Affekt?«

»Da waren Emotionen im Spiel. Ein gezielter Messerstich, das ist Mord. Ein ganzes Dutzend, das riecht nach blanker Wut. Sieh dir doch nur mal das Milieu dieser Lene Kulm an. Obwohl ich kein Kommunist bin, muss ich Engels recht geben mit seinen Ideen vom Proletariat. Wenn man in so einer Gegend wohnt und aufwächst, gerät man früher oder später unweigerlich auf die schiefe Bahn.«

»Wenn ich dir nun aber sage, dass der mutmaßliche Täter ein Professor der Philosophie ist, würdest du dann deine Meinung ändern?«

Der Fotograf wandte ihm den Kopf zu. Seine Neugier war geweckt.

»Erzähl!«

Bentheim nahm einen Schluck aus der Flasche und berichtete, was in der Nacht geschehen war. Als er seine Ausführungen schloss, kratzte sich Albrecht nachdenklich an der Schläfe. Schweigend verfolgten sie das Geschehen um sie herum und sahen den Fußgängern und Droschken hinterher.

»Morgen muss ich die Sektion dokumentieren«, meldete sich Krosick nach einer Weile zu Wort. »Horlitz hat darauf bestanden. Willst du dabei sein? Ich könnte das arrangieren.«

Julius wollte erst abwinken, besann sich aber anders. »Wann ist der Termin?«

»Um zehn.«

»Bis zum frühen Abend hätte ich Zeit. Danach habe ich bereits ein anderes Rendezvous geplant. Eines mit einer viel lebendigeren Frau.«

»Mit dem werten Fräulein Sternberg?«

»Ja, mit Filine.«

Albrecht verzog den Mund zu einem mokanten Lächeln.

»Wenn du mich fragst, erscheint mir die keusche Pastorentochter noch kühler und steifer, als es die olle Lene jetzt ist.«

»Gut Ding will Weile haben, Albrecht. Und du bist einfach geschmacklos. Unverbesserlich und geschmacklos.«

»Ich weiß.«

Die Freunde sahen sich an, und als ob sie es eingeübt hätten, begannen sie synchron zu schmunzeln.

Viertes Kapitel

Kurz vor 10 Uhr des nächsten Tages ließen Julius Bentheim und Albrecht Krosick das große Universitätsklinikum an der Zieglerstraße, das in unmittelbarer Nachbarschaft zur Berliner Charité lag, hinter sich. Sie schritten munter aus und fanden sich pünktlich im Eingangsbereich der alten militärärztlichen Schule ein. Im Gepäck hatten sie einen Fotoapparat, mit dem Daguerreotypien hergestellt werden konnten, sowie mehrere Kollodium-Nassplatten, um die fotografischen Bilder noch an Ort und Stelle zu erzeugen. Julius kam sich wie ein Packesel vor, den man mit Textilballen und Tand beladen hatte. Auf seinem Rücken trug er mehrere Bahnen schwarzen Stoffs, die für ein Dunkelkammerzelt benötigt wurden.

»Du weißt, dass das früher das Pesthaus war?«, bemerkte Albrecht unbeschwert, als sie die Schwelle übertraten.

»Habe schon davon gehört.«

Sie gingen einen Korridor entlang, vorbei an Ärzten und Pflegerinnen, und bogen in das Treppenhaus ab. Dort nahmen sie die Stufen ins Kellergeschoss. Das Gaslicht war hier viel zu stark aufgedreht, sodass der Gang grell beleuchtet war. Der Schattenriss, der plötzlich aus einem Zimmer trat, entpuppte sich im Gegenlicht als Gideon Horlitz. Mit ernster Miene näherte sich der Kommissar und reichte den Studenten die Hand.

»Schön, dass Sie beide gekommen sind. Folgen Sie mir.«

Er begleitete sie bis ans Ende des Ganges, wo er eine schwere Eichentür öffnete, die in den Sektionssaal führte. Der Boden fiel zu einer Abflussrinne hin leicht ab und war mit hellbraunen Fliesen ausgelegt, die an allen vier Wänden bis auf Hüfthöhe emporreichten. Ein Geruch von Seife und Chemikalien erfüllte die Luft, durchmischt von Räucherkegeln, die nach Burgunderharz und Eichenmoos dufteten. Zehn Tische waren in zwei Reihen in der linken Raumhälfte angeordnet. Es war hier ganz anders als oben, wo sich in den nächsten Stunden die sommerliche Wärme entfalten würde. Julius empfand die Kühle, die ihn umgab, als angenehm.

Die Tische besaßen die Maße 70 auf 220 Zentimeter. Ihre gezimmerten Holzbeine waren dick mit wasserabweisender Farblasur bestrichen, ihre Platten bestanden aus irgendeinem glatt geschliffenen Steinmaterial. Diagonal waren sie leicht abgeschrägt, sodass zum Abfluss hin ein Gefälle existierte. Gut die Hälfte von ihnen war belegt. Menschliche Körper zeichneten sich unter weißen Laken ab. Nur die Leiche auf dem vordersten Tisch lag nackt und unbedeckt da: Es waren die sterblichen Überreste von Lene Kulm. An einem Waschbecken in der anderen Raumhälfte standen ein groß gewachsener Mediziner in den Vierzigern und ein Jüngling, sein Assistenzarzt. Beide hatten sich Kittel übergezogen und waren damit beschäftigt, die Hände mit Chlorlösung zu desinfizieren, als die drei Neuankömmlinge den Sektionsraum betraten.

»Ah, Inspektor«, grüßte der Arzt freundlich. »Pünktlich wie eh und je. Sie haben etwas von Immanuel Kant. Auch nach Ihnen könnte man die Uhr stellen.«

Horlitz nickte gutmütig, als er an den Seziertisch trat.

»Wo soll ich den Apparat aufbauen?«, wollte Krosick wissen, während er seine Utensilien auf einer leeren Tischplatte ausbreitete. »Möchten Sie eine Aufnahme von der Seite oder vom Fußende?«

Der Doktor näherte sich ihm, die Hände mit einem Tuch abtrocknend, und schmunzelte wissend. »Von der Seite, junger Mann, immer von der Seite. Ihre Schuhe werden es Ihnen danken, wenn Sie nicht in den Ausscheidungen der Leiche stehen.«

Irritiert blickte der Fotograf ihn an. Er senkte den Blick zum Boden, sah wieder auf und nickte plötzlich verstehend. Mit Nachdruck stellte Krosick das dreibeinige Kamerastativ neben den Seziertisch und platzierte den Apparat mittels Schnallen auf der Abstellfläche. Vorn an das Gehäuse schraubte er ein Objektiv. Er benutzte eines, das von Petzval und Voigtländer entwickelt worden war und als besonders lichtstark galt, denn die Belichtungszeit lag bei etwas weniger als einer Minute.

Julius Bentheim betrachtete indessen aufmerksam den Arzt, der sich an den Kommissar gewandt hatte und in ein Gespräch mit ihm vertieft war. Der Mediziner war von stattlichem Körperbau und besaß einen gepflegten Vollbart. Seine langen Haarsträhnen waren akkurat nach hinten gekämmt und verdeckten die lichten Stellen auf dem Hinterkopf. Bentheim hatte Porträts dieses Mannes bereits in den Zeitungen gesehen: Er hieß Rudolf Virchow und war als Abgeordneter für die Deutsche Fortschrittspartei in den Preußischen Landtag gewählt worden. Als Pathologe hatte er in letzter Zeit mit der Herausgabe von drei Büchern Aufsehen erregt, in denen er 30 Vorlesungen zum Thema der krankhaften Geschwülste zusammenfasste.

Virchow beugte sich über Lene Kulms Leiche und zeigte mit dem Finger auf gelblich-blaue Verfärbungen an ihrer Bauchoberfläche.

»Sehen Sie das, meine Herren?«

Die Tote war bereits gewaschen worden. Dennoch entströmte ihr ein übler Geruch. Ein einziger gewaltiger Schnitt gewährte einen Blick in ihre Eingeweide. Die zehn weiteren schmalen, langen Streifen waren alles, was von den übrigen Stichwunden zeugte. Und dann war da noch die tiefe Wunde am Hals. Horlitz und Bentheim betrachteten die Stelle, die Virchow bezeichnet hatte: Sie glich der zerfledderten Bespannung einer Trommel. Zwischen den einzelnen Hautlappen und Hautfetzen schimmerten schmutzige Flecken auf.

»Die sind älteren Datums.«

»Was heißt das genau?«

»Damit will ich sagen, dass diese Blutergüsse nicht aus der Mordnacht stammen. Wenn der Exitus eintritt, erlöschen erst mal die Körperfunktionen. Blutgerinnsel, die von Schlägen stammen, bauen sich normalerweise innerhalb einer gewissen Zeitspanne ab. Sie alle kennen dies. Sie stoßen sich irgendwo und bekommen blaue Flecken, dann wechseln diese die Farbe. Das ganze Spektrum: gelb, grünlich, braun. Diese Hämatome sind jedoch schon leicht fortgeschrittenen Stadiums.«

»Jemand hat sie also geschlagen?«

Der Arzt hob den Kopf und nickte bekümmert. »Vermutlich nicht nur einmal, sondern regelmäßig. Aber das ist nichts Neues. Immer wieder weise ich auf die Misere hin. Diese armen Menschen hausen teils wie die Tiere, eingepfercht in Mietskasernen, unter Unrat und mitten in den Brutstätten von Krankheiten und Seuchen. Keime vermehren sich in dieser Umgebung rasant. Seit Jahr und Tag protestiere ich vor dem Stadtrat dagegen. Eine schlechte Umwelt färbt auf den Charakter des Menschen ab. Auch Sie, meine Herren, würden in so einer Umgebung streitlustig und schließlich gewalttätig werden. Man verroht dort.« Virchow hielt inne, tupfte sich mit der Handfläche den Schweiß von der Stirn und schnaubte temperamentvoll. Gebieterisch wandte er sich an die jungen Studenten: »Stellen Sie Ihre Dunkelkammer auf, machen Sie Ihre Aufnahmen, während ich die Instrumente anordne.«

Albrecht Krosick gab Julius ein Zeichen. Dieser entrollte das schwarze Stoffbündel. In der Mitte einer Tuchbahn befand sich ein unscheinbares kreisrundes Loch. Durch dieses schob Bentheim das Objektiv und stülpte den Stoff danach von vorn über den Fotoapparat. Krosick begutachtete das provisorische Zelt, das entstanden war, und als er sich davon überzeugt hatte, dass es keine lichtdurchlässigen Stellen mehr gab, kroch er darunter. Er bat seinen Freund, ihm die Tasche mit den Kollodiumplatten nachzureichen, und öffnete diese schließlich in völliger Dunkelheit. Unter seinem schwarzen Laken glich er einer Gespenstererscheinung und sein Hantieren und die klackenden Geräusche erinnerten an die Seufzer gepeinigter Seelen. Ein Sezierraum war nun mal ein gruseliger Ort, der einen zu solchen Assoziationen verleitete.

Wenige Einstellungen später klickte es zum ersten Mal. Albrecht betätigte den Auslöser. Der Geruch von Silberjodid erfüllte den Raum. Nach jeder Belichtung wartete der Fotograf mindestens eine Minute, bis er die jeweilige Platte unter dem Tuch hervorschob. Vorsichtig hob Julius die Fotografien eine nach der anderen auf und trug sie zu den Seziertischen, wo er sie an die hölzernen Beine lehnte, damit sie noch geraume Zeit trocknen konnten. Für den jungen Tatortzeichner ging ein ganz eigentümliches Flair davon aus. Es war keineswegs die Faszination des Todes, die den Reiz dieser Fotografien ausmachte. Das Motiv der Bilder war nebensächlich, aber ihr klarer Glanz, ihre feine Linienführung waren bestechend. Kein Wunder, hatte der französische Dichter Baudelaire gespottet, die Fotografie werde sich zum Zufluchtsort gescheiterter Maler entwickeln, die entweder in ihrer Kunst versagt hatten oder einfach zu faul waren: Rein gar niemand konnte so realitätsnah malen!

Nach einiger Zeit kroch Albert aus seinem Zelt hervor und richtete sich auf. Sein Rücken knackte und er massierte seine Wirbelknochen. »Geschafft!«, meinte er.

»Sie war ja auch ein artiges Modell«, brummte Rudolf Virchow.

Kommissar Horlitz, der den makabren Schalk der Mediziner bereits seit Jahren kannte, reagierte nicht. Die Studenten jedoch sahen sich mit großen Augen an und auf Krosicks Gesicht breitete sich ein Lächeln aus. Der Pathologe war ganz nach seinem Geschmack.

Virchow reichte eine Dose im Kreis herum und forderte seine Gäste auf, sich zu bedienen. »Eine Emulsion aus tierischen Fetten und Duftstoffen«, erklärte er. »Die schmieren Sie sich unter die Nase, um den Leichengeruch abzuschwächen. Und nun beiseite, meine Herren.« Er winkte seinen Assistenten heran, der ein silbernes Tablett mit medizinischen Sonden, Sägen und Skalpellen auf einem fahrbaren Beistelltisch deponierte. »Zollstock«, befahl er kurz und bündig.

Der junge Arzt übergab ihm einen äußerst dünnen Eisenstab, der in regelmäßigen Abständen mit Zahlen beschriftet war. Gleichzeitig griff er nach einem Klemmbrett und einem mit einer Schnur daran befestigten Grafitstift. Rudolf Virchow maß die Länge der Wunden und diktierte die Ergebnisse. Dann platzierte er seine Finger an den Wundrändern und spreizte sie sacht. Vorsichtig führte er den Stab in die klaffende Öffnung, bis er auf leichten Gegendruck stieß.

»Hat sich der Darm der Toten nie bewegt?«, wollte Bentheim wissen. »Sie wurde doch transportiert und dabei vermutlich auch geschüttelt.«

»Gute Bemerkung«, meinte Virchow und wandte sich an Horlitz: »Sie haben da ein aufgewecktes Bürschchen an der Angel.«

Der Kommissar erklärte: »So wird die Minimallänge der Tatwaffe gemessen. Weitere Abklärungen verschafft dann die Leichenöffnung.«

Die beiden Ärzte gingen dazu über, Lene Kulms Kopf zu scheren, indem sie erst die langen Haare abschnitten und anschließend die Stoppeln rasierten. Sie inspizierten die kahle Kopfhaut und vermerkten auf ihrem Blatt, dass keine Hinweise auf eine Schädelverletzung ersichtlich waren.

»Skalpell«, sagte Virchow. »Achtung, meine Herren, jetzt wird es theatralisch!«

Nacheinander machte er zwei lange halbkreisförmige Schnitte, die er etwas oberhalb des Nabels ansetzte und in voneinander entgegengesetzten Richtungen um den Bauch zog, bis sie am Ansatz der Schamgegend wieder zusammentrafen. Julius wunderte sich über die Beschaffenheit menschlichen Fleisches. Es hatte den Anschein, dass es wie ein Stück Schweineschnitzel zu schneiden war. Der Doktor bohrte die Fingerkuppen in die Bauchhöhle und fuhr langsam die Ränder entlang, bis sich die Bauchdecke ablöste wie die erkaltete Zuckerglasur von einem Kuchen. Trotz der Emulsion kroch den Männern der Gestank in die Nase. Ein schmatzendes Geräusch ließ sich vernehmen, als drei, vier Darmschlingen auf die Tischplatte rutschten. Der Assistent fing sie auf und ließ sie prüfend durch die Finger gleiten.

Gleichzeitig präsentierte Rudolf Virchow den abgetrennten Hautfetzen, indem er ihn wie ein Laken hochhielt, das man für ein Silhouettentheater verwendet. Im Gegenlicht zeichneten sich deutlich die Spuren ab, die Botho Goltz' Messer hinterlassen hatte. »Machen Sie hiervon ein Foto. Es ist zwar ein melodramatischer Bühneneffekt, aber wenn es hilft, den Täter seiner gerechten Strafe zuzuführen, soll es mir recht sein.«

Albrecht richtete das Objektiv neu ein und kroch in sein Dunkelzelt.

Als die Daguerreotypie gemacht war, widmeten sich die Mediziner wieder ihrer Arbeit. Sie fanden die Stellen, an denen die Stiche den glatten Schlauch des Dünndarms und die Oberfläche des ausgebuchteten Dickdarms verletzt hatten. Teilweise war die Längsmuskelschicht angeritzt, an mehreren Stellen war sie gänzlich durchtrennt.

Als sie die Tote weiter ausnahmen, bemerkten sie auch zerfetzte Magenmuskeln.

»Zerstörter Ventriculus«, diktierte der Pathologe. »Sein Inneres ist ausgelaufen. Durchschnittliches maximales Fassungsvermögen liegt bei etwas mehr als zwei Litern. Da nur wenig Speisebrei erkennbar ist und auch die sonst üblichen geruchlichen Absonderungen noch relativ schwach ausfallen, liegt der Verdacht nahe, dass das Opfer in den Stunden vor der Ermordung wenig gegessen und getrunken hat.« Er setzte das Skalpell bei der Speiseröhre und dem Dünndarm an, um den Magen abzuschneiden, und hob ihn anschließend hoch. »Da ist es«, bemerkte er und entnahm der Leiche einige teilweise noch unverdaute Essensreste. »Wie gesagt, nicht gerade viel. War wohl ein Kanten Brot mit Schinken. Gehen wir über zur Leber …«

Albrecht Krosick stieß Julius verschmitzt in die Seite. »Leber, Julius, hast du gehört? Das schreit geradezu nach einem Leberreim, meinst du nicht auch?«

Virchow, der große Wissenschaftler, hob sein Haupt und starrte die zwei jungen Menschen an. Bentheim sah bereits eine Standpauke wie ein Donnerrollen herannahen. Doch statt mit einer sittenstrengen Moralpredigt aufzuwarten, überraschte ihn der Arzt mit seiner saloppen Unbefangenheit. Er legte die Stirn in Falten, als ob er angestrengt nachdächte, und improvisierte nach alter Tradition ein Gedicht aus dem Stegreif: »Die Leber ist von einer Toten und nicht von einer Blinden. Wir schneiden sie sogleich in Stücke, um die Todesart zu finden.«

»Bravo! Hört, hört!«, erklang es aus den Mündern der

jungen Leute, und auch Gideon Horlitz applaudierte. »Wahrlich, es gibt nichts Deutscheres als einen Leberreim.«

Der Pathologe verbeugte sich in gespielter Affektiertheit und widmete sich nach dieser kurzen Unterbrechung wieder seiner Arbeit. Mehr als drei Stunden lang verfolgten die Zuschauer mit äußerster Konzentration die Leichenschau. Julius Bentheim vergaß darüber gar die Vorfreude auf seine Verabredung. Hin und wieder wurden sie angehalten, eine Daguerreotypie herzustellen. So fotografierten sie die einzeln entnommenen Organe, die man in Waagschalen platziert hatte, und schossen zu guter Letzt ein Foto von Lene Kulms wieder zusammengenähtem Leichnam.

»Freitagnachmittag«, bemerkte Virchow abgekämpft. »Zeit für eine Zigarrenpause. Kommen Sie, begleiten Sie mich in mein Büro. Kamera und Kollodiumplatten können Sie nachher noch holen gehen, sobald die Bilder trocken sind.«

Sie ließen den Assistenten allein zurück, da er für die Nachversorgung zuständig war, und folgten dem Pathologen den Flur entlang. Er geleitete sie zu einem Raum im Erdgeschoss, der die gleiche Größe wie der Seziersaal haben mochte, aber ungleich kleiner wirkte, da er zum Bersten mit ethnologischen und anthropologischen Präparaten angefüllt war. Julius verschlug es angesichts Virchows Sammlung die Sprache. An Drahtgestellen hatte man menschliche Skelette aufgehängt, Dutzende von Totenschädeln lagen in wilder Unordnung teils auf dem Fußboden, teils auf Bücherstapeln. Mit der Hand wischte der Forscher einen mit schiefen Zähnen versehenen Unterkieferknochen von einer Zigarrenschachtel, um diese seinen Gästen hinzuhalten.

»Greifen Sie zu. Echte Partagas. Ein unvergleichlicher Genuss, dafür verbürge ich mich.«

Sie zündeten sich die Zigarren an und taten genussvoll ein paar Züge. Rauchkringel schwebten zur Decke, wo sie sich schwadenartig ausbreiteten und ein schweres, erdiges Aroma verströmten. Die vier Männer standen sich inmitten blank polierter Gerippe gegenüber und gaben sich den Sinnenfreuden hin.

»Wann erhalten wir den Bericht?«, brach Horlitz schließlich das Schweigen.

»Sie haben es eilig, Herr Kommissar?«

»Karl Otto von Leps, der Untersuchungsrichter, sitzt mir im Nacken. Ich habe böse Vorahnungen bei der ganzen Angelegenheit. Bereits gestern bei der Überstellung der Leiche habe ich Sie über die Sachlage aufgeklärt, Doktor. Was meinen Sie? Wieso bringt ein angesehener Philosophie-Professor eine Dirne um?«

»Ein Lustmord?«

»Keine Anzeichen auf ungewollten Geschlechtsverkehr. Außerdem haben Sie eben noch festgestellt, dass sie ihre Periode hatte.«

Virchow schüttelte den Kopf. »Sie haben mich nicht verstanden, Horlitz. Ein Lustmord muss nicht unbedingt etwas mit dem Geschlechtsakt zu tun haben. Für manch verirrte Seele bedeutet es Lustgewinn, Menschen leiden zu sehen. Ins Pervertierte gesteigert, kann die totale Lust darin bestehen, das Sterben hautnah mitzuerleben. Der Blick in die langsam erstarrenden Augen wird zum höchsten der Gefühle.«

»Müsste man in diesem Fall das Opfer nicht eher erwürgen als erstechen?«, warf Julius ein.

»Ja, das müsste man wohl.«

»Sehen Sie, Virchow, da liegt mein Problem. Wie man es dreht und wendet, ich werde nicht schlau aus der Angelegenheit. Überdies hat dieser Goltz seinen Pflichtverteidiger damit beauftragt, eine Tatortbegehung zu beantragen. Ich habe wirklich ein ungutes Gefühl dabei, ein ganz ungutes Gefühl.«

Er zog an seiner Partagas, bis der Tabak beinah weiß glomm, und blies den Rauch durch die Nase. Wortlos standen die Männer da und hingen ihren trüben Gedanken nach.

Fünftes Kapitel

Julius Bentheim schlug seinem Freund vor, die Kamera nach Hause zu tragen. Albrecht, der zusammen mit Kommissar Horlitz die Fotoplatten im Polizeipräsidium am Molkenmarkt abliefern wollte, nahm das Angebot dankend an. Der junge Tatortzeichner spazierte nun beschwingt zur Wohnung der rüstigen Offizierswitwe, wo er die Sachen seines Freundes vor dessen Zimmertür abstellte. In seinem eigenen Zimmer wusch er sich und zog sich um. Die Kleidung, die er getragen hatte, warf er im Gang in einen Waschzuber, den die Vermieterin freundlicherweise ihren Hausgästen bereitstellte. Noch immer hatte er das Gefühl, den Geruch aus der Pathologie, diese schreckliche Mischung aus Chemie und Tod, in der Nase zu haben.

Als er – in eine prächtige Studentenuniform in den alten preußischen Farben Schwarz und Weiß gewandet – die Treppe hinabging, vertrat ihm eine ältere Dame den Weg. Sie trug schlichte, doch stilsichere Alltagskleidung mit hoher Taille und hatte das Haar mit einem Seidenhut bedeckt, der an die vor einem halben Jahrhundert verstorbene und noch immer verehrte Königin Luise erinnerte. Wie die modebewusste Monarchin sah auch Witwe Amalia Losch umwerfend aus.

»Stehen geblieben, junger Mann«, befahl sie gebieterisch. »Wohin des Weges?«

»Zu einem Studententreffen?«, murmelte Julius unsicher.

Mit einer resoluten Handbewegung wischte sie die Bemerkung aus dem Raum. »Unsinn! Zu einem Stelldichein, Herr Bentheim. Ist es nicht so?«

Kleinlaut nickte er. Dass der Alten nicht beizukommen war, wusste er längst.

»Werden Sie vom Vater der Dame empfangen?«

»Ich glaube schon.«

»Glauben ist etwas für Waschweiber und Bettnässer, Bentheim. Nun? Wie steht die Sache?«

»Der Herr Vater sollte anwesend sein.«

»Werden Sie im Hause verweilen?«

»Eher nicht«, antwortete Julius. »Filine möchte einen Spaziergang unternehmen. Das Wetter ist angenehm.«

»Mit Anstandsdame?«

»Mit Anstandsdame«, wiederholte Julius.

»Das ist schlecht.« Mit zwei spinnenartigen Fingern umspielte Amalia ihr Kinn. »Ich drücke trotzdem die Daumen, Bentheim! Bringen Sie Süßigkeiten mit. Das stimmt die Gouvernante gnädig. Mein alter Theobald – Gott hab ihn selig – hat das stets so gemacht und letzten Endes waren wir verheiratet.«

Bentheim versicherte ihr, den Rat zu beherzigen. Ein Schimmer der Zufriedenheit zog über das Gesicht der Witwe, als sie sich in Erinnerungen an alte Zeiten verlor. Der Tatortzeichner verabschiedete sich und sie drückte ihm fest die Hand.

Julius Bentheims Ziel lag am südlichen Rand des Großen Tiergartens. Künstler, Wissenschaftler und höhere Beamte hatten dieses Quartier in Beschlag genommen, weshalb es in der Bevölkerung vor allem unter dem Namen Geheimratsviertel bekannt war. Großbürgerliche Stadtvillen reihten sich aneinander und im Hintergrund überragte der dreischiffige Bau der St. Matthäikirche mit seinen Giebeln und Satteldächern die Häuser.

Seine Schritte führten den jungen Mann an die Schwelle eines zweistöckigen Gebäudes, hinter dessen Mauern die junge Filine Sternberg mit ihrem Vater wohnte. Auf der dem Bürgersteig abgewandten Seite besaß das Haus einen Garten, welcher weit nach hinten auslief. Von dort aus betrachtet, lag das Anwesen stets still da, behütet von einer bis zu acht Fuß hohen Gartenmauer. Inmitten des Rasens war ein Zierteich angelegt, umsäumt von Böschungen, die mit Rhododendren bepflanzt waren, in unmittelbarer Nachbarschaft zu einer Gartenlaube.

Alles wurde von einer riesigen Linde überragt, deren weit ausgreifende Äste Schatten spendeten.

Die Schönheit dieses abgeschiedenen Ortes, wo man sich vor der Welt zurückziehen konnte, hatte etwas Biedermeierliches an sich und wollte so gar nicht zu dem Bild passen, das sich Julius von dem Hauseigner gemacht hatte: Pastor Gottfried Sternberg war ein hagerer 40-jähriger Mann mit bleichem Gesicht. Meist verkroch er sich in seinem Studierzimmer, wo er religiöse Traktate las, sich dem Studium der Heiligen Schrift oder seiner Arbeit widmete, der Abfassung einer Lebensbeschreibung des Heiligen Thomas in lateinischer Sprache. Er war ein der Gesellschaft abgewandter Mensch, der einzig vor seiner Kirchgemeinde auflebte – dies aber auch nur in bescheidenem Maße. Dass ihn sein Kirchsprengel ins Herz geschlossen hatte, lag weniger an seiner spröden Art als vielmehr an seiner Tochter. Er hatte sie allein aufgezogen, nachdem ihre Mutter bei der Geburt gestorben war, und die Erziehung war ihm aufs Trefflichste gelungen: Filine war sittsam und liebenswürdig, grüßte jeden und kleidete sich mit Anstand. Die 16-Jährige war die unangefochtene Venus des Viertels, von den Herren bereits mit heimlichen Blicken gemustert und von den Damen, die längst das allmähliche Aufblühen ihrer Grazie ahnten, neidisch beobachtet.

Julius hatte sie vor einem Jahr bei einer Straßenfeier kennengelernt, als sie auf Geheiß ihres Vaters Heiligenbilder an die Passanten verteilte. Die Porträts waren so dilettantisch gefertigt, dass sich die Künstlerseele in Julius empörte. Getrieben vom schöpferischen Ehrgeiz, es besser zu können, war er mit Filine ins Gespräch gekommen und hatte ihr angeboten, eine Serie von Ikonen zu malen und sie ihr zur Verfügung zu stellen. So fand er Zutritt zum Haus des Pastors. Dass sich Filine und er inzwischen innig zugetan waren, war ein Geheimnis, das sie beide sich einzig gegenseitig offenbart hatten. Ihr Vater, der hagere Kirchenmann, sah mit Missbehagen die Vertrautheit zwischen den jungen Menschen. Doch es war zu spät. Den Jüngling des Hauses zu verweisen, ohne dass etwas Schwerwiegendes vorgefallen war, wäre eine Unschicklichkeit gewesen und in den Augen der Öffentlichkeit nicht zu rechtfertigen.

Bentheim zog die Klingelschnur und pochte zur Sicherheit mit der Faust drei Mal an die Tür. Dumpf vernahm er sich nähernde Schritte. Der Hausdrachen, dachte er grimmig. Hat man ihn also von der Kette gelassen?

Als der Riegel weggeschoben wurde und sich die Tür langsam nach innen öffnete, setzte er sein freundlichstes Lächeln auf. »Einen angenehm schönen guten Abend wünsche ich Ihnen, hochgeehrtes Fräulein Lembke«, begrüßte er die Haushälterin, die mit grober, verbissener Miene vor ihm stand. »Ach, ist es nicht wunderbar, wenn die Vöglein trillern, die Grillen zirpen und die Rehlein im Wald über die Bächlein von Lichtung zu Lichtung hüpfen? Über allen Gipfeln ist Ruh, wie der Dichter sagt.« Mit diesen Worten reichte er ihr eine Schachtel Konfekt, die er unterwegs auf Amalias Fingerzeig hin in einer Zuckerbäckerei erstanden hatte.

Finster blickte die Frau ihn an, als sie die Pralinen und Fondants entgegennahm. Sie wussten beide, wo sie standen und was sie voneinander zu halten hatten. »Geben

Sie mir Ihren Mantel, Herr Bentheim. Danach lasse ich Sie zu Filine vor. Sie wartet im Garten auf Sie.«

»In der Laube?«

»Wo denn sonst?«, antwortete sie bissig.

Er zog den leichten Studentenüberwurf aus und reichte ihn der Haushälterin. Wenig später geleitete die Frau den Besucher zu einer zweiflügligen Tür, die nach draußen in den Garten führte. Ein angenehmer Luftzug umspielte den Studenten, als er durch den schattigen Hort in Richtung Laube ging. Er fand Filine auf einer Holzbank sitzend, völlig in ein Gesellschaftsblatt vertieft. Überrascht blickte sie auf, als sie ihn die Laube betreten hörte.

»Julius!«, entfuhr es ihr.

»Finchen«, entgegnete er mit warmer Stimme.

Schnell sah sie sich um und sowie sie die Haushälterin mit lauerndem Gesichtsausdruck hinter den Fensterscheiben erspähte, nahm sie sich zusammen. Sie richtete sich auf, mit gespielter Arroganz, und reichte ihm wie einen Gnadenakt die Hand zum Kuss. Er spielte die Komödie mit, verbeugte sich steif und führte die Hand, die in einem weißen Seidenhandschuh steckte, bis wenige Zentimeter an seine Lippen. »Ich bin erfreut, Sie wohl und munter zu sehen«, begrüßte er sie vernehmlich. Leise aber fügte er ein paar schmachtende Liebesschwüre hinzu.

»Setz dich zu mir, Julius, die Alte ist weg.«

Um sich Platz zu verschaffen, nahm er die Zeitschrift, die sie beiseite gelegt hatte, von der Bank. »›Die Gartenlaube‹«, las er überrascht. »›13. Jahrgang.‹«

»Passend, nicht?«

»Ist wenigstens der Inhalt spannender als der Titel?«

Sie nickte heftig, wobei die blonden Locken ihre Schultern umspielten. Die Ähnlichkeit mit dem Bild, das man sich gemeinhin von Brentanos Lore Lay machte, war augenfällig. Bentheim sah es beinah als boshafte Laune der Natur an, dass eine Pastorentochter ein solch anziehend wirkendes Äußeres besaß.

»Die einzige Zeitschrift, die mich Papa ohne Bedenken lesen lässt«, erklärte Filine. »Der Publizist ist zwar liberal-demokratisch, doch das Programm des Blattes ist weitgehend unpolitisch. Hier, sieh mal, das Motto. Ich will dir einen Auszug vorlesen: ›Ein Blatt für jeden, der noch Lust hat am Guten und Edlen‹. Irgendwie abgeschmackt, nicht? Trotzdem muss ich zugeben, dass mir die Mischung aus Reportagen, Fortsetzungsromanen und dem Propagieren ethischer Werte nicht missfällt.«

»Dann hatte dein Vater für einmal nichts zu zensieren?«

Sie lachte auf und strich ihm sanft über den Handrücken. Als sie sich ungefähr einen Monat lang kannten, hatte Julius sie beim Lesen eines Buchs angetroffen, auf dessen Seiten bisweilen einzelne Textstellen mit schwarzem Stift überstrichen worden waren. Alle anstößigen Szenen waren getilgt worden. »Ad usum Delphini«, hatte Pastor Sternberg sein Vorgehen genannt, indem er die alte Bezeichnung verwendete, die man früher für die umgeschriebenen Klassikerausgaben des französischen Thronfolgers gebraucht hatte. In dem Bücherregal, das Sternberg für seine Tochter eingerichtet hatte, fanden sich lediglich Bände von Klopstock, Lyrik von Angelus Silesius und Novalis sowie die christlich-konservativen Werke der Droste-Hülshoff. Bentheim hatte sich des Mädchens erbarmt. Zu jedem neuen Treffen schmuggelte er in den weiten Taschen seines Ausgehrocks ein anderes Buch ins Haus des Pastors. So kam es, dass Filine in den Nächten heimlich mit Gaboriaus Ermittler Lecoq auf Mörderjagd ging, an der Seite von Wagners ›Kindsmörderin‹ tragische Stunden durchlitt und sich vor Ernst Raupachs ›Blutbaronin‹ fürchtete.

Geraume Zeit saßen sie nebeneinander und genossen es, die laue Luft um sich zu spüren. Dann brachte Bentheim das Gespräch wieder in Gang, indem er auf ihr vereinbartes Programm für den frühen Abend anspielte. »Kommt die Lembke mit?«

»Sie muss wohl.«

»Und weiß sie, wohin wir wollen?«

»Aber nicht doch. Wir gehen spazieren, bummeln ein wenig dahin und dorthin, während sie uns in angemessenem Abstand folgt, und ehe sie sich versieht, sind wir schon bei Fanny im Haus. Dann muss die Alte gezwungenermaßen eintreten und gute Miene zum bösen Spiel machen.«

»So einfach wird es sich abspielen?«

»Ja, mein Schatz, sei unbesorgt«, meinte sie zuversichtlich. »So einfach wird es sich abspielen.«

Sechstes Kapitel

Die Anstandsdame Hedwig Lembke folgte den zwei Verliebten in Sichtweite. Mürrisch schritt sie hinter ihnen her, wobei sie jedoch einen akzeptablen Grad an Freiraum gewährte. Julius und Filine plauderten ungeniert von privaten Dingen und endlich verstieß der Student auch gegen die Schicklichkeit, indem er dem jungen Fräulein von seiner Verwicklung in den Mordfall Lene Kulm erzählte. Als er geendet hatte, hatten sie bereits einen langen Spaziergang hinter sich gebracht und waren wieder am Anfang der Matthäikirchstraße angekommen.

»Da vorn ist die Hausnummer 18«, meinte Filine Sternberg. »Wollen wir es wagen?«

»Wir schlendern gemütlich weiter, damit wir keinen Verdacht erregen. Sobald wir auf Höhe der Haustür sind, treten wir unverzüglich ein. Ich weiß, dass sie nie geschlossen ist, wenn sich der Salon trifft.«

»Einverstanden.«

Sie unterhielten sich weiterhin, ohne etwas an ihrem Verhalten zu ändern, während die Alte sich schnäuzte und dadurch etwas zurückfiel. Die angestrebte Tür kam näher, und unvermittelt blieb Bentheim stehen und drückte die Klinke. Ehe sich Hedwig Lembke versah, waren die beiden in dem fremden Haus verschwunden.

»Da soll mich doch …«, entfuhr es ihr und gleich darauf bekreuzigte sie sich schuldbewusst. Sie beschleunigte die Schritte und blieb ratlos vor dem Hauseingang stehen. Auf dem bronzenen Namensschild rechts neben dem Türrahmen war ein Schriftzug eingraviert: Stahr-Lewald.

Unschlüssig trat sie von einem Fuß auf den anderen, bis sie zaghaft die Hand hob, um an die Tür zu pochen. Zu ihrer Überraschung schwang diese auf und eine Frau in den Fünfzigern stand vor ihr. Die Fremde besaß ein rundliches Mondgesicht mit dem Ansatz zu einem kleinen Doppelkinn und eine für eine Frau außergewöhnlich hohe Stirn. Die blonden Locken jedoch, die dicht gerollt das Gesicht umrahmten, machten diese Makel mehr als nur wett.

»Ja? Sie wünschen?«, fragte die Unbekannte freundlich.

Frau Lembke neigte den Kopf zur Seite, um an der Frau vorbei einen Blick ins Hausinnere zu erhaschen. Zwei Männer huschten durchs Bild, angeregt diskutierend, Gläser in den Händen haltend.

»Meine Schutzbefohlene ist hier eingetreten.«

»Ah, kommen Sie herein. Bitte, fühlen Sie sich wie zu Hause. Sie müssen zu Herrn Bentheim gehören. Er hat mir eben noch mitgeteilt, dass eine gute Freundin von ihm zu Besuch kommen werde. Aber ich habe Sie nicht so schnell erwartet.«

»Gute Freundin?«, murmelte Hedwig Lembke empört, als sie den Fuß über die Schwelle setzte.

Die Gastgeberin, die sich als Frau Fanny Lewald vorstellte, geleitete die neue Besucherin in ein Nebenzimmer, in dem mehrere Tischchen, Sofas und Ledersessel aufgereiht waren. Eine überschaubare Gruppe von Menschen hielt sich in dem Raum auf. Einige zitierten aus mitgebrachten Schriften, andere lauschten ehrfürchtig, um sich daraufhin in Diskussionen zu versteigen. Die zwei Frauen waren an der Längsseite eingetreten. Die Wand zur Linken befand sich beinah in Reichweite, jene zur Rechten bestand aus mehreren an Erker erinnernde Vertiefungen. Zwei weitere Türen führten in anschließende Räumlichkeiten, die alle zusammen eine Einheit bildeten.

In einem der Erker hatten Julius und Filine es sich bereits bequem gemacht. Ihre Wangen waren noch gerötet – vor Aufregung, ihrer Anstandsdame einen Streich gespielt zu haben – und ein schnurrbärtiger Mann Mitte der Vierziger war gerade dabei, ihnen Sekt einzuschenken. Voller Ingrimm war Frau Lembke versucht, ihren Ausreißern vor versammelter Gesellschaft die Ohren lang zu ziehen, doch ein unbewusster Impuls ließ sie innehalten. Sie kannte den Mann! Und auch etliche der anderen Gäste waren ihr merkwürdig vertraut. Hatte sie deren Gesichter nicht schon in der Zeitung gesehen?

Von dem Herrn mit der Sektflasche wusste sie, dass er Apotheker gewesen war. Wenn sie sich recht entsann, hatte er sie sogar vor etlichen Jahren einmal am Georgenkirchplatz in der Apotheke Zum Schwarzen Adler persönlich bedient. Er war ihr in Erinnerung geblieben, da er so nett und zuvorkommend auf ihre Bedürfnisse einging, während sie unpässlich war. Wie überrascht war sie gewesen, als sie im Revolutionsjahr 1848 vier radikale Texte zu lesen bekam, die von eben diesem netten jungen Mann geschrieben worden waren. Auch in den letzten Jahren war sein Name immer wieder gefallen, wenn auch nicht mehr im politischen, sondern im literarischen Bereich: Durch Reiseberichte aus London und über die Grafschaft Ruppin hatte der Apotheker Aufmerksamkeit erregt.

Hedwig Lembke trat in seine Nähe. Freundlich wandte er sich an sie und bot ein Gläschen an. Sie wehrte dankend ab. »Vielen Dank, Herr Fontane, aber ich bin Mitglied im Mäßigungsverein.«

»Fontan«, betonte er mit einnehmender Liebenswürdigkeit. »Das E am Ende kann mir gestohlen bleiben. Meine Eltern waren Hugenotten. Französische Aussprache also, s'il vous plaît. In dieser Hinsicht bin ich konsequent. Nicht doch ein Gläschen, meine Dame?«

Sie schüttelte den Kopf und der Schriftsteller stellte die Flasche auf einen Beistelltisch, während sich ein zweiter Herr zu ihrer Gruppe gesellte. Er war ein wenig kleiner als Theodor Fontane und auch ein wenig jünger, besaß – wie die meisten preußischen Männer, die etwas auf sich und ihre Herkunft hielten – einen prächtigen Schnurrbart samt Koteletten und war von schmaler, schmächtiger Statur.

»Ah, mein lieber Goedsche, seien Sie mir herzlich willkommen. Darf ich Sie alle miteinander bekannt machen?« Der Dichter deutete auf Filine und Julius. »Zuerst die junge Generation, denn ihr gehört die Zukunft. Dies ist Julius Bentheim, der Benjamin unserer Salon-Abende; und dies ist seine bezaubernde Begleitung, Fräulein Filine Sternberg, welche kennenzulernen ich erst heute das Vergnügen hatte.«

»Angenehm, sehr erfreut.«

»Und Sie müssen zweifelsfrei das grundgütige Fräulein Lembke sein, von der mir Julius schon des Öfteren erzählt hat. Man hört nur Gutes über Sie. Ihr Ruf eilt Ihnen voraus. Preußen braucht prinzipientreue Mägde wie Sie.«

Bentheim unterdrückte ein Lachen, als Fontane ihm heimlich zuzwinkerte. Dass der Anstandsdame nur mit Schmeicheleien beizukommen war, hatte der hugenottische Poet mit klarem Blick erkannt. Sie tauschten höfliche Floskeln aus, plauderten über Nichtigkeiten und stießen allmählich in philosophischere Gefilde vor. Als sich auch noch die Dame des Hauses zu ihnen gesellte, befand sich die Gruppe bereits in einer angeregten Diskussion über religiöse Schuld und Sühne. In der Vossischen Zeitung war ein kurzer Bericht über die bestialische Bluttat an der Dirne Lene Kulm erschienen, und es hatte sich herausgestellt, dass Bentheims tiefere Einsicht in den Mordfall Fragen von essentieller Bedeutung aufwarf. Der Umstand, dass ein gebildeter Mann wie Botho Goltz zu einem derart abscheulichen Verbrechen fähig war, übte auf die Gesprächsteilnehmer eine Faszination aus, der sich die Anwesenden nur schwer entziehen konnten.

Der Mann, den Fontane als Goedsche vorgestellt hatte, räusperte sich vernehmlich. Er war ebenfalls Schriftsteller, wenn auch auf dem eher seichteren Gebiet der trivialen Abenteuerliteratur. Unter dem Pseudonym Sir John Retcliffe veröffentlichte er historische Sensations- und Tendenzromane in der Tradition von Eugène Sue und Alexandre Dumas.

»Ich bin der Meinung«, ereiferte er sich, »dass das Vorhandensein menschlichen Intellekts kein zwingender Grund ist, sich dem Diktat von Ethik und Moral zu unterwerfen. Es ist doch primär die Religion, die uns vorschreibt, was wir zu tun oder zu lassen haben, und wie Karl Marx sagt, ist Religion der Seufzer der bedrängten Kreatur. Wenn also ein Philosoph wie dieser Professor Goltz zu der Erkenntnis kommt, die Religion besitze für ihn keine Daseinsberechtigung, so ist es sein gutes Recht, die passenden Schlüsse daraus zu ziehen.«

»Und die wären?«, wollte Fanny Lewald wissen.

»Nun, Sie als Jüdin werden mir natürlich widersprechen, aber es ist nicht von der Hand zu weisen, dass sich in der Thora zahlreiche Beweise für die monströsesten Gewaltexzesse finden lassen. Nehmen wir noch das Neue Testament hinzu, um auch die Christenheit mit einzuschließen, dann gibt es noch mehr Verherrlichungen menschlicher wie göttlicher Tyrannei. Das Faustrecht ist in diesen Büchern vorherrschend. Der Stärkere setzt sich durch. Ironischerweise sind die Heiligen Schriften auf ihre Art dem Darwinismus näher, als ihnen lieb ist.«

»Ein Beispiel gefällig«, forderte Frau Lembke missmutig. Ihr, die in einem Pastorenhaushalt diente, behagte die Entwicklung des Gesprächs ganz und gar nicht.

Mit gewichtiger Miene stellte sich Retcliffe in Positur. »Denken Sie nur an den Auszug aus Ägypten. Gott verlangt von Moses, den Pharao zu bitten, das Volk der Israeliten ziehen zu lassen. Für mich als Schriftsteller wäre das an sich eine geniale Ausgangslage: Es gibt einen exotischen Schauplatz, historisch verbürgte Tatsachen und biblische Plagen, die man mittels durchdachtester Theatereffekte auf die Bühne bringen könnte. Doch was macht die Bibel aus solch dankbarer Vorlage? Ein schäbiges Schmierenstück.«

»Ich muss doch sehr bitten, Sir John«, fiel ihm Fontane gutmütig ins Wort und legte ihm die Hand auf den Arm, »achten Sie bei Ihren gewagten Thesen zumindest ein wenig auf die Wortwahl. Es sind Damen anwesend.«

Retcliffe deutete eine leichte Verbeugung an und murmelte eine halbherzige Entschuldigung, bevor er mit seinen Ausführungen fortfuhr: »Wie gesagt, der Stoff für eine Tragödie wäre gegeben. Mit der Figur des Moses fehlt es auch nicht an einem tragischen Helden. Denn sein Traum, aus der Sklaverei zu entkommen und ins Land seiner Vorväter zu ziehen, erfüllt sich nicht. Es wird ihm lediglich vergönnt sein, auf dem Berg Nebo von seinem Sterbebett aus einen letzten Blick hinüber in die Heimat zu werfen. Welch ergreifende Szene! Außerdem gibt es einen Antagonisten, nämlich den Pharao, den man als durchtriebenen und bösen Widersacher präsentieren könnte. Aber wenn man dem genauen Wortlaut des Buches Exodus folgt – was besonders die katholische Kirche ja stets von einem verlangt –, so ergibt sich ein ganz anderes, ein gänzlich unerwartetes Bild. Der böse Pharao war nämlich gewillt, der Bitte des Moses zu entsprechen. Er zeigt sogar Verständnis für das geknechtete Volk und ist der Meinung, seine Zwangsarbeiter ziehen lassen zu können, zumal die Bauarbeiten ohnehin bald beendet seien. Ende gut, alles gut, sollte man meinen, wenn da nicht der eitle Geck von einem Herrgott wäre!«

»Herr Retcliffe!«

»Bitte vielmals um Verzeihung, meine Damen und

Herren. Aber ich nenne nun einmal das Kind beim Namen. Ich bedinge mir aus, dass Sie dies billigen.«

Julius Bentheim nahm einen Schluck aus seinem Sektglas und hielt es dem verdutzten Fontane hin, um es von ihm auffüllen zu lassen, womit er einen weiteren Einwand seitens des Dichters verhinderte. Den Studenten interessierte der Verlauf des Gesprächs ungemein. Filine war von ihrem Vater geprägt, auch wenn sie nicht dessen beharrliche Sittenstrenge übernommen hatte. In vielerlei Hinsicht war sie aufgeschlossen gegenüber den Veränderungen, die die Gesellschaft durchmachte, und zeigte sich bisweilen auch empfänglich für wissenschaftlichen Fortschritt. Was das voreheliche Austauschen von Zärtlichkeiten anbelangte, war sie bis zu einer bestimmten Grenze prinzipientreu. Wenn es ihnen einmal gelungen war, sich heimlich zu treffen oder Frau Lembke für unbestimmte Zeit loszuwerden, entwickelte sich stets ein hastiges, flüchtiges Berühren zwischen ihnen. Julius hatte sie bereits geküsst und durfte hin und wieder ihre Brüste streicheln, wogegen sie nichts einzuwenden hatte, sofern er sie nicht ansah. In einem schwachen Moment hatte Filine einmal in seine Hose gegriffen und sein Glied angefasst, jedoch unverzüglich die Hand zurückgezogen und ihn gebeten, für den Rest der Woche von ihr Abschied zu nehmen. Der Same der Bibel, der ihr von ihrem Vater eingepflanzt worden war, hatte halbherzig gekeimt.

Ein Seitenblick zu Filine genügte Julius, um zu erkennen, dass sie die Ausführungen Retcliffes missbilligte, aber gespannt die weitere Argumentation verfolgen würde.

»Und wie ging es weiter?«, fragte Bentheim.

»Der liebe Gott lässt das Herz des Pharaos verhärten, sodass Wut und Zorn in ihm aufblühen. Plötzlich verweigert der König den Israeliten die Ausreise. Auch als ihm Moses die Gefahr der sieben Plagen vor Augen führt, die über das Land hereinbrechen sollen, reagiert er nicht. Erst als das Reich von einer Katastrophe in die nächste gerät, erlaubt er den Wegzug der Sklaven. Hier könnte die Geschichte ihr Ende finden, wenn sich Jahwe nicht in der Rolle der selbstherrlichen Schicksalsmacht gefallen würde. Erneut vergiftet er das Herz des Königs mit arglistigen Gedanken und lässt ihn eine Streitmacht aufstellen, um die Flüchtigen zu verfolgen. Dass die ägyptische Armee in den Fluten des zuvor noch von Moses geteilten Roten Meeres jämmerlich ersäuft, ist hinlänglich bekannt. Laut Altem Testament ist es also der Wille Gottes, unnötig Gewalt anzuwenden und friedlich gesinnte Menschen ihres freien Willens zu berauben. Der Pharao war hierbei nichts weniger als das Opfer in der bemitleidenswerten Inszenierung eines gefallsüchtigen Stutzers. Zur höheren Ehre Gottes, wie man so schön sagt. Um für einmal auf Seite der Ägypter Resümee zu ziehen, sieht die Bilanz düster aus. Das Land und seine Bewohner sind von Pest, Geschwüren und Hagel gequält, die Ernten durch Heuschrecken und Ungeziefer aufgefressen, alle Erstgeborenen von Mensch und Vieh gestorben, die Soldaten dezimiert. Der Gott der Israeliten hat sich durchgesetzt. Sieg auf ganzer Linie. Dass dabei verbrannte Erde zurückblieb, ist ihm einerlei.«

»Ihrer Argumentation ist eine gewisse Logik nicht

abzusprechen, Sir John«, bemerkte Fanny Lewald. »Doch was hat dies mit dem Fall Kulm zu tun?«

»Vor Beginn meiner Ausführungen haben wir uns eben noch darüber unterhalten, wie schwer vorstellbar es sei, dass ein gebildeter Mann wie dieser Professor Goltz zu Gewalt greift. Ich aber behaupte, dass dies sehr wohl vorstellbar ist und dass diese Idee auch durch irgendwelche religiösen Ansichten nicht aus der Welt geschafft werden kann. Ein Atheist wird nicht unbedingt bekehrt, indem man ihm die Bibel zu lesen gibt. Im Gegenteil, dies bestärkt ihn wohl nur noch in seinem Glauben an den Unglauben.«

Fanny Lewald legte die Stirn in Falten. Sie war als ältestes von neun Kindern in einem Kaufmannshaushalt aufgewachsen und hatte es dem konservativen Vater abgetrotzt, allein eine Wohnung zu beziehen. Auch der Zwangsverheiratung mit einem ungeliebten Mann hatte sie sich erfolgreich widersetzt und war ihrer Berufung gefolgt, Schriftstellerin zu werden. In mehreren erfolgreichen Romanen hatte sie die Konventionen und Traditionen ihrer Zeit urteilssicher unter die Lupe genommen.

»Ich bin anderer Meinung«, erklärte sie energisch. »Im Übrigen möchte ich klarstellen, dass ich zwar Tochter jüdischer Eltern bin, aber christlich getauft wurde. Dies nur nebenbei … Nun zu Ihrer Vorstellung, dass unsere Moral nicht der Religion zu verdanken ist. Hier möchte ich ansetzen, denn im Gegenzug ist es eben nicht so, dass der Atheismus keine Moral kennt.«

»Atheismus und Moral? Ich bitte Sie!«, fuhr Hedwig Lembke dazwischen.

»Doch, doch, lassen Sie mich erklären. Unsere Moral verdanken wir keineswegs der Religion. Jeder von uns entscheidet für sich selbst, was als gut oder als schlecht anzusehen ist. Diese moralische Intuition ist eine Art Kompass, der anscheinend zu unserem biologischen Zubehör gehört. Die Stellen, die wir in der Bibel gut und nachahmenswert finden, lassen sich um ihrer ethischen Weisheit willen achten. Der Atheist braucht kein höheres Wesen. Er ist intelligent genug, um selber einen Kanon an moralischen Werten zu erstellen.«

»Das mag für Sie richtig sein, die Sie in gediegenem Umfeld leben«, warf die Gouvernante ein. »Sie haben Kleidung, Nahrung, ein Dach über dem Kopf. Aber Sie nehmen den Geknechteten und Verarmten den Glauben und damit alles, was sie noch besitzen.«

»Den Glauben woran?«, lachte Retcliffe hämisch auf. »An Gottes Barmherzigkeit?«

Mit funkelnden Augen sah Frau Lembke den Dichter an. Theodor Fontane war darum bemüht, die Situation zu entspannen. Religion war ein heißes Eisen und wieder einmal sah er sich in seiner Entscheidung bestärkt, dieses Thema nicht in einem seiner Werke behandelt zu haben.

»Vielleicht lässt sich ein Kompromiss finden«, schlug er vor.

Filine, die der Diskussion bisher stumm gefolgt war, meldete sich erstmals zu Wort: »Rein mathematisch gesehen ist es von Vorteil, die Existenz Gottes anzunehmen.«

Die Herren lächelten anerkennend. Zu den Pflichten einer gebildeten Bürgersfrau gehörten die Handarbeit, leichtere Hausarbeiten, das Klavierspiel und die Lektüre verständlich geschriebener Romane. Es machte offenbar Eindruck, dass diese junge Dame philosophischen Gedanken nachhing.

»Nur zu, Fräulein Sternberg, ich bitte Sie um Aufklärung.«

»Ob Gott existiert oder nicht, konnten selbst so große Philosophen und Kirchentheoretiker wie Augustinus, Thomas von Aquin oder Descartes nicht schlüssig beweisen. Es gilt also abzuwägen, für welche Variante man sich entscheidet. Für die Existenz Gottes? Oder für seine Nicht-Existenz? Wähle ich den atheistischen Weg und sterbe, kann mir Übles widerfahren: Es gibt tatsächlich keinen Gott und ich gehe ohne Bewusstsein in die Ewigkeit ein. Oder es gibt einen Gott und ich werde für meine Blasphemien bestraft und lande in der Hölle.«

»Das wäre die erste Variante. Was aber, wenn ich gläubig bin?«

»Wenn ich fromm und demütig mein Leben gestalte und schließlich sterbe, stellt sich mir dieselbe Situation: Falls es keinen Gott gibt, verschwinde ich ebenfalls im Dunkel der Geschichte. Dies macht mir nichts aus, da ich ab diesem Zeitpunkt nichts mehr spüre, auch nicht mehr denke und ganz allgemein nicht mehr bin. Trete ich aber vor meinen Schöpfer, falls er denn existiert, wird er mich freundlich und gütig empfangen und zu sich ins Himmelreich holen, wo mir das ewige Leben winkt. Sie sehen, es gibt vier Varianten, wovon lediglich eine die mit Abstand schlechteste ist. Wenn ich in meinem Glauben nicht sicher bin, vertraue ich auf die Mathematik, wähle die 75-prozentige Möglichkeit, entscheide mich bewusst für die Existenz Gottes und wähle ein gottgefälliges Dasein.«

»Wohl gesprochen«, meinte Fanny Lewald entzückt und Hedwig Lembke ertappte sich dabei, stolz auf die ihr anvertraute junge Frau zu sein. Für einmal vergaß sie die mittlerweile fortgeschrittene Stunde und nickte zustimmend, als Filine nach einem Gläschen Sekt greifen wollte. Sie unterhielten sich noch eine Zeit lang, teils über Literatur, teils über Bismarcks ruppige Angriffe gegen die österreichische Monarchie und den Deutschen Bund, und verabschiedeten sich dann von der Hausherrin und einigen anderen Gästen. Theodor Fontane, von seinem Feingefühl getrieben, geleitete das Trio zur Tür, wo er sich ausgiebig der Gouvernante widmete und sie schließlich unter allerlei Freundschaftsbekundungen entließ.

In ungewohnt aufgeräumter Stimmung ging Hedwig Lembke mit dem jungen Paar die letzten Meter zum Wohnhaus des Pastors. Das Dunkelwerden hatte längst schon eingesetzt und die Matthäikirchstraße lag verlassen da, sodass die Schritte der drei nächtlichen Spaziergänger von den Mauern der Bürgerhäuser widerhallten. Die Alte schloss die Tür auf und ließ zu Filines Überraschung den Schlüssel stecken.

»In zwei Minuten werde ich abschließen«, meinte sie gönnerhaft und verschwand im Dunkel des Eingangsbereichs.

»Ausreichend Zeit«, sagte Filine und schlang ihre Arme um Bentheims Hals.

Später, als er allein auf dem Straßenpflaster stand, öffnete sich im zweiten Stock ein Fenster und die Pastorentochter warf ihm eines der Bücher herunter, die er ihr vor ein paar Tagen heimlich zugesteckt hatte: Philipp Galens ›Der Irre von St. James‹. Er fing es auf und sie schickte ihm eine Kusshand hinterher, als er sich entfernte. Im Lichtkegel einer Straßenlaterne blieb er stehen, um sich noch einmal umzublicken. Filines Fensterladen war wieder geschlossen. Doch im Zimmer daneben zeichnete sich ein geisterhaft bleiches Männergesicht an der Scheibe ab, das in undurchdringlicher Erstarrung auf das Pflaster herabblickte. Die Kleidung des Mannes war im abgedunkelten Raum nicht zu erkennen, doch Julius wusste, dass es sich um eine schwarze Pastorentracht handelte.

Siebtes Kapitel

Die nächsten Tage vergingen in träger, untätiger Stimmung. Der Sommer war brütend heiß und Julius Bentheim feierte mit Albrecht Krosick das Ende der letzten Rechtsprüfungen. Viele Universitätsinstitute hatten bereits Ende Juni das Semester abgeschlossen. Lediglich bei den Studenten der Jurisprudenz dauerten die schriftlichen und mündlichen Examen noch bis weit in den Juli hinein.

Nach dem Besuch des Literatursalons bei Fanny Lewald hatte Julius den Kontakt zu Filine kurzfristig eingeschränkt. Stundenlang büffelte er für die Befragungen. Er las sich in den berühmten Rose-Rosahl-Fall ein, der in der Strafrechtswissenschaft so intensiv diskutiert wurde, und lernte ganze Passagen des Code Napoléon sowie des darauf aufgebauten Preußischen Rechts auswendig. Als die Prüfungen, die seinem Gefühl nach gut verlaufen waren, hinter ihm lagen, hatte ihn Albrecht zu einem Umtrunk überredet.

»Komm schon, Julius, das muss gefeiert werden! Mit des Bieres Hochgenuss wächst des Bauches Radius. Prost!«

Sie saßen in der Nähe des Spreeufers im Garten einer Kneipe und stießen mit ihren Maßkrügen an. Der Vorplatz war mit großen Buchen bestanden, die angenehm kühlen Schatten warfen, und ein paar Straßenmusikanten in der Nähe entlockten ihren Drehorgeln schräge Musik.

»Hast du Pläne für die Ferien?«

»Vorlesungsfreie Zeit ist der korrekte Ausdruck.«

»Hast du Pläne für die vorlesungsfreie Zeit, Albrecht?«

»Ich mache Ferien.«

Julius lachte. Die beiden Freunde hatten ausgiebig getrunken und es war abzusehen, dass sie sich in nächster Zukunft hauptsächlich dem Nichtstun widmen würden. Versonnen hob Bentheim den Blick und betrachtete die Baumkronen über ihnen.

»Und du? Keine Aufträge von der Polizei?«, brach Krosick das Schweigen.

»Es ist Sommer. Da braucht man eher einen Fotografen. Tatortzeichner haben normalerweise im Winter

Hochkonjunktur, wenn die Lichtverhältnisse schwieriger werden.«

»Das stimmt auch wieder. Aber ich könnte bei Kommissar Horlitz anfragen, ob das Gericht einen Zeichner braucht. Gib es zu, Julius, das würde dich reizen.«

»Nur bei einem ganz bestimmten Fall.«

Albrecht nickte. »Dachte ich es mir doch. Die Verhandlung beginnt in ein paar Tagen. Falls sich Horlitz nicht erweichen lässt, habe ich einen weiteren Plan in der Tasche. Ein Gerichtsdiener ist mir noch einen Gefallen schuldig. Ich denke, es lässt sich einrichten, dass einer der Zeichner kurzfristig offiziell an einer üblen Sommergrippe erkrankt und du für ihn einspringst.«

Bentheim sah seinem Freund in die Augen.

»Ein Gefallen?«

Krosick fuhr mit schelmischer Gebärde in die Hemdtasche und zog ein Bündel Fotografien hervor. Mit betonter Langsamkeit öffnete er die Bilder zu einem Fächer, den er vor den Augen der anderen Wirtshausgäste verdeckt hielt. »Ah, hier haben wir es«, meinte er entzückt und legte eine Fotografie mit der Vorderseite nach unten auf den Tisch.

Gespannt zog Bentheim das Papier über die Tischplatte und wendete es.

»Albrecht, du Ferkel!«, entfuhr es ihm. »Woher hast du das?«

»Die Frage ist nicht, woher ich das habe, sondern wer die Frau ist.«

»Und wer ist sie?«

»Rate mal.«

Er betrachtete die Fotografie eingehend und hielt dann

die Hände schützend darüber. Das, was er gesehen hatte, irritierte ihn überaus. Abgebildet war ein vollbusiges Fräulein, das unbekleidet in einer Art Fantasielandschaft stand, die an die griechische Antike erinnerte. Am linken Bildrand erhob sich eine Säule, an welche sich die Frau in erotischer Pose anlehnte. In der rechten Hand hielt sie ein Bündel Weintrauben, mit der Linken vollführte sie eine laszive Bewegung, indem sie sich eine Beere an die Lippen hielt und mit der Zungenspitze berührte. Auf dem Kopf trug die Nackte einen Lorbeerkranz. Das Bild war handkoloriert und vor allem den Brustwarzen hatte der anonyme Künstler ein besonderes Augenmerk gewidmet: Sie leuchteten in greller roter Farbe. Bentheim fiel auf, dass das Fotomodell nicht dazu benutzt worden war, um abstrahierende und künstlerisch verfremdete Detailansichten abzubilden, welche die Formen und Konturen des menschlichen Körpers betont hätten. Nein, vielmehr zeigte das Foto einen klassischen Vollakt. Selbst die Hüftpartie war deutlich zu erkennen.

»Ist das die Freundin des Gerichtsdieners?«

»Knapp daneben. Es ist die werte Gattin«, antwortete Albrecht selbstzufrieden.

»Du weißt, dass das illegal ist?«

»Ach, Julius, sei kein Spielverderber. Ich sehe mich als Künstler. Schon Benvenuto Cellini und Leonardo da Vinci haben sich dem Studium des menschlichen Körpers und seiner Anatomie gewidmet. Wie kann man es folglich mir, dem Laien, verwehren?«

»In Paris wurde der Fotograf Moulin vor ein paar Jahren für seine pikante Kunst mit einem Monat Gefängnis bestraft.«

»Der Unterschied liegt aber darin, dass bei ihm die Polizei problemlos recherchieren konnte, ohne Leuten aus der Oberschicht auf die Zehen zu treten. Moulin hatte als Modelle nämlich Prostituierte und Tänzerinnen aus dem Varieté gewählt.«

»Und du?«

»Ich?«, lachte Albrecht. »Ich gebe mich mittlerweile erst mit dem höheren Bürgertum und dem niederen Adel zufrieden. Eine Direktorengattin muss es sein. Oder eine dralle Baronesse. Du glaubst gar nicht, wie einträglich so ein Auftrag sein kann.«

»Es gibt eine Branche für so etwas?«, staunte Julius.

Albrecht Krosick nahm seinen letzten Schluck Bier und nickte vergnügt. »Julius, mein Freund, wir treffen eine Abmachung. Ich bringe es zustande, dass du als Gerichtszeichner angestellt wirst und im Gegenzug hältst du mich auf dem Laufenden, was den Fall Goltz angeht, und vielleicht findet sich auch hin und wieder ein lukrativer Auftrag, den ich dir zuschanzen kann.«

»Was interessiert dich an dem Professor?«

»An ihm persönlich nicht viel. Aber der Fall an sich ist doch außergewöhnlich spannend, findest du nicht auch? Dieser Mord ist so subtil wie ein Pavianarsch. Als Fotograf werden lediglich meine Bilder vom Tatort und von der Leiche von Nutzen sein. Ich selbst werde wohl nicht einmal als Zeuge geladen. Vor zwei Tagen habe ich Gideon Horlitz getroffen. Du ahnst nicht, was im Hintergrund für Fäden gezogen werden.«

»Gibt es neue Entwicklungen?«

»Einen Moment, bitte.« Krosick gab der Schankmagd ein Zeichen und deutete auf seinen leeren Krug. »Wo waren wir? Ach ja, der liebe Professor Goltz. Anscheinend hat er einen Pflichtverteidiger, der wie eine Marionette nach seiner Pfeife tanzt. Ihr erster Antrag, den sie an den zuständigen Richter Karl Otto von Leps stellten, betraf die Forderung nach einer erneuten Tatortbegehung. Gewünscht wurde zudem, dass ein externes Anwaltsbüro für die Bestandsaufnahme zuständig sein sollte. Wie ich mir habe sagen lassen, mussten drei Leute in stundenlanger Arbeit den Lichtschacht der Mietskaserne entrümpeln. Auch die Nachbarin wurde von dieser Kanzlei noch einmal zum Ablauf jenes Abends vernommen, an dem Botho Goltz an ihre Tür klopfte.«

»Wenn du mich fragst, ist etwas faul an der Sache.«

»Das hat Horlitz bereits in der Charité vermutet. Nun, Julius, ist dein Interesse geweckt?«

»Das war es schon zuvor.«

»Du nimmst die Ferientätigkeit als Zeichner also an?«

»Natürlich.«

Die Bedienung unterbrach ihr Gespräch, als sie dem Fotografen einen weiteren Bierkrug auf den Tisch stellte. Er gab ihr ein paar großzügig abgezählte Münzen, tätschelte salopp ihren Hintern, worauf er sich eine Ohrfeige einfing, und schlürfte danach den Schaum vom Rand des Kruges. Dies alles tat er mit schlichtester Unbefangenheit. Zu Julius gewandt, meinte er fast vorwurfsvoll: »Sei dir bewusst, dass du nicht unbelastet an den Fall herangehen wirst.«

»Wie meinst du das?«

»Die ersten Eindrücke, die in der Kriminalistik maßgeblich sind, stammen einzig und allein aus dem Mordfall selbst. Sie sind in Tatsachen, nicht in Gefühlen begründet. Tatsache ist, dass Lene Kulm tot ist. Tatsache ist, dass sie erstochen wurde. Tatsache ist, dass Professor Goltz mit blutverschmiertem Messer am Tatort aufgefunden wurde. Unser Gefühl sagt uns, dass er der Mörder sein muss. Aber lässt sich das beweisen? Es lässt sich nicht leugnen, dass die Staatsanwaltschaft einfach überzeugt sein muss, dass er es ist. Dieses Müssen, dieses kategorische Müssen, bereitet mir Sorge.«

»Du denkst, die Lösung ist zu offensichtlich?«

»Genau! Die Polizei nimmt viel zu oft das Augenscheinliche als die Wahrheit an. Es ist nicht einzusehen, weshalb man eine komplizierte Antwort suchen soll, wenn einem die lückenlose Aufklärung mitten ins Gesicht springt. Trotzdem wäre mir persönlich eine verzwickte Lösung lieber. Eine sensationelle Wende ist befriedigender als reine Routinearbeit.«

»Ich werde deinen Rat beherzigen, Albrecht. Ich halte dich auf dem Laufenden.«

»Das hoffe ich. Das hoffe ich sehr.«

Achtes Kapitel

Am 4. August 1865 fand der erste Verhandlungstag im Mordfall Kulm statt. Als Gerichtsort diente das Kollegienhaus der Königlichen Justizverwaltung, ein prächtiger Barockbau, der vor etwas mehr als 130 Jahren von Philipp Gerlach entworfen worden war, dem berühmten Architekten der Potsdamer Garnisonskirche. Einige Räume des Gebäudes belegte das Preußische Kammergericht für die Kurmark Brandenburg. Julius Bentheim hatte sich frühzeitig eine Droschke besorgt und kam gegen 7 Uhr vor dem zweigeschossigen Flügelbau an. Er bezahlte den Kutscher und schritt auf den Hauptbau zu. Über dem Portal befand sich ein dreieckiger Giebel, der das Staatswappen sowie zwei allegorische Figuren zeigte: die Gerechtigkeit und die Weisheit. Der Zeichner trat durch das Portal, erfragte sich den Weg zu Gideon Horlitz und nahm eine Marmortreppe in den ersten Stock.

Den Kommissar fand er nicht, dafür aber einen Gerichtsdiener, der bereits zwei mit Zeichenblöcken und Stiften versehene Männer im Schlepptau hatte. Kurzerhand schloss sich Bentheim der Gruppe an. Sie wurden in eine Kammer geführt, die sich als Nebenraum zum Gerichtssaal entpuppte. Der Diener öffnete einen Schrank, der mit Zeichenmaterial vollgestopft war, und meinte trocken zum Neuankömmling: »Bedienen Sie sich.«

Julius wählte ein paar angespitzte Stifte, ein Messer und einen Block mit Papier, dessen Dicke ihm zusagte. Danach wies der Diener ihn und die zwei anderen an, vor ihm Aufstellung zu beziehen. Die drei Zeichner wurden nach ihren Papieren gefragt. Der Gerichtsdiener überprüfte die Dokumente, trug ein paar Notizen in ein Heft ein und gab die Papiere zurück. Dann sagte er eine kurze Eidesformel auf und bat die Männer, sie zu wiederholen.

Sie hoben die Hand und schworen.

»Nun, da Sie vereidigt sind, werde ich Ihnen Ihre Plätze zuweisen, meine Herren.«

Er betrat den Gerichtssaal, deutete auf einen Nischensitz in der Nähe der Geschworenenbank und wies diesen dem ersten Mann zu. Ein zweiter Stuhl, von welchem aus man hauptsächlich den Zuschauerbereich überblickte, wurde dem anderen zugeteilt. Bentheim kam unweit des Platzes zu sitzen, an dem während der Verhandlung ein Stenotypist das Geschehen dokumentieren sollte. Er war glücklich über die Wahl, denn hier hatte er gute Sicht auf die Bänke von Verteidigung und Anklage, während auch das Richterpult uneingeschränkt zu sehen war.

Der längliche Saal besaß Deckenbalken und gekalkte Mauern. Die Wand hinter Bentheims Rücken war mit einem halben Dutzend Fenster versehen, die den Raum erhellten. Wenn man vom Flur her eintrat, bot sich einem ein Bild, das an das Innere einer Kirche erinnerte. Rechts und links gab es unzählige Reihen mit Bänken, auf denen Zuschauer Platz nehmen konnten. Das vordere Drittel des Raums wurde von einer Absperrung abgetrennt. Dahinter folgte der Bereich der Anwälte, zur Rechten jener der Geschworenen, zur Linken der der Protokollanten und weiterer Gerichtsbüttel. Ähnlich wie bei einem Abendmahltisch samt Hochaltar befanden sich an der Front die erhöhten Pulte des Hauptrichters und seiner zwei Gehilfen, welche im Hintergrund von einem schwarz-weiß-roten Wappen mit schwarzem Adler, Hohenzollernkrone und gekreuzten Klingen überragt wurden.

Nach und nach füllte sich der Saal. Tratschende Weiber in billiger Arbeitstracht drängten herein; einige Tagelöhner, die von der Neugier getrieben wurden, suchten sich ihre Plätze aus. Nur wenige Leute aus der gehobenen Bürgerklasse waren anwesend. Bentheim zählte lediglich ein Dutzend Personen, deren äußeres Erscheinungsbild darauf schließen ließ, dass sie begütert waren. Zu seinem Erstaunen erblickte er inmitten der Zuschauer einen Mann, den er nicht erwartet hatte. Er trug gewöhnliche Alltagskleidung ohne die Insignien der Macht, sodass er völlig unauffällig aussah, doch Julius erkannte ihn sofort. Es war Moritz Bissing, der Kommissar, der als Erster mit seinen Leuten am Tatort eingetroffen war, eine hagere Erscheinung, aber nicht auf ungesunde Art, sondern eher im athletischen Sinn. Sein Backenbart war peinlich genau gestutzt, seine braunen Haare erst neulich auf die Kürze einer Daumenbreite geschoren. Aus seiner Hemdtasche lugte eine Billigausgabe des ›Fasses Amontillado‹ von Edgar Allan Poe, die er wohl eingesteckt hatte, um die Zeit zu überbrücken. Beinah unmerklich nickte er Bentheim zu, welcher mit einer Bewegung des Kopfes zurückgrüßte.

Eine weitere halbe Stunde verging, bis nacheinander die Anwälte beider Seiten durch eine Nebentür den Raum betraten. In ihrem Gefolge führten zwei Schutzmänner den Angeklagten herein, der in vornehme, aber dennoch schlichte Garderobe gekleidet war. Seinen Kopf hielt er gesenkt, in der Hand führte er ein Buch mit sich, auf dessen Deckel groß und für alle sichtbar ein Kreuz prangte. Ein Raunen ging durch den Saal, doch der Professor schien es nicht zu bemerken. Er setzte sich, ganz in Gedanken versunken, neben seinen Verteidiger auf den

Stuhl des Angeklagten und faltete die Hände zum Gebet. Der entschlossene Gesichtsausdruck, den Julius in der Mordnacht noch an ihm ausgemacht hatte, war vollends verschwunden. Als sein Anwalt ein paar Worte an ihn richtete, zuckte er eingeschüchtert zusammen. Klein und unscheinbar wirkte der Mann nun, mit schüchternem Blick. Es war ein kitschiges Bild, das dadurch evoziert wurde, doch der rothaarige Professor erinnerte tatsächlich an ein Rehkitz.

Indem er mehrmals mit einem Holzstab auf den Boden klopfte, verschaffte sich ein Gerichtsdiener Gehör. Der Lärmpegel senkte sich, die Anwesenden verstummten. Als Ruhe eingekehrt war, kündete der Mann die Richter an und bat die Menge, sich zu erheben. Eine weitere Nebentür öffnete sich und drei ehrwürdig einherschreitende Männer in langen Ornaten und mit Lockenperücken betraten den Raum. Sie steuerten auf die Richterpulte zu, stiegen die drei Stufen zu ihnen empor, zogen die Stühle hervor und platzierten diese hinter sich. Wie mit eingeübter synchroner Bewegung ließen sie sich nieder. Der Richter in der Mitte legte viel Gepränge an den Tag. Er trug drei Abzeichen an der Brust: den Hohen Orden vom Schwarzen Adler, das Eiserne Kreuz und den Stern zum Großkreuz mit Eichenlaub und Schwertern. Mit einem Hammer schlug er auf eine runde Unterlage und befahl mit scharfer Stimme, die schwerlich einen Widerspruch zuließ: »Setzen Sie sich.«

Alle nahmen wieder Platz.

Der Gerichtsdiener trat an die Seite des Richterpults, um ein Dokument zu verlesen: »In der Verhandlungssache ›Das Königreich Preußen gegen Professor Botho

Goltz‹ führt der ehrenwerte Herr Richter Johann von Jänert den Vorsitz. Beisitzer sind die ehrenwerten Herren Richter Emil Polte und Ernst von Lipinsky. Untersuchungsrichter war Herr Karl Otto von Leps. Die Sitzung ist hiermit eröffnet.«

Richter Jänert übernahm das Wort. Er ließ sich von einem der Beisitzer eine Liste aushändigen und rief die Namen der Zeugen auf. Für Bentheim gab es dabei keinerlei Überraschungen, denn geladen hatte man Gregor Haldern, den Geliebten des Opfers, seine Nachbarin, die Witfrau Bettine Lützow, sowie die Mitglieder von Polizei und Schutzmannschaft, die als Erste vor Ort eingetroffen waren. Die Aussagen von Kommissar Bissing und Untersuchungsrichter Leps waren schriftlich festgehalten worden; der Pathologe Virchow sollte als Zeuge der Anklage auftreten. Als die Anwesenheit all dieser Personen festgestellt worden war, wurden sie durch den Vorsitzenden über ihre Aussagepflicht belehrt und vereidigt. Danach führte man sie aus dem Sitzungssaal und der Richter bat den Angeklagten, sich zu erheben.

Mit beinah dienerhafter Beflissenheit kam Botho Goltz der Aufforderung nach.

»Das Hohe Gericht wird Ihre Personalien aufnehmen, Herr Professor Goltz. Man wird Sie zu Ihrer Person vernehmen, wobei Sie über Ihre persönlichen Verhältnisse Auskunft geben müssen. Auch obliegt es Ihnen, uns über Ihren Werdegang zu berichten. Erst danach wird der Staatsanwalt die Anklage verlesen. Haben Sie mich verstanden?«

Der Rothaarige nickte.

»Ich möchte Sie darauf aufmerksam machen, dass Sie

sich artikulieren müssen, und zwar mit eindeutigen Antworten. Gestik und Mimik können schwerlich protokolliert werden, Herr Professor.«

»Jawohl, Herr Vorsitzender.«

Der Richter winkte ihn mit einer Handbewegung zu sich heran und deutete auf den Vernehmungssitz etwas unterhalb der Richterpulte.

»Herr Vorsitzender«, rief Staatsanwalt Görne, der aufgestanden war. »Die Antwort des Angeklagten war nicht eindeutig. Bezog sie sich auf die erste oder die zweite Frage?«

»Herr Anwalt«, brummte Jänert, »sparen Sie sich Ihre Einsprüche für die wichtigeren Dinge auf. Unterbrechen Sie den Verlauf der Handlung, wenn es notwendig erscheint, aber nicht, um sich zu profilieren. Wer mich kennt, der weiß, dass ich mit harter Hand Ordnungsgelder ausspreche. Haben Sie mich verstanden?«

»Jawohl.«

»Jawohl, Herr Vorsitzender!«, belehrte ihn der Richter mit bissigem Spott.

»Jawohl, Herr Vorsitzender«, wiederholte der Anwalt. Äußerlich war ihm nichts anzumerken, doch Julius ahnte, dass er innerlich kochte. Das Publikum, das gebannt den ersten Wortwechsel verfolgt hatte, amüsierte sich. Botho Goltz hingegen stand mit leicht linkischer Miene zwischen Verteidigung und Richterpult. Es hatte den Anschein, als wisse er nicht, wohin er zu gehen habe. Blitzschnell griff Bentheim nach einem Stift und skizzierte in groben Zügen diesen Gesichtsausdruck, der so anders war als in der Mordnacht.

Die Geschworenen bekundeten großes Interesse für

die Lebensgeschichte des mutmaßlichen Mörders. Dieser hatte sich endlich neben das Richterpult gesetzt und ließ die Fragen des Staatsanwalts über sich ergehen. Seine Antworten klangen teils offen und ganz natürlich, teils seltsam verstockt, wenn es darum ging, sich über seine Gefühlswelt zu äußern. Das Publikum erfuhr, dass Botho Goltz in Potsdam geboren, dort aufgewachsen und zur Schule gegangen war. Er hatte zwei Semester Kameralwissenschaften studiert, bevor er auf Philosophie und Alte Geschichte wechselte. Seit mehr als 20 Jahren war er nun Professor auf dem Gebiet der Metaphysik und Ontologie, wobei er einen modernen anthropologischen Ansatz verfolgte, der von Schopenhauers Lehre vom Vorrang des menschlichen Willens geprägt war. Mit Ludwig Feuerbach hatte er bereits zusammengearbeitet, auch mit dessen inzwischen verstorbenem Kontrahenten Max Stirner war er bekannt gewesen. Als Privatmensch lebte Goltz bescheiden und gönnte sich weder Dienstmagd noch Köchin, obgleich sein Auskommen dafür gereicht hätte. Er war nie verlobt gewesen und verwies auf sein Recht der Aussageverweigerung, als Theodor Görne ihn bezüglich gewisser Liebschaften oder Frauengeschichten verhörte.

Als die Befragung beendet war, forderte Richter Jänert den Staatsanwalt auf, die Anklage zu verlesen. Görne ging zu seinem Tisch und ließ sich von einem seiner Helfer eine Mappe mit Dokumenten reichen. Angespannte Ruhe legte sich über den Saal. Nur das Gekritzel der Gerichtszeichner, die ihre Stifte über die Blätter huschen ließen, war zu vernehmen. Der Anwalt räusperte sich und las mit monotoner Stimme das sogenannte Rubrum der Anklageschrift, in welchem er die individuellen Daten des Beschuldigten aufzählte und Zeit und Ort der Tatbegehung nannte.

Hier hielt Görne kurz inne, damit der Richter einem Protokollanten anordnen konnte, die örtliche Zuständigkeit des Gerichts als gegeben zu vermerken.

»Fahren Sie fort«, bat Johann von Jänert. »Das Hohe Gericht ist gespannt zu erfahren, welches Abstraktum Sie zum Kern Ihrer Anklage erhoben haben.«

Görne verneigte sich leicht in Richtung der Richter.

»Hohes Gericht«, begann er, »die Staatsanwaltschaft sieht keinerlei Kriterien für einen Mord gegeben. Auch die privilegierende Tötung auf Verlangen ist unseres Erachtens auszuschließen. Es ist daher von Tötung in einer heftigen Gemütsbewegung auszugehen, weshalb wir gegen Professor Botho Goltz Anklage wegen Totschlags erheben. Aufgrund der äußerst brutalen Art und Weise, wie das Mordopfer den Exitus fand, verlangen wir die Verhängung einer Freiheitsstrafe von fünf Jahren.«

Aufregung erfasste den Zuschauerraum. Für die Zeitungen, die über den Mordfall Kulm berichtet hatten, war es eine ausgemachte Sache gewesen, dass der Professor, der als rothaarige Bestie geschildert wurde, des Mordes verdächtigt wurde. Die Leute begannen zu tuscheln, was Richter Jänert mit gereizter Miene verfolgte.

»Herr Staatsanwalt, habe ich Sie richtig verstanden? Sie beschuldigen Herrn Professor Goltz des Totschlags? Nicht des Mordes?«

Noch ehe Theodor Görne antworten konnte, hatte sich der Verteidiger des Professors erhoben und rief, den sich anbahnenden Tumult übertönend: »Hohes

Gericht, ich beantrage eine Vertagung der Verhandlung. Außerdem wünscht mein Mandant eine Anklageerhebung wegen Mordes. Falls diesem Antrag nicht stattgegeben wird, bedingen wir uns die Ladung neuer Zeugen aus.«

Für einen kurzen Augenblick huschte ein Flackern über das Gesicht des irritierten Richters. Er beugte sich erst nach rechts, dann nach links und hielt leise murmelnd mit seinen Beisitzern Rat. Als er sich mit dem Hammer Gehör verschaffte, verstummte der Saal allmählich.

»Dem Antrag wird stattgegeben. Die nächste Sitzung verlege ich auf nächsten Montag um die Mittagsstunde. Und Sie, meine Herren Anwälte, will ich unverzüglich im Richterzimmer sehen! Gerichtsdiener! Lassen Sie den Saal räumen.«

Neuntes Kapitel

Der Mann, der Julius Bentheim später im Gang des Kollegienhauses entgegentrat, war kein Geringerer als Kommissar Bissing. Das einfache Volk tummelte sich immer noch auf dem Flur, heftig diskutierend, manche aufgebracht Zeter und Mordio schreiend. Der Polizeibeamte reichte dem jungen Studenten die Hand und grüßte einnehmend.

»Ein Beginn mit Knalleffekt«, meinte er.

»Das kann man laut sagen.«

»Sie üben den Beruf als Zeichner schon lange aus?«

»Nein, Gott bewahre«, wiegelte Julius ab. »Ich bin Student. Das Zeichnen ist ein Steckenpferd, das mitunter Geld in die Kasse spült, wenn sonst Ebbe herrscht.«

»Aber Sie könnten es zur Profession machen, Herr Bentheim. Ich habe einige Ihrer Werke gesehen, wenn man denn überhaupt von Werken im klassischen Sinn sprechen darf.«

»Der künstlerische Aspekt wird natürlich bei solchen Arbeiten hintangestellt«, bestätigte er. »Sie haben Tatortskizzen von mir?«

»Die Umstände haben mich gezwungen, den Fall mit Horlitz zu tauschen. Sie sind ja darüber informiert, dass ich den Angeklagten Goltz persönlich kenne und deshalb als befangen gelte. Deshalb habe ich die Akte mit dem Selbstmord abgeschlossen. Sie wissen schon, der Erhängte in der Laube.«

»Ja, dort hat uns der Polizeiaspirant angetroffen, der ausgeschickt worden war, uns in die Mietskaserne zu beordern. Weshalb übrigens hat sich der Mann umgebracht? Gab es einen Abschiedsbrief? Wir hatten keinen gefunden.«

»Er hatte ihn mit der Post geschickt, adressiert an die Gendarmen am Molkenmarkt, aufgegeben wenige Stunden vor seinem Tod. Die klassischen letzten Worte eines Verbrechers. Der Mann war polizeilich bekannt. Viktor Hackeborn. Ein mutmaßlicher Vergewaltiger, der noch vor drei Monaten das letzte Mal wegen sexueller Nötigung vor Gericht stand und aus Mangel an Beweisen freigesprochen werden musste. Er hat ein Geständnis abgelegt, bevor er die Schlinge wählte. Aber um auf Ihre Skizzen zurückzukommen …«

»Ja?«

»Auch Herrn Krosick ist Ihr Feingefühl aufgefallen, mit welchem Sie einzelne Segmente hervorheben, hier eine Nuance detailreicher sind, dort etwas mit kräftigen Pinselstrichen betonen. Auch lobt er Ihre Verschwiegenheit.«

Sie hatten einige Schritte zurückgelegt und den Großteil der Menge hinter sich gelassen. Julius ahnte bereits, worauf dieses Gespräch hinauslaufen sollte. Die Lockungen des Geldes, das er verdienen könnte, kämpften mit seinem anerzogenen Schamgefühl. Außerdem war da noch der Reiz des Verbotenen, dem er sich seit jeher nur schwer entziehen konnte. Filine würde nie etwas von dieser Arbeit erfahren. Er gab sich einen Ruck und antwortete: »Verschwiegenheit ist eine Tugend.«

»So wären Sie vielleicht nicht abgeneigt, mir persönlich ein paar eigenwillige Portraits zu erstellen?«

»Eigenwillig?« Er beugte sich vor und flüsterte: »Oder doch eher unsolid?«

Mit erhabener Grandezza meinte Bissing: »Was einem Pfaffen vielleicht unsolid erscheinen mag, ist für einen Durchschnittsbürger lediglich eigenwillig oder ungestüm.«

»Also gut. Sie bestimmen Zeit und Ort, Herr Kommissar, und ich bin Ihr Mann.«

»Sonnabend, 22 Uhr. Sie werden abgeholt.«

Albrecht Krosick grinste. Er grinste und hörte nicht auf damit, bis ihn Bentheim unsanft anstieß. An diesem Abend saßen sie im Garten der Königlichen Tierarzneischule auf einer hölzernen Bank und tranken Bier. Das Plätzchen, das sie sich ausgesucht hatten, war schattig und einladend. 62 Jahre zuvor hatte von ebendiesem Ort aus der Aeronaut André-Jacques Garnerin mit seiner Gattin und einer weiteren Person eine Luftfahrt unternommen. Sogar der König war unter den geladenen Gästen gewesen und hatte mitverfolgt, wie der Ballon in die Lüfte gestiegen und anmutig fortgeschwebt war.

»Fortan bist du Bissings persönlicher Pornograf. Alle Achtung!«

»Himmeldonnerwetter, Albrecht! Sei leise, ich bitte dich. Man könnte uns hören.«

»Deine Zeichnungen haben dem Kommissar also gefallen?«

»Anscheinend.«

»Ihm wird es auch weniger auf die Perspektive ankommen, nehme ich an. Ich habe deine Skizzen vom Erhängten auch gesehen. Da hast du ja einen kapitalen Bock geschossen, was die Fluchtpunkte anbelangt.«

»Wieso? Was ist damit?«

»Irgendwie fand ich das Bild seltsam; keine Ahnung, wieso. Meine Erfahrung als Fotograf sagt mir, dass die Verhältnisse nicht stimmen können.«

»Die Daten wurden mir von den Gendarmen angegeben. Alles ausgemessen und schriftlich niedergelegt.«

»Tja, dasselbe musst du dann wohl auch morgen Abend machen.«

»Was?«

»Für Bissing die Weiber ausmessen und die Daten schriftlich niederlegen.« Krosick grinste erneut und setzte zu einem kräftigen Schluck aus seiner Flasche an. Es war bereits die dritte in dieser Stunde, was Bentheim mit einer Mischung aus Staunen und Besorgnis verfolgte.

»Meinst du nicht, es reicht allmählich? Wenn du so weitermachst, wirst du nie und nimmer 40. Du stirbst früh genug an einer Leberzirrhose.«

»Du hast Leber gesagt.«

»Na und?«

»Leber, Julius. Le-ber!«

Bentheim seufzte. Die Unsitte, an allen möglichen und unmöglichen Orten Leberreime aufzusagen, war eine preußische Tradition, die ihm mittlerweile von Herzen gestohlen bleiben konnte.

»Die Leber stammt von einem Hecht und nicht von einem Rochen. Bienen mag ich wirklich nicht, sie haben mich gestochen«, improvisierte er.

»Hurra! Ein dreifaches Hoch auf unseren Poeten. Aber um wieder auf das andere Wort mit P zurückzukommen …«

»Ja, ja, schon gut. Was willst du wissen?«

»Wo ist der Treffpunkt?«

»Vor unserem Haus.«

»Dann werde ich unsere liebe Witwe Losch ablenken müssen. Du willst doch nicht, dass die gute Amalia etwas von deinen Umtrieben erfährt?«

»Gute Güte, nein. Dafür wäre ich dir ewig dankbar.«

»Du kannst mir dankbar sein, indem du mir endlich

etwas über den Prozessverlauf verrätst. Hat man Goltz des Totschlags angeklagt?«

»Woher …?«

»Ich habe geraten, Julius. Aber es war damit zu rechnen. Für einen kaltblütigen Mord fehlen der Staatsanwaltschaft die Beweise. Was können sie denn schon vorweisen? Sie haben kein Motiv, sie haben keine Augenzeugen. Wenn das Motiv fehlt, wird es schwierig, einen Mord aus Vorsatz aus dem Hut zu zaubern. Dann die in die Tat involvierten Personen: der Täter aus angesehenen Verhältnissen, elegant, rhetorisch versiert und intelligent; das Opfer eine Gelegenheitshure aus einer Mietskaserne, welche mit zwielichtigen Subjekten aus der Unterschicht bevölkert ist. Wer erscheint da wohl vertrauenswürdiger?«

Bentheim zuckte die Achseln. »Die Kulm kann man schwerlich dazu befragen. Aber ich weiß, worauf du hinauswillst. Doch es gibt Beweise: die Tatwaffe, die Anwesenheit des Professors vor Ort, seine blutbesudelte Kleidung, schließlich sein Geständnis.«

»Das nennst du Beweise? Für mich sind das Indizien. Görne will auf Nummer sicher gehen, wenn er die Mordanklage fallen lässt und auf Totschlag plädiert.« Er hob seine Bierflasche hoch und nahm einen letzten Schluck. Wehmütig hielt er sie kopfüber, um auch die letzten Tropfen zu erwischen, und stellte sie dann beiseite. »Ach, es ist ein Jammer.«

»Der Fall?«, fragte Bentheim.

»Nein, dass das Bier alle ist.«

Die Schatten waren länger geworden, seit die Sonne hinter einer der hohen spätklassizistischen Gebäudefassaden verschwunden war. Nachdenklich saßen die Freunde auf der Bank, bis Krosick vorschlug zu gehen. Als er aufstand, schwankte er leicht, sodass Julius ihn stützen musste. »Danke, mein wohlmeinender Kumpan«, murmelte der Fotograf, als sie nach Hause trotteten.

Zehntes Kapitel

Julius Bentheim hatte sein Zeichenmaterial bereitgestellt und entschlüpfte in einem unbeachteten Moment den Fängen der Vermieterin, da sich Krosick dazu herabließ, mit der alten Dame eine Runde Schach zu spielen. Als der Zeichner nun vor dem Mietshaus stand, formte sich in seinem Kopf ein Bild, das er aus unzähligen Kolportageromanen kannte: ein einsamer Held, der auf eine aus dem Nebel auftauchende Kutsche wartete. Der Tag war jedoch ausgesprochen schwül gewesen und die anbrechende Nacht entpuppte sich als entsprechend lau. Keine Spur von diesigen Schwaden, keine versteckten Meuchelmörder, die hinter Mauervorsprüngen auf ihre Opfer warteten.

Bentheim blickte auf die Uhr. Die Kutsche hatte Verspätung.

Überreizt schritt er auf und ab. Er hatte sich ernsthaft überlegt, schwarze Sachen anzuziehen, sich aber letzten Endes zu seiner Alltagskleidung entschlossen. Schließlich lag es nicht an ihm, seine Arbeit geheim zu halten. Seinen Auftraggebern war Diskretion wichtig; also würden sie dafür sorgen, dass niemand von seinen Diensten erfuhr.

Er drehte sich um, als er das Trappeln von Pferdehufen vernahm. Vom Ende der Straße her preschte eine Kalesche heran und kam vor ihm zu stehen. Es war ein weinroter Reisewagen mit vier Rädern, der zweispännig gefahren wurde. Auf dem Bock saß ein mürrisch dreinblickender Kutscher, der sich nicht einmal die Mühe machte, abzusteigen und den Verschlag zu öffnen.

»Da hinein«, brummte er und deutete auf die Tür.

»Hat mich ebenfalls gefreut«, entgegnete Julius sauer und stieg ein.

Im Innern gab es zwei Bänke, die Platz für maximal vier Personen boten. Die Wände waren mit Stoffen tapeziert. Die in der Decke integrierte Laterne war längst erloschen oder vielleicht gar nie entzündet worden, doch Bentheim war dies einerlei. Im Dunkeln fühlte er sich vor unliebsamen Blicken geschützt und konnte gleichzeitig die Gegend betrachten.

Die Kalesche fuhr an.

Er blickte aus dem Fenster. Was er sah, waren vorbeihuschende Häuserfronten, Vorgärten, öffentliche Brunnen und Plätze. Wenig später kam das monumentale Zeughaus in Sicht und sie bogen auf die Prachtstraße Unter den Linden ein. Das zeitweise umfangreichste Waffendepot Preußens beherbergte mehr als 700 Geschütze und Zehntausende von Waffen, angefangen bei Degen und Musketen, bis hin zu Vorderladern und modernen Gewehren. Zu Bentheims Verwunderung hielt das Gefährt am rechten Rand der Allee an. Der Schlag wurde geöffnet und ein dunkel gekleideter Herr, in einen Havelock gehüllt, stieg zu.

»Guten Abend«, grüßte er. »Sie verzeihen?« Er schlug den Taschenbesatz an seinem Umhang um und zog eine Binde hervor.

Bentheim verstand. Er beugte sich vor, bis der Fremde ihm die Binde um die Augenpartie gelegt und am Hinterkopf zusammengebunden hatte. Daraufhin lehnte er sich zurück und hing seinen Gedanken nach. Die Kalesche rollte wieder an. Wohin die Reise ging, konnte der junge Zeichner diesmal nur ahnen. Da sie vorerst nicht wendeten, fuhren sie gewiss die Allee entlang. Plötzlich beschrieb das Gefährt einen Bogen. Bentheim vermutete, dass sie bei einer der alten Stadtmauern angelangt sein mussten. In westlicher Richtung ging es hinaus nach Lützenburg, wo Schloss Charlottenburg lag, die ehemalige Sommerresidenz der Prinzessin Sophie Charlotte von Hannover. Für geraume Zeit hatte er das Gefühl, vor seinem inneren Auge dem Verlauf der Fahrt noch leidlich folgen zu können, doch bald einmal musste er sich eingestehen, dass er hoffnungslos die Orientierung verloren hatte.

Die Geräusche der Stadt nahmen ab, bis nur noch jene der freien Natur vorherrschten. Die Räder holperten nicht mehr über Kopfsteinpflaster, sondern fuhren lange über gewalztes hartes Erdreich und schließlich über knirschenden Kies, bis sie zum Stehen kamen. Sie mussten sich auf der Zufahrt zu einem Landhaus befinden. Als Julius ausstieg und sich die Beine vertrat, ließ die

Binde vor seinen Augen außer ein paar undeutlichen hellen Punkten nichts erkennen. Die Lichter bewegten sich und Stimmen wurden laut.

Diener mit Laternen, wurde es Bentheim bewusst. Sie sind hier, um mich ins Haus zu geleiten.

»Kommen Sie, werter Herr«, wurde er angesprochen. Es war sein Reisegefährte, der mit ihm redete und ihn sanft am Oberarm berührte, um die Richtung anzugeben. »Sie müssen ein Pseudonym wählen. Die Diener werden sogleich ein Dutzend Visitenkarten herstellen und Sie Ihnen aushändigen, sobald Sie Ihren Domino und Ihre Maske angezogen haben.«

»Ich muss mich verkleiden?«

»Die Veranstaltung ist – hm, sagen wir mal: ein wenig schlüpfrig, aber dennoch äußerst exquisit. Und Exquisites muss in einem vorgegebenen Rahmen ablaufen, wenn es nicht profan werden möchte. Außerdem versteht es sich von selbst, dass die Teilnehmer darauf achten, später nicht in die blamable Lage zu geraten, einander bei einer Teegesellschaft zufällig zu erkennen. Ein Höchstmaß an Diskretion wird vorausgesetzt.«

»Ich bin lediglich hier, um zu zeichnen. Was auch immer …«

»Nichtsdestoweniger wird von Ihnen dieselbe Zurückhaltung verlangt. – Achtung, der Herr, jetzt kommen drei Stufen.«

Bentheim wurde eine kleine Freitreppe hinaufgeführt. Er hörte, wie sich zwei schwere Flügeltüren öffneten und hinter ihm wieder schlossen. Eine weitere Person übernahm jetzt seine Führung und geleitete ihn einige Schritte weit in ein anderes Zimmer.

»Sie dürfen die Binde nun absetzen, mein Herr«, sagte jemand, den Bentheim kurz darauf als älteren Kammerdiener in schwarzer Weste und mit Glacéhandschuhen erkannte. Das Zimmer besaß ein Fenster, doch waren schwarze Vorhänge vorgezogen, die alles verdunkelten. Bei aller Vorsicht, die die Hausherren walten ließen, waren vermutlich auch die Läden geschlossen. In einer Ecke stand eine Eichenkommode, an einer Wand ein Sekretär mit herausgezogener Schreibtischlade, an der Wand gegenüber ein französischer Bonheur-du-jour, ein zierlicher Damenschreibtisch mit einem rückwärtigen niedrigen Aufsatz. Die Möbelstücke waren von erlesener Schönheit und mit Geschmack ausgewählt. Mehrere Lampen spendeten Licht.

Ein Diener in Livree betrat das Zimmer und brachte einen Domino. Als Julius ihn übergezogen hatte, reichte er ihm bis zu den Waden. Das Kleidungsstück war gänzlich in Schwarz gehalten und mit einem Schulterumhang und einer Kapuze versehen, ähnlich jener von Mönchen.

»Ihren Namen, der Herr?«, wollte der Kammerdiener wissen.

»Graf von Saint-Germain.«

»Wie einfallsreich«, entgegnete der Alte trocken und Julius wusste nicht, ob es ironisch gemeint war. Dennoch deutete er eine Kopfbewegung an, woraufhin ein zweiter Diener den Raum verließ und kurz darauf mit einer dümmlich grinsenden Dienstmagd im Gefolge zurückkehrte. Sie setzte sich wortlos an den Bonheur-du-jour, öffnete eine Schublade und zog ein Bündel leerer Visitenkarten hervor, die sie nacheinander zu beschriften begann. Bentheims Blicken war nicht entgangen, dass der Schreibtisch ansonsten leer war. Keine Hinweise auf persönliche Habseligkeiten. Nichts, was die Identität der Besitzer erahnen ließ. Er nahm an, dass der Ort für das geheime Treffen mit Bedacht gewählt worden war.

Nach zwei Minuten hatte die Magd die Visitenkarten fertiggestellt. Ein letztes Mal schüttete sie noch Sand über die Tinte und ließ ihn dann in eine Box aus Zinn mit Intarsien aus Perlrochen rieseln.

»Gibt es eine Knickregel?«, fragte Julius, als er die Karten entgegennahm.

Die Magd kicherte. »Ja, ein Knick bedeutet Aktivität, zwei Knicke Passivität.«

»Ich verstehe nicht ganz.«

Der Kammerdiener hüstelte verlegen, wandte sich an die Magd und meinte: »Es ist gut, Fräulein Pauline, Sie dürfen uns jetzt verlassen.« Als sie gegangen war, erklärte er: »Sie knicken die Karte einmal, sofern Sie auf die Pirsch gehen und Ihr Jagdgewehr in Anschlag nehmen wollen. Es ist erlaubt oder gar gefordert, so viele Patronen zu verschießen, wie Sie nur wollen. Falls Ihnen eher die passive Rolle zusagt und Sie erlegt werden wollen wie eine Damhirschkuh, so knicken Sie Ihre Karte zweimal.«

»Wie eine Damhirschkuh?«

»Sie mögen verzeihen. Das Vokabular der Jagd ist mir nicht so geläufig. Ich wollte lediglich ein passendes Bild hervorrufen.«

»Schon gut, schon gut, ich bin als Zeichner hier. Ich brauche weder einen noch zwei Knicke.«

Mit gravitätischem Schweigen betrachtete der alte Diener den jungen Mann im Domino. Ein unscheinbares Zucken fuhr über sein Gesicht, als er endlich meinte: »Das ist gut so. Die Zeiten ändern sich, junger Herr. Aber nicht immer zum Besseren. Wahrlich, nicht immer zum Besseren … Hier, nehmen Sie die Maske. Und nun kommen Sie, ich führe Sie hinauf.«

Sie betraten den Gang. Julius Bentheim sah sich um. Die Neugier trieb ihn herauszufinden, wo er sein mochte, wer hier wohnte, wie viele Details er sich merken könne. Die Haustür, durch die er hereingeführt worden war, war geschlossen und er kam an sorgfältig mit Pappe verklebten Fenstern vorbei. Die Böden waren mit flauschigen Teppichen ausgelegt; es mussten wohl mehrere Lagen übereinander sein. Über eine sanft geschwungene Treppe erreichten sie das obere Stockwerk. Dort kamen sie an mehreren Zimmern vorbei, deren Türen bloß angelehnt waren, teilweise auch ganz offen standen und somit den Blick auf das schändlichste Treiben freigaben, das man sich vorstellen konnte.

In einem Lehnsessel saß ein nackter Fettkloß, den Kopf mit einer Maske verhüllt, welche den sagenhaften Zwergenkönig Alberich darstellte. Lange zottelige Haare standen davon ab. Die Haut des Mannes glänzte vor Schweiß und erinnerte mit ihrer rosa Färbung an ein junges Ferkel. Während er lautstark stöhnte, sah er einem Paar zu, das sich vor ihm auf einem grünen Rokoko-Sofa miteinander vergnügte. Auch die anderen Zimmer boten ein Panoptikum an Vorgängen, welche die breite Öffentlichkeit wohl als widerwärtig bezeichnet hätte. Bentheim war keineswegs heuchlerisch. Er wusste, dass die Natur des Menschen einen zu ebenso Merkwürdigem wie Zügellosem drängen konnte. In der preußischen Gesellschaft, die so prüde war wie die viktorianische, konnte ein Überdruss an Sexualität deshalb im Unbewussten gar nie vorhanden sein. Menschen suchten sich folgerichtig ihr Vergnügen und fanden es auch in vielerlei erotischen Vorlieben: Es gab das Verlangen nach unbeseelten Gegenständen, nach Fetischen oder Kostümen und Rollenspielen aller Art. Bentheims Freund Albrecht zum Beispiel sah es als wenig verwerflich an, hin und wieder Frauen für Liebesdienste zu bezahlen. Bei seinen Besuchen erzählten ihm jene Mädchen oft von abartigen Dingen, die sie für ihre Freier tun mussten, und Albrecht lauschte den Geschichten stets mit einer Mischung aus Faszination und Ekel. Dass er sie bei der nächsten Gelegenheit brühwarm weitergab, war natürlich nicht zu umgehen. So erfuhr der Zeichner von Spielarten der Sexualität wie Emetophilie, Dakryphilie und Eproctolagnie.

Bentheim musste sich zugestehen, dass die Atmosphäre des Ortes ihre Wirkung auf ihn zu entfalten begann. Mit wachsendem Interesse betrachtete er die unbekleideten Körper. Über die Männer sah er gleichgültig hinweg, doch die Vielfalt an unterschiedlichsten weiblichen Formen faszinierte ihn. Sie betraten einen größeren Raum, der wie ein Atrium gehalten war. Eine gläserne Kuppel spannte sich über ihn und gab den Blick auf einen wolkenlosen Himmel frei, der vom Mond beleuchtet wurde. Mehrere Personen lagen auf Récamièren oder saßen plaudernd auf Sofas, kristallene Gläser in den Händen haltend.

»Der Graf von Saint-Germain«, verkündete der Kammerdiener. Er zeigte auf ein mit Visitenkarten gefülltes Silbertablett auf einem Möbel.

Bentheim schüttelte den Kopf. Stattdessen hob er für alle sichtbar seine Zeichenmappe in die Höhe und wartete, ob sich jemand regte. Ein Mann in dunklem Umhang löste sich aus einer Gruppe und trat auf ihn zu.

»Interessantes Pseudonym«, sprach ihn der Verkleidete an, an dessen Stimme Julius mühelos Kommissar Moritz Bissing erkannte. »Ein Abenteurer und Okkultist, auf den selbst Casanova eifersüchtig war. Es würde mich nicht wundern, wenn der alte Graf selbst gelegentlich an solchen Feiern teilgenommen hätte.«

»Unter Umständen ist er sogar heute hier«, entgegnete Julius. »Wie Sie vielleicht wissen, stand der Graf von Saint-Germain im Ruf, das ewige Leben zu besitzen.«

»Möglich ist alles«, lächelte Bissing. »Aber kommen wir zum eigentlichen Grund Ihrer Anwesenheit. Wie ich sehe, sind Sie ausreichend mit Papier und Feder ausgestattet.«

Bentheim klopfte bejahend auf die Zeichenmappe.

»Gut, folgen Sie mir nach. Ihre Bezahlung wird anonym erfolgen, und zwar in dreimaligen Raten. Ein Bote wird die Umschläge vorbeibringen und nur an Sie persönlich abgeben.«

»Was muss ich tun?«

Bissing war an einer Tür angekommen und stieß sie auf. Obgleich das Zimmer keine Fenster besaß, war es keineswegs stickig. Ein ausgeklügeltes Lüftungssystem sorgte für gute Zirkulation der Luft. Ein tragbarer Leuchter mit drei Kerzen verbreitete schummriges, aber warmes Licht, das auf ein Sitzmöbel, eine Kommode und ein Bücherregal fiel. Auf einem Matratzenlager, das an die märchenhaften Erzählungen aus Tausendundeiner Nacht erinnerte, lag in gelangweilter Pose eine hübsche junge Frau. Sie blätterte in einem Buch, als die beiden Besucher eintraten, und sah mit ungeheuchelt geringem Interesse von ihrer Lektüre auf.

»Dies ist Ihr Modell, Herr Graf. Die Wahl der Posen überlasse ich Ihrem Kunstgeschmack. Ich erwarte jedoch keinen Impressionismus, der gerade bei den Franzosen Mode ist. Und wenn auch der weibliche Körper schön wie eine Landschaft ist, die man erkunden möchte, so können Sie die Ideen der Schule von Barbizon getrost außen vorlassen. Was ich will, sind Details. Genaue und exakte Details. Sie verstehen?«

»Fragt sich nur, ob das Modell einwilligt.«

Bissing warf einen verächtlichen Blick auf die Frau und lachte. »Ob sie einwilligt? Ha, der war gut.« Er klopfte Bentheim auf die Schultern, als er den Raum verließ. Julius drehte sich um und schob den Riegel vor.

Elftes Kapitel

Der Name der jungen Frau war Adele. Ihre langen nussbraunen Haare fielen ihr glatt auf die Schultern. Nackt platzierte sie sich vor ihm, wobei sie keinerlei Scheu oder Gehemmtheit empfand. Er dirigierte ihre

Bewegungen, erklärte, welche Position sie einnehmen solle, und sie legte ihre Erzählung – ›Der Kriminalrichter‹ von Balzac, wie Julius überrascht bemerkte – beiseite und gehorchte, ohne zu murren.

»Machst du das schon lange?«, fragte sie ihn.

»Mein erstes Mal. Ich glaube, ich bin nervöser als Sie.«

»Das merkt man. Wenn du mich nicht einmal zu duzen getraust …«

Mit etwas mehr als nur beruflichem Interesse betrachtete Julius ihre Brüste, die ähnlich groß, aber dennoch ganz anders waren als jene von Filine. Er saß in einem Korbstuhl, das Papier in Ermangelung einer Staffelei über seine Tasche auf die Oberschenkel gelegt. Mit wenigen Strichen skizzierte er die Umrisse. Sobald er damit fertig war, ging er dazu über, kleine Quadrate um einzelne Bildausschnitte herum zu zeichnen. Er wählte dafür die Brüste aus, die linke, die rechte, dann die Bauchpartie und die Scham. Diese Stellen wollte er gesondert abmalen und die einzelnen Zeichnungen später in aller Ruhe zu einem Ganzen fügen. Adele hatte sich ein Kissen in den Nacken gelegt und verfolgte gespannt die Handbewegungen des Künstlers.

»Du machst das nicht nur wegen des Geldes, habe ich recht?«

Julius beugte sich über sie, um die Form ihrer Brustwarzen zu skizzieren, und atmete gleichmäßig ein und aus.

»Keine Antwort ist auch eine Antwort«, meinte Adele anzüglich und spielte mit den Spitzen ihrer langen Haare.

»Bitte, Fräulein, ich versuche mich zu konzentrieren.«

»Deshalb schnaubst du auch so schwer«, konterte sie lächelnd.

»Das ist Atemtechnik. Möglichst tiefes und ruhiges Atmen beruhigt die Nerven und erhöht die Konzentration. Das solltet ihr Prostituierten eigentlich wissen.«

Sie fuhr auf. »Prostituierte! Pah, du eingebildeter Laffe. Was denkst du, wer du bist?«

Verwirrt hielt Julius inne. Das Gesicht der jungen Frau war zornig und ausdrucksstark – ein Gesicht wie geschaffen für eine Bühnenkarriere. Sie starrte ihn unentwegt an, als erwarte sie eine Entschuldigung von ihm oder zumindest irgendeine Reaktion. Der Zeichner fühlte sich unwohl. Er senkte den Kopf und gab vor, seine Skizze zu studieren, als sie ihn nochmals ansprach: »Ich bin aus freien Stücken hier. Ob mich jemand anfasst, entscheide ich. Ja, natürlich brauche ich Geld. Aber ich lasse die Leute mich nur betrachten. Mehr liegt nicht drin, oder der Kerl kriegt was auf die Pfoten. Überhaupt sind hier keine Huren anwesend, nur Damen, die etwas auf sich halten! Die Visitenkarten haben einen Zweck, falls du das noch nicht begriffen hast.«

Julius sah auf.

»Was für einen Knick hat deine Karte?«, fragte er, nun ebenfalls zum Du übergehend.

»Gar keinen«, entgegnete sie. »Und deine?«

Wortlos zog er das Bündel Karten aus der Westentasche und reichte ihr eine.

»Der Graf von Saint-Germain?«, las sie und lachte verblüfft auf. »Ha, der Graf, der alte Schwerenöter. Und kein Knick in der Karte. Wo hat man das schon mal gesehen?« Sie reichte ihm die Hand. Ihre Miene war um einiges sanfter geworden. »Gestatten, Herr Graf – Adele mein werter Name.«

Bentheim führte die zierlichen Finger an seinen Mund, um sie zu küssen. »Julius«, murmelte er gedankenverloren.

»Ah, Julius. Das Pseudonym ist gelüftet.«

Unwillkürlich zuckte er zusammen, als er sich ertappt fühlte. Er versuchte, seine Angst zu verbergen, aber innerlich verfluchte er seine Entscheidung, Albrechts Angebot angenommen zu haben. Was hatte er hier zu suchen? Er war zum Pornografen herabgesunken, zum Zeichner auf Abruf, der sich in den schmutzigsten Fantasien seines Kunden suhlte.

Adele kokettierte mit ihm. Obwohl er es nicht wollte, begann sie ihn auszufragen. Widerwillig antwortete er. Ihre Unbefangenheit nahm ihm allmählich die Scheu. Entspannt in den Kissen liegend, begann sie von ihrer Kindheit in Stralsund zu schwatzen. Sie war in der Nähe der Fährbastion aufgewachsen und hatte tagein, tagaus die Schiffe auf der Ostsee beobachtet. Ihr Vater war Matrose gewesen, und als ihn eines Tages die stürmische See zurückbehielt, zog ihre Mutter mit ihr nach Berlin, wo sie Arbeit als Packerinnen in einer Fabrik fanden.

»Das war nichts für mich«, erzählte sie. »Jeden Tag abgebrochene Fingernägel, schwielige Hände, aufgeschürfte Arme.«

»Und deshalb lässt du dich zeichnen?«

»Manchmal muss ich einfach nur nackt auf einem

Tisch liegen. Dann werde ich von oben bis unten mit Sahne und Früchten verziert und spiele das Büfett.«

Julius schmunzelte. Bissing und seine Freunde waren also nicht vollends verkommen, sondern besaßen mitunter Stil. Er legte den Zeichenblock beiseite, um sich die Weste auszuziehen. Wenn er es recht bedachte, musste er es sich eingestehen, dass die Situation ihm wohliger erschien als noch vor wenigen Minuten. Adele war sympathisch, da bestand kein Zweifel.

Mit einer Handbewegung, die das ganze Zimmer einschloss, fragte er: »Und das macht dir nichts aus?«

»Im Paradies waren sie auch nackt.«

»Im Paradies wussten sie nicht, dass sie nackt waren.«

Sie zuckte schicksalsergeben mit den Achseln.

Bentheim beugte sich vor, um im flackernden Kerzenlicht ihr Geschlecht besser betrachten zu können, und die Erfahrung dieses Moments traf sein Inneres mit voller Wucht. Es war das erste Mal, dass er eine Frau derart intensiv erforschen durfte, und er musste sich eingestehen, dass es für ihn undenkbar erschien, dasselbe mit Filine zu machen.

Am nächsten Tag beehrte Julius Bentheim das Haus des Pastors Gottfried Sternberg. Als Zeitpunkt, um in der Matthäikirchstraße vorstellig zu werden, hatte er den Nachmittag gewählt, da vormittags ohnehin Messe war und er Filine für einmal besuchen wollte, wenn er ihren Vater daheim wusste. Hin und wieder schickte es sich einfach vorbeizuschauen, wenn die Angebetete unter Beobachtung stand.

Hedwig Lembke führte ihn ins Speisezimmer, wo Vater und Tochter ihn bereits bei Kaffee und Sahnetörtchen erwarteten.

»Wir haben Ihre Nachricht erhalten, Herr Bentheim«, begrüßte ihn der Pastor mit ausdrucksloser Miene. »Bitte, setzen Sie sich. Ich habe mir erlaubt, zur Feier des Tages eine kleine Köstlichkeit aufzutischen.«

Als ob es am Sonntag keinen Kuchen gäbe, dachte Julius amüsiert. Wie heuchlerisch selbst Pfaffen sein können.

Er nahm das Angebot dankend an, ohne seine ketzerischen Gedanken zu verraten, und setzte sich an Filines Seite. Während Frau Lembke Zucker reichte, brachte der Pastor das Gespräch auf die Predigt, die er am selben Tage gehalten hatte. Manch nichtige Angelegenheit wurde besprochen, bis Bentheim das Gefühl hatte, der Schicklichkeit sei Genüge getan.

Zwei Stunden später verabschiedete er sich von Pastor Sternberg und wurde von Filine zur Haustür geleitet.

»Sehen wir uns nächste Woche?«, erkundigte sie sich.

»Morgen geht der Prozess weiter. Ich kann dir erst am Abend Nachricht geben. Aber spätestens am Sonntag sollte ich Zeit haben.«

»Schick mir ein Billett.«

»Mach ich.«

Sie lächelte scheu und schloss die Tür.

Nachdenklich schlug Julius den Heimweg ein. Das Erlebnis, das er nur wenige Stunden zuvor gehabt hatte, schlich sich immer wieder in seine Gedanken und drohte die Erinnerung an den Besuch bei Filine zu verdrängen.

Zwölftes Kapitel

Am Montagmorgen unternahm Julius Bentheim einen Abstecher zum Molkenmarkt. Er betrat die Empfangshalle des Polizeigebäudes, steuerte den Schalter an und wies sich bei einem Gendarmen als Polizeizeichner aus, der im Fall Hackeborn angestellt worden war.

»Der Erhängte?«, wollte der Mann wissen.

»Ja, Viktor Hackeborn. Selbstmord.«

»Weshalb wollen Sie Einsicht in die Akten?«

Der Zeichner spürte, wie ihm der Schweiß aus den Poren trat, doch er wusste, dass man dies auf die sommerliche Hitze schieben würde.

»Ich habe den Schlussfirnis vergessen«, flunkerte er und hob eine kleine handliche Dose mit Dammarharz hoch, die er extra mitgebracht hatte. »Den muss ich noch auftragen, damit die Kohle und das Grafit konserviert bleiben. Sonst habe ich die Zeichnungen vergebens gemacht.«

»Schon gut, schon gut.« Der Gendarm beugte sich über ein blechernes Sprechrohr, das aus der Tischplatte ragte und weiter unten im Boden verschwand, und sprach hinein: »He, Alexander, ich schicke dir einen Zeichner hinunter. Sei so gut und bereite schon mal die Unterlagen zum Selbstmord Hackeborn vor.«

Dumpf erklang die Antwort aus dem Rohr und der Mann am Schalter gab Bentheim ein zustimmendes Zeichen und meinte: »Melden Sie sich bei Herrn Dresky.« Mit freundlichem Kopfnicken verabschiedete sich Julius und machte sich auf den Weg in die Asservatenkammer im untersten Geschoss des Gebäudes. In den düsteren und abweisenden Räumlichkeiten reihten sich Aktenschränke aneinander und zellenartige Abteile waren mit Gittern voneinander getrennt. Hinter einem schmutzigen Bürotisch saß ein feister Polizist, eine aufgeschlagene Zeitung vor sich und ein mit Thunfisch belegtes Stück Brot in der Hand.

Zwischen mehreren schmatzenden Kaulauten vernahm Bentheim die Aufforderung, seinen Namen in ein Buch einzutragen, das auf dem Tisch lag.

Er griff nach Feder und Tinte und unterschrieb.

»Na, Bursche, dann komm mal mit«, sagte der Dicke, als er schwerfällig aufstand und die fettigen Hände an der Hose abwischte.

Sie gingen in eine kleine Nebenkammer, wo der Mann Bentheim anwies zu warten. Wenig später kam er keuchend zurück und stellte eine lose verschnürte Schachtel auf den Tisch. Während der Polizist sich zurückzog, nahm der Zeichner den Deckel ab und sah sich die Akten durch. Er machte sich nicht einmal die Mühe, Pinsel und Spachtel bereitzulegen oder die Dose mit dem Harz zu öffnen.

Julius überflog die Seiten. Anscheinend hatte man nur das Nötigste in die Akte aufgenommen. Alles war von einem Untersuchungsrichter genehmigt und im Schnellverfahren abgesegnet worden. Der amtliche Stempel trug als Datum den 17. Juli. Seine eigenen Zeichnungen bildeten den Hauptteil der Akte, während der Polizeibericht lediglich aus ein paar Notizen bestand. Außerdem war der Abschiedsbrief des Selbstmörders beigelegt worden. Bentheim vertrödelte keine Zeit damit, ihn zu lesen. Stattdessen überflog er die Messdaten, auf deren Grundlage er die Tatortskizzen angefertigt hatte, und verglich sie mit seinen Werken. Sie stimmten maßstabsgerecht überein. Ausnahmslos.

Und dennoch erschien ihm die Perspektive tatsächlich irgendwie verkehrt oder zumindest falsch gewählt zu sein. Der Gedanke, der beim Betrachten der Bilder in ihm aufkeimte, war nicht zu fassen. Wie ein Schmetterling flog er durch seinen Kopf und der Schlag seiner Flügel hinterließ wellenartige Erschütterungen, die noch zu schwach waren, um im selben Augenblick begriffen zu werden. Bentheim vergewisserte sich, dass der Archivar außer Sichtweite war, und steckte eines der Blätter ein. Danach übertrug er die Messdaten in einen Block, deponierte alles wieder in der Schachtel und stülpte den Deckel darauf.

Erst als er sich schon verabschiedet und die Kammer wieder verlassen hatte, wurde ihm sein Glück bewusst, dass das Verwahrstück im Fall Hackeborn keine Inventarliste aufwies. Erstaunt schüttelte er den Kopf. Und dass der Gendarm am Empfang keine Ahnung davon hatte, dass Grafitzeichnungen keinen Firnis benötigten, hob zudem seine Stimmung. Fröhlich pfeifend verließ er das Palais Grumbkow und lenkte seine Schritte zum Kollegienhaus der Königlichen Justizverwaltung.

Der zweite Gerichtstag im Mordfall Kulm wurde von dem ehrenwerten Herrn Richter Jänert in gewohnter Manier eingeläutet. Zusammen mit den Beisitzern Polte und Lipinsky betrat er den Saal und benutzte ausgiebig den Hammer auf dem Richterpult, um für Ruhe zu sorgen. Von seinem Platz aus erschien er Julius wie ein Dirigent, der den Taktstock schwingt, um seinem Orchester den Einsatz anzuzeigen. Jänert strahlte ehrwürdige Ruhe und Erhabenheit aus – ein Bild, das Bentheim mit wenigen Kohlestrichen festzuhalten gedachte.

»Meine Herren«, begann Johann von Jänert, »das Hohe Gericht hat in seiner letzten Sitzung dem Antrag der Verteidigung stattgegeben, neue Zeugen aufzubieten. In der Folge hat das Hohe Gericht bereits eine Liste dieser Zeugen zugestellt bekommen und behält es sich vor, die Zeugen, so sie denn aufgerufen werden sollten, einzeln zu vereidigen. Kann ich davon ausgehen, dass die Vertreter der Anklage besagte Liste ebenfalls erhalten haben?«

Theodor Görne erhob sich. »Jawohl, Herr Vorsitzender.«

»Ausgezeichnet. Somit übergebe ich Ihnen gleich das Wort, Herr Anwalt.« Er senkte die Stimme und meinte mit sarkastischem Unterton: »Die Staatsanwaltschaft ließ sich wohl nicht dazu überreden, dem Herrn Angeklagten die Freude einer Mordanklage zu bereiten?«

Görne schüttelte missmutig den Kopf. Er griff nach einem Bündel Papiere und repetierte die letzten Sätze der Anklageschrift, die er bereits am Freitag vorgelesen hatte, und schloss mit der Bemerkung, dass er Anklage wegen Totschlags erheben werde. Die Augen des Publikums waren dabei auf den Professor gerichtet. Mit gekrümmtem Rücken saß dieser auf der Anklagebank, angestrengt den Ausführungen des Staatsanwalts lauschend, die Miene verzerrt vor Anspannung. Hin und wieder hob er eine Hand an den Mund und küsste einen Rosenkranz, den er unablässig zwischen den Fingern hindurchgleiten ließ.

Ein theatralischer Effekt, dachte Bentheim. Theatralisch, aber strategisch wirkungsvoll.

Als der Richter verlauten ließ, dass der Angeklagte nun die Gelegenheit erhalte, zu den gegen ihn erhobenen Vorwürfen Stellung zu beziehen, gab Botho Goltz seinem Verteidiger, einem Mann namens Fabian Heseler, ein Zeichen.

»Herr Vorsitzender«, meldete sich dieser zu Wort, »mein Mandant zieht es vor, in diesem Stadium des Prozesses von seinem Recht der Aussageverweigerung Gebrauch zu machen.«

Ob er erstaunt war oder nicht, ließ sich Johann von Jänert nicht anmerken. Ohne mit der Wimper zu zucken, wandte er sich an die Geschworenen und erläuterte, dass dem Angeklagten dadurch keine Nachteile erwachsen dürften. Es gelte nach wie vor die Unschuldsvermutung und Herr Professor Goltz sei dann, und nur dann zu verurteilen, falls seine Schuld zweifelsfrei erwiesen werden könne. Wieder zum Professor gewandt, meinte er: »Botho Goltz, Sie stehen unter Anklage, in der Nacht vom 12. auf den 13. Juli dieses Jahres das Fräulein Magdalene Kulm getötet zu haben. Sprechen Sie, Botho Goltz: Bekennen Sie sich des Totschlags schuldig oder nicht schuldig?«

»Nicht schuldig!«, entgegnete der Professor mit fester Stimme.

»Gut, kommen wir nun zur Beweisaufnahme. Herr Görne, das Hohe Gericht lässt bitten.«

»Danke, Herr Vorsitzender.«

Theodor Görne, der hagere und glatzköpfige Anwalt, trat vor und platzierte sich in der Nähe der Geschworenen. Er sprach laut, sodass ihn jeder verstehen konnte, aber in bedächtigem Tonfall. Manchmal fuhr er sich mit einer Hand über die noch verbliebenen Seitenhaare und strich sie glatt.

»Als Beweismittel werden wir dem Hohen Gericht vorlegen: mehrere schriftliche Zeugenaussagen, mehrere im Verlauf des Prozess noch mündlich abzugebende Zeugenaussagen, mehrere Gutachten von Sachverständigen, das amtliche Protokoll der Tatortbesichtigung durch Untersuchungsrichter Karl Otto von Leps, die Ermittlungsergebnisse der preußischen Kriminalpolizei unter Führung von Kommissar Gideon Horlitz sowie weitere am Tatort sichergestellte Beweise.«

Es folgten eine detaillierte Auflistung der schriftlichen Zeugenprotokolle und deren vollständige Verlesung. Wer auch immer einen Einspruch seitens der Verteidigung erwartet hatte, der wurde enttäuscht. Botho Goltz gab sich der selbst auferlegten Pose des Leidenden hin, während sein Anwalt bisweilen etwas zu Papier brachte, aber im Großen und Ganzen eher gelangweilt die Ausführungen des Anklägers anhörte.

Auf diese Weise verging der Tag, und als es bereits 19 Uhr geschlagen hatte, beendete Richter Jänert die Sitzung.

Dreizehntes Kapitel

Der nächste Gerichtstag sah in den Augen der Öffentlichkeit einen weiteren Höhepunkt der bisher ohnehin schon ungewöhnlichen Verhandlung. Zum Erstaunen aller Anwesenden hatte der Angeklagte seine schreiend roten Haare mit Silbernitrat gefärbt, sodass sie nun in dezentem Schwarz matt schimmerten. Auch seinen Bart hatte er vollständig rasiert. Obendrein war es nicht dabei geblieben, dass einzig der Professor Besuch vom Barbier erhalten hatte, denn auch sein Verteidiger besaß plötzlich einen feuerroten Lockenkopf, der in seiner ungebändigten Pracht an Friedrich Schillers ehrwürdiges Haupt erinnerte. Als sie den Gerichtssaal betraten und nebeneinander Platz nahmen, trugen beide Männer Kleider von derselben dunklen Farbe.

Verdutzt sah Julius zu ihrem Tisch hinüber. Auf den ersten Blick hatte er sie miteinander verwechselt und nun, als ihm sein Irrtum klar geworden war, fragte er sich, was Sinn und Zweck dieses Schachzugs war. Denn ein Schachzug war es, darüber bestand kein Zweifel.

Selbst Johann von Jänert, der erfahrene Fuchs, sah verwundert von seiner hohen Warte durch den Saal. Bentheim vermeinte zu spüren, wie hinter der richterlichen Stirn ein Gedanke den nächsten jagte. Doch welche Rüge konnte der Vorsitzende schon anbringen? Es gab keine Vorschrift, die das Schneiden der Haare oder gar ihr Färben untersagte. Und machte sich der Richter nicht lächerlich, falls er ein Ordnungsgeld aussprach, weil jemand modische Anwandlungen hatte?

Ohne weitere Umschweife eröffnete Jänert die dritte Sitzung. Doch ehe er Theodor Görne das Wort übergeben konnte, hatte sich der Verteidiger Fabian Heseler bereits erhoben. »Herr Vorsitzender«, sagte er, »mein Klient hat mich ersucht, dem Hohen Gericht mitzuteilen, dass er für geraume Zeit von seinem Recht, sich selbst zu verteidigen, Gebrauch machen möchte. Ich komme dieser Bitte untertänigst nach.«

»Wenn Sie es mit Ihrer Standesehre vereinbaren können, soll es mir recht sein«, brummte Jänert und erteilte dem Ankläger das Wort. Dieser rief die nächste Zeugin auf, worauf der Richter einen Diener anwies, die Witwe Bettine Lützow in den Saal zu führen. Durch ein Nebenzimmer betrat die ältere Frau den Raum. Mit würdevollen Schritten folgte sie dem Gerichtsdiener und ließ sich auf dem ihr zugewiesenen Stuhl nieder. Über dem Nasenansatz bildeten sich zwei senkrechte Furchen, da sie die Augen zusammenkniff, um besser sehen zu können. Als Bentheim sie skizzierte, fiel ihm dies auf. Weiblicher Eitelkeit war es wohl zuzuschreiben, dass sie ihre Brille nicht aufgesetzt hatte.

Da Bettine Lützow mit den anderen Zeugen zusammen schon vereidigt worden war, begann Görne ohne Umschweife mit der Befragung. Sichtlich genoss sie es, im Mittelpunkt des Interesses zu stehen. Ihre Haltung war penibel und steif. Ihr Rücken berührte nicht einmal die Lehne hinter ihr. Ausführlich beantwortete sie die Fragen. Sie berichtete, was für ein Mensch Lene Kulm gewesen sei, jung und fröhlich, das ganze Leben noch vor sich. Sie schniefte sogar, als sie erklärte, wie untröstlich sie der Tod der jungen Dame gemacht habe. Selbst als sie dazu überging, den Klatsch und Tratsch der Mietskaserne nachzuplappern, der über das Scheusal Goltz umging, ließ ihr der Anwalt die Zügel locker.

Jeden Moment erwartete Bentheim einen Einspruch seitens des Professors. Entweder wusste dieser nicht, dass Berichte vom Hörensagen aus dem Protokoll gestrichen werden konnten, oder er verfolgte eine ganz und gar wahnwitzige Strategie.

Görne zeigte sich mitfühlend. Er überließ der Alten, die sich dies ein Leben lang gewünscht hatte, die Bühne und bot ihr eine noch nie erfahrene Aufmerksamkeit. Sie plauderte munter drauflos und schilderte schließlich in den buntesten Farben die Szene, in der »das blutbesudelte Scheusal«, wie sie Goltz unentwegt nannte, an ihre Tür geklopft hatte. Als sich Theodor Görne in Richtung Verteidigung wandte, rieb er sich zufrieden die Hände und meinte mit triefendem Sarkasmus in der Stimme: »Ihre Zeugin, Herr Kollege.«

Der Professor ging auf die Bemerkung nicht ein.

Gleichgültig erhob er sich und trat an den Zeugenstand. »Sehr geehrte Frau Lützow«, sprach er sie mit übertriebener Leutseligkeit an, »können Sie den Geschworenen etwas über die schimpfliche Beziehung zwischen Ihren Nachbarsleuten Gregor Haldern und Magdalene Kulm erzählen?«

»Einspruch. Suggestivfrage.«

»Stattgegeben.«

»Ich formuliere um, Herr Vorsitzender.«

»Ich bitte darum.«

Goltz lächelte freundlich, als er sich über die frisch rasierten Wangen strich. »Sie sind gewiss eine gottesfürchtige Frau, Bettine. Eines merkt man sofort: Sie kennen sich aus in Ihrer Heiligen Schrift.«

Geschmeichelt lächelte die Dame, während Görne erneut dazwischenrief: »Einspruch. Pure Spekulation.«

»Geschenkt, Herr Kollege«, entgegnete Goltz, fuhr jedoch unbeirrt fort: »Isebel, die Gemahlin des Königs Ahab, war die erste Frau in der Bibel, die sich zur Mehrung ihrer Reize der Schminke bediente«, erläuterte der Professor. »Was meinen Sie, Bettine? Könnte man Magdalene Kulm als zweite Isebel bezeichnen?«

»Einspruch!«, rief Görne.

»Ich ziehe die Frage zurück. Frau Lützow, erzählen Sie uns etwas über Ihre Nachbarn. Wie war das Verhältnis zwischen Gregor Haldern und Isebel – oh, entschuldigen Sie meinen Fauxpas. Ich meinte natürlich: Frau Kulm.«

Erregt stand Görne auf.

»Ja, Herr Kläger?«, meinte Jänert.

Der Staatsanwalt suchte nach der richtigen Formulierung und setzte sich wortlos, als er sie nicht fand.

Die Witwe, die durch das Geplänkel zwischen den Parteien immer konfuser wurde, richtete ihr Augenmerk Hilfe suchend auf den Gesprächspartner vor sich. Mit äußerster Konzentration verfolgte Julius Bentheim das Wortgefecht und es war offenkundig, dass die Frau keine Ahnung hatte, wer da eigentlich vor ihr stand. Die Kaltblütigkeit, die der Professor an den Tag legte, rang dem Zeichner Achtung ab.

Botho Goltz insistierte: »Nur zu, Frau Lützow, erzählen Sie!«

»Doch, doch, eine Isebel war sie wahrhaftig. Zuweilen war es nicht auszuhalten. Aber wem sage ich das? Immer dieses ewige Gekreische, der Lärm und die Schläge …«

»Die Schläge?«

»Grün und blau hat er sie manchmal geprügelt. Nicht ins Gesicht. Dazu war der feine Herr zu schlau. Aber ich bin nicht auf den Kopf gefallen. Unsere Schlafzimmer befinden sich ja Wand an Wand, da bekommt man vieles mit, was man eigentlich nicht hören möchte. Nachdem die Lene wieder mal die ganze Nacht hindurch geheult hatte, habe ich sie auf eine Tasse Tee eingeladen. Da hat sie mir dann alles brühwarm erzählt, das arme Würmchen.«

»Was hat sie Ihnen erzählt, Bettine?«

»Eben, dass sie Angst vor ihm hatte.«

»Vor dem Professor?«, stellte Goltz süffisant seine Frage.

»Nein, nein, den sah sie doch viel zu selten. Vor ihrem Geliebten natürlich.«

»Mit dem Geliebten meinen Sie Herrn Haldern?«

»Ja.«

»Keine weiteren Fragen, Herr Vorsitzender.«

Zur Überraschung aller Anwesenden drehte sich der dickliche Goltz um und steuerte auf die Bank mit seinem Verteidiger zu. Abrupt hielt er inne, kam noch einmal zu Frau Lützow zurück und meinte säuselnd: »Oh, fast hätte ich es vergessen. Eine Frage blieb bisher noch unbeantwortet, Frau Bettine. Seien Sie doch so gütig und zeigen dem Publikum noch den Mörder, jenes blutbesudelte Scheusal mit den roten Haaren, den Professor Goltz.«

Die Alte kniff die Augen zusammen, reckte den Finger in Richtung Verteidiger und sagte: »Dort drüben sitzt das Aas.« Sie spie es beinah aus.

Ein diabolisches Grinsen huschte über die Miene des Professors. »Ich möchte ins Protokoll aufnehmen lassen, dass die Zeugin der Anklage nicht imstande war, den vermeintlichen Totschläger zu identifizieren.«

»Hut ab! Dieser Goltz ist ein Teufelskerl«, entfuhr es Albrecht Krosick, als sie mit ihrer Vermieterin das Abendessen einnahmen. Der Fotograf inspizierte das Angebot auf dem Teewagen und entschied sich für Reisbrei.

»Ja, die Sache verspricht, spannend zu werden.«

»Sie stilisieren diesen Mörder geradezu zum Helden. Das ist geschmacklos, wenn Sie mich fragen.«

»Mutmaßlicher Totschlag, Frau Losch. Kein Mord.«

»Das ist Jacke wie Hose, junger Mann. Mir scheint, Sie verehren den Täter sogar.«

»Nicht den Täter«, protestierte Albrecht, »aber den Intellekt bei der Ausführung.«

»Es ist schon faszinierend, wie er mir nichts, dir nichts die einzige Zeugin ausgeschaltet hat, welche vor Ort war. Die Anwaltschaft hat nur Indizien aufzubieten«, meinte Julius zustimmend.

»Was ist mit dem Mann?«

»Welcher Mann?«

»Na, dieser Geliebte des Opfers. Wie hieß der noch mal?«

»Gregor Haldern.«

»Ja, richtig. Was ist mit dem?«

Interessiert sahen die beiden Julius an.

»Der wurde von Görne noch nicht aufgerufen. Aber ersten Verhörprotokollen zufolge soll er zur Tatzeit tief und fest geschlafen haben. Ich war als Zeichner vor Ort. Als ich ankam, kauerte der Kerl am Boden und murmelte Lenes Namen. Zuvor jedoch soll er fast nicht wachzukriegen gewesen sein. Die halbe Berliner Polizei trampelt durch seinen Flur und ihn kümmert dies nicht. Er wirkte nicht nur verstört, sondern irgendwie auch benommen. Die Gendarmen brachten ihn sogleich zu einem Arzt.«

»Interessant.«

Amalia Losch blickte auf ihre faltigen Hände mit den Altersflecken und meinte schließlich: »Mir tut es um das arme Ding leid. So jung sterben zu müssen.«

»Ja, wir hätten ihr wahrlich einen Strauß scharlachroter Rosen zur Beerdigung kaufen sollen.«

Die Alte warf Krosick einen bösen Blick zu.

»Sie sind ein zynischer Schelm, Albrecht. Ich weiß, was Sie da mit Ihrer Blumenmetaphorik andeuten wollen. Die Symbolik ist mir durchaus bekannt. Gefallene Frauen sind aber meistens Opfer.«

Ungerührt nahm der Fotograf einen Löffel Brei und meinte schmatzend: »Um das Thema zu wechseln, mein lieber Freund Julius: Hast du die Landschaftsbilder, die Bissing von dir haben wollte, schon fertig?«

»Sie malen neuerdings Landschaften?«, wandte sich Amalia an Bentheim.

»Hohe Berge, tiefe Täler«, antwortete Krosick an seiner statt. Julius verschluckte sich an seinem mit Landrauchschinken belegten Brot und hustete erbärmlich.

Vierzehntes Kapitel

Bis tief in die Nacht kümmerte sich Julius um die Fertigstellung seiner Bilder. Nachdem er vom Abendbrot aufgestanden und hinaufgegangen war, ließ er die Tür hinter sich ins Schloss fallen und drehte den Schlüssel um. Niemand sollte unversehens ins Zimmer treten, während er damit beschäftigt war, die Skizzen seines Aktmodells zu einem großen Ganzen zu fügen.

Als Hintergrundbilder, die er auf dem Boden auslegte, wählte Julius die Porträts, die Adeles Figur vollständig zeigten, und auf ebendiesen wollte er die restlichen Skizzen deponieren. Vier Bilder sollte es geben: Adele mit gespreizten Beinen auf dem Rücken liegend, Adele auf dem Korbstuhl, die an die Wand gelehnte Adele und Adele von hinten, das Gesäß dem Betrachter zugewandt. Einzig die behelfsmäßig schraffierten Stellen musste Julius noch ausfüllen.

Er sortierte die naturalistisch genauen Abbildungen, ordnete sie jeweils dem passenden Porträt zu und ging dazu über, sie sorgfältig zu kopieren. Nach und nach füllten sich die weißen Stellen und verschmolzen zu einem makellos straffen Frauenkörper. Eine nie gekannte Erregung erfasste den Zeichner, als er sein Werk vollendet hatte. Er stand auf und trat zwei Schritte zurück, um auf die vierfache Adele zu blicken.

Hastig zog er eine Schublade seines Schreibtischs auf und kramte nach einer Grafitzeichnung, die er vor ein paar Monaten von Filine angefertigt hatte. Auf dem Papier besaß seine Freundin denselben Gesichtsausdruck wie Adele. In ungestümer Arbeitswut kopierte er die Zeichnungen, die er für Bissing angefertigt hatte, und als eine nahe Turmuhr 4 Uhr in der Früh schlug, legte er den Stift endlich aus der Hand. Seine Nachbildung war zwar eine Schimäre, das Abbild eines Wunschgedankens, aber derart plastisch und wirklichkeitsnah, dass man meinen konnte, Filine habe ihm persönlich Modell gestanden. Er hatte ein Zwitterwesen dargestellt, indem er den Kopf seiner Angebeteten auf den Körper des unzüchtigen Weibsbilds gesetzt hatte.

Bentheim blickte abwechselnd auf Adele und Filine. Mit animalischer Gier fasste er sich in den Schritt und bewegte die Hand auf und ab.

Julius schlief bis in den späten Vormittag. Da prozessfreier Tag war, hatte er sich vorgenommen, Filine wieder einmal auszuführen. Ein Brief von Fanny Lewald, der während des Mittagessens abgegeben wurde, kam ihm da gerade recht.

»Es würde mich freuen«, schrieb sie, »Ihre liebliche Freundin gemeinsam mit Ihnen, Herr Bentheim, heute Abend wieder bei uns zu Gast zu wissen. Unser werter Freund Theodor plant Ende des Monats eine ausgedehnte Familienreise an den Rhein und in die Schweiz. Adolf und ich nehmen dies zum Anlass, unserem verehrten Dichter ein Diner auszurichten. Heute Abend bei uns? 19 Uhr.«

Der kleine Junge, der die Nachricht übermittelt hatte, geduldete sich, bis Julius ein Antwortschreiben sowie eine kurze Information an Filine aufgesetzt hatte.

»Du stammst doch aus dem Geheimratsviertel, oder?«

Der Dreikäsehoch nickte.

»Dann kennst du sicher Pastor Sternberg. Hier, diesen Brief gibst du bei seiner Tochter ab. Und dieser ist für Frau Stahr-Lewald. Jetzt noch etwas Trinkgeld. Und nun zisch ab.«

Amalia, die alles mitverfolgt hatte, lächelte Krosick verstohlen zu. Die Vermieterin verabschiedete sich von den Freunden mit dem Hinweis auf ihr Nachmittagsschläfchen.

»Übrigens, bevor ich es vergesse, Albrecht«, sagte Julius, schob den Teller zur Seite, um ein wenig Platz zu machen, und legte seine Zeichenmappe auf den Tisch. »Ich habe eine Tatortskizze mitgebracht, die deinem Kunstverstand zufolge einen kapitalen Bock aufweist. Kannst du mir erklären, was an der Zeichnung falsch ist?«

Er reichte dem Fotografen das Blatt über den Tisch.

Krosick warf einen Blick darauf und meinte: »Der Stuhl. Die Proportionen stimmen nicht.«

»Wieso? Was ist damit?«

»Er ist entweder zu groß oder du hast ihn im Koordinatenmuster zu weit nach hinten platziert.«

»Das habe ich nicht. Du weißt, wie exakt ich arbeite. Und die Maße stimmen. Ich habe die Daten überprüft.«

»Hast du sie noch?«

»Ja, ich habe sie aufgeschrieben.«

»Zeig her.«

Bentheim zog den Notizblock aus seiner Brusttasche und reichte ihn seinem Freund. Dieser las leise vor: »Innenhöhe der Laube: drei Meter. Lage des Todesopfers Viktor Hackeborn: 45 Zentimeter über Grundniveau des Fußbodens. War der Tote groß?«

»Dutzendware.«

»Gut, nehmen wir also an, er maß 1 Meter 70. Als Maler kennst du die Grundregel, dass die Länge eines Menschen seiner siebenfachen Kopflänge entspricht. Folglich war sein Kopf geschätzte 25 Zentimeter lang. Die Schlinge um seinen Hals befand sich demnach auf einer Höhe von 1 Meter 90, natürlich vom Boden aus gemessen. Das bedeutet, sein Seil spannte sich von der Decke bis zum Hals über eine Länge von 1 Meter und 10 Zentimeter. Sehe ich das richtig?«

Julius nickte. »So habe ich es auch vermerkt. Außerdem liegt die Sitzfläche des Stuhls, den er unter den Füßen weggestoßen hat, auf einer Höhe von 45 Zentimetern. Es passt perfekt zusammen.«

Krosick runzelte die Stirn.

»Hast du jemals einer Strangulation beigewohnt, Julius? Als Kind habe ich miterlebt, wie ein Todesurteil an einem Mörder öffentlich vollstreckt wurde. Den Kerl positionierte man auf einem Pferdekarren, den man unter den Galgen geschoben hatte. Als der Wagen wegfuhr, spannte sich der Strick ganz gemächlich. Der Verurteilte erstickte mit quälender Langsamkeit. Sein Gesicht lief blau an, die Augäpfel quollen hervor. Es dauerte fast eine halbe Stunde, bis er tot war. Eine unglaublich schreckliche Bestrafung.«

»Die meisten Todesarten sind schrecklich.«

»Da magst du recht haben. Aber Erhängen geht nun einmal so vor sich, dass der Lebensmüde fallen muss. Hast du verstanden, Julius? Er fällt. Je tiefer man fällt, desto stärker die Wucht, wenn sich die Schlinge zuzieht. Ein Genickbruch wird angestrebt. Kurz und schmerzlos.«

»Verstehe.«

»Nein, das tust du eben nicht. Dieser Hackeborn stand auf einer Höhe von 45 Zentimetern auf einem Stuhl, um seinem Leben ein Ende zu bereiten, und nachdem er ihn weggestoßen hat, baumelt der Selbstmörder noch immer auf einer Höhe von 45 Zentimetern. Wieso hat sich das Seil nicht in die Länge gezogen?«

»O mein Gott!«, entfuhr es Julius. »Jemand muss ihn nachträglich dort aufgeknüpft haben.«

Der Fotograf lehnte sich zurück und nickte versonnen.

»Wir müssen Kommissar Horlitz benachrichtigen«, meinte er endlich.

»Nein, Moritz Bissing bearbeitet den Fall.«

»Hast du Zeit?«

»Ein paar Stunden.«

Die beiden Freunde hatten Glück. Sie trafen Bissing, als er gerade das Palais Grumbkow verlassen wollte. Unter dem Arm trug er eine Aktenmappe sowie mehrere

Bände, die Julius ihrem Rückenaufdruck nach unschwer als ›Die Elenden‹ von Victor Hugo erkannte. Kurz und sachlich fassten sie ihre Mutmaßungen zusammen und baten den Kommissar um Unterstützung.

»Ich werde der Sache nachgehen«, versprach er halbherzig. »Jetzt bin ich in Eile. Sie hören von mir, meine Herren.«

Er schwang die Tür auf, lief auf die Straße und winkte eine Droschke heran.

Verblüfft blieben Krosick und Bentheim zurück.

»Ein Bier?«, schlug der Fotograf schließlich vor.

»Keine schlechte Idee.«

»Wie sagt doch der Volksmund? Gerstensaft und stramme Weiber sind die besten Zeitvertreiber!«

Sie riefen ebenfalls nach einem Kutscher und ließen sich nach kurzer Beratung zum Gendarmenmarkt fahren. Es war gerade Markttag und sie schlenderten durch das Volksgewühl, bis sie einen Verkaufsstand mit Bierkrügen fanden. Bei dem Prachtbau, in dessen Eckfenster einst E. T. A. Hoffmann die Behausung einer seiner Figuren angesiedelt hatte, ließen sie sich nieder und prosteten einander zu. Erst am späten Nachmittag kehrten die Freunde von ihrem Ausflug zurück. Der kleine Briefträger, den Julius auf so großzügige Weise entlohnt hatte, stand wieder vor dem Haus der Witwe Losch und wartete auf sie.

»Schau dir nur diesen Knirps an«, meinte Albrecht. »Wetten, deiner Filine hat er ein noch größeres Trinkgeld abgeschwatzt.«

»Abgelehnt. Diese Wette würdest du locker gewinnen.«

Sie lachten, doch je näher sie kamen, desto offenkundiger wurde das erregte Gesicht des Jungen.

»Na, Kleiner, was bedrückt das Herz?«, sprach ihn der Fotograf an.

Mit einer nahezu trostlosen Geste zupfte der Knabe Julius am Arm. »Es tut mir leid, mein Herr«, sagte er mit stockender Stimme. »Sie waren nicht anwesend und ich konnte Sie nicht benachrichtigen.«

»Was ist denn los? Kann Fräulein Sternberg heute Abend nicht kommen?«

»Ich glaube, sie wird auch später nicht mehr kommen können«, schluchzte er.

Bentheim und Krosick wechselten einen Blick.

»Schnell, was ist passiert?«

»Der Pastor weigerte sich, mich einzulassen. Also bin ich geraume Zeit vor dem Haus auf und ab gegangen, um eine günstige Gelegenheit abzuwarten. Plötzlich geht die Haustür auf und der Pastor tritt auf die Straße. Er sah aus, als ob alle Teufel hinter ihm her gewesen seien. Ungelogen, mein Herr. Sein Kopf war rot wie ein gekochter Hummer und Gottes heiliger Zorn pochte hinter seinen Schläfen. Er schubste mich zur Seite, gab einen ziemlich unchristlichen Fluch von sich und hastete davon.«

»Und was geschah dann?«, wollte Albrecht atemlos wissen.

»Fräulein Sternberg kam aus dem Haus geeilt, gefolgt von einer älteren Dame. Sie waren sehr nett zu mir, obwohl beide sehr erregt waren. Das junge Fräulein hat mir 100 Silbergroschen versprochen, wenn ich dem Pastor folge, ihn überhole und Sie warne, mein Herr.

100 Silbergroschen – stellen Sie sich das vor, das sind mehr als drei Taler!«

»Herrgott, wir wissen, wie viel 100 Silbergroschen sind!«, fuhr Krosick auf. »Erzähl weiter! Was geschah dann? Warum war Filine aufgeregt?«

»Wegen den Büchern«, erklärte der Knabe und schniefte. »Ihr Herr Vater hat anscheinend Romane entdeckt, die er nicht hätte sehen dürfen.«

»Bücher! Ach so! Na, Junge, dann sei mal unbesorgt.« Bentheim fiel ein Stein vom Herzen. Wenn Pastor Sternberg in seiner priesterlichen Verbohrtheit auf die trivialen Erzählungen gestoßen war, würde er Filine ausschimpfen und sie ein paar Tage mit Stubenarrest belegen. In spätestens zwei Wochen wird die Aufregung sich gelegt haben, dachte Julius. Nur schade um den schönen Abend bei den Lewalds. »Albrecht, gib dem Kerlchen die 100 Silbergroschen. Verdient hat er sie allemal.«

Die Münzen klimperten laut, als sie in die ausgestreckte Handfläche des Jungen fielen, dessen Gesicht vor Freude strahlte. Er bedankte sich artig und trollte sich. Krosick wollte eben nach dem Türgriff greifen, als er von der anderen Seite nach unten gedrückt wurde. Amalia Losch stand im Vestibül. Sie trug einen ihrer Seidenhüte, doch vermochte dessen farbiger Glanz diesmal nicht, über ihren porzellanweißen Teint hinwegzutäuschen. Bestürzt starrte die Alte an Albrecht vorbei.

»Julius«, stammelte sie, »es tut mir so leid. Der Pastor … Erst wollte er auf Sie warten … Ich … Ich habe … Ich habe ihn … auf Ihr Zimmer, Julius. Er war in Ihrem Zimmer.«

Die Wirkung ihrer Worte bestürzten sie. Bentheim

wurde schlecht, als er an die Zeichnungen dachte, die noch immer offen auf dem Boden ausgebreitet waren. Er fühlte, wie die Übelkeit in ihm hochkroch, wie es ihm vor den Augen flackerte. Ein Schmerz packte ihn, wie er ihn noch nie gekannt hatte.

»Sie haben ihn in mein Zimmer geführt?«, wiederholte er tonlos.

Langsam nickte Amalia, und Julius spürte, wie in ihm eine Welt zerbrach.

Fünfzehntes Kapitel

Teilnahmslos verfolgte der junge Tatortzeichner die Verhandlung, die wieder aufgenommen worden war. Von Filine hatte er weder etwas gehört noch ein Billett erhalten und es gab keine Möglichkeit, mit ihr in Kontakt zu treten. Julius war übermüdet und hatte dunkle Ringe um die Augen. Immerfort gähnte er, was ihm einen bösen Blick von einem der beisitzenden Richter einbrachte und ihn zwang, sich endlich zusammenzureißen.

Botho Goltz – noch immer mit gefärbtem Haupthaar – lehnte in seinem Sessel und ließ die Aussagen der Mitglieder von Polizei und Schutzmannschaft über sich ergehen. Zum Erstaunen der Zuschauer nickte er sogar manchmal, als ob er ihnen beipflichten wollte. Die Männer schilderten, in welchem Zustand sie den Tatort vorgefunden, wie sie ihn gesichert und wie sie den Professor verhaftet hatten.

»Seine Kleidung triefte vor Blut«, erklärte Ernst Detlof, einer der Polizisten.

»Haben Sie versucht, bei dem Opfer lebensrettende Maßnahmen einzuleiten?«, wollte Anwalt Görne wissen.

»Nein.«

»Wieso nicht?«

»Ich habe ihren Puls gefühlt. Er war nicht mehr vorhanden. Zuerst wusste ich nicht einmal, wo an ihrem Hals ich das tun konnte. Da war alles zerfetzt. Schließlich tat ich es am rechten Arm.«

»Wie verhielt sich der Angeklagte?«

»Er war ruhig, doch wenig kooperativ.«

»Erklären Sie das.«

»Als wir ankamen, saß er in seinem Zimmer auf einem Stuhl und schwieg. Es war kein Wort aus ihm herauszubringen.«

»Wie erklären Sie sich das Blut an seiner Kleidung, von dem Sie gesprochen haben?«

»Die ganze Dachkammer war voller Blut.«

Lächelnd sah Theodor Görne zum Tisch der Verteidigung. »Keine weiteren Fragen. Ihr Zeuge, Herr Anwalt.«

Als Fabian Heseler aufstehen wollte, fasste ihn Botho Goltz sanft am Arm, worauf er sitzen blieb. Atemlose Spannung erfasste die aufmerksamsten Zuschauer, denen diese kleine Geste nicht entgangen war. Der Professor erhob sich, reckte seine unförmige Figur, indem er ein paar Wirbel knacken ließ, und trat vor den Zeugenstand.

»Mein lieber Freund«, wandte er sich an den Gendarmen, »ich möchte vorausschicken, dass ich – wie jeder anständige Bürger – die Arbeit der Polizei äußerst schätze. Mitunter kann es jedoch vorkommen, dass im Eifer des Gefechts einige Kleinigkeiten untergehen.«

Der Polizist musterte ihn mit unverhohlener Abneigung, entgegnete jedoch nichts.

»Es liegt an diesem ehrenvollen Gericht, die Wahrheit herauszufinden, und auch ich bin gern bereit, ihr auf die Sprünge zu helfen, guter Mann. Sagen Sie, als Ihre Arbeit zu Ende war – was haben Sie da mit Ihrer Uniform gemacht?«

»Ich verstehe nicht.«

»Sie verstehen eine ganz simple Frage nicht? Aber Herr Wachtmeister, was haben Sie mit Ihren Kleidern getan?«

»Ich habe Sie in der Spüle eingeweicht und am Morgen meiner Gattin zum Waschen übergeben.«

»Wieso?«

»Wegen dem Blut natürlich.«

»Es gab also Blut an Ihrer Kleidung. Interessant. – Sagen Sie, weshalb hat man Sie nicht verhaftet?«

Gelächter erfüllte den Saal und Bentheim erwachte aus seiner Lethargie. Für einmal vergaß er seinen Kummer und folgte dem Geschehen. Der Professor kratzte sich mit der Hand an den rasierten Stellen seiner Wangen, wie er es bereits in der letzten Sitzung getan hatte, und meinte: »Kann es sein, dass die eigene Kleidung Blut aufweist, ohne dass man selbst als Täter infrage kommt?«

Diesmal schien Detlof mit der Antwort zu zögern. »So gesehen, schon. Aber Sie waren doch …«

»Das reicht, seien Sie still!«, fauchte Goltz. Die plötzliche Aufwallung eines Gefühls faszinierte das Publikum.

»Von Ihnen lasse ich mir nichts vorschreiben!«, rief der Zeuge mit hochrotem Kopf.

»Wirklich nicht?«

»Fahren Sie zur Hölle, Sie Teufel!«

»Antworten Sie lediglich mit einem Ja oder mit einem Nein.«

Der Richter sah sich genötigt, dem Spuk ein Ende zu machen. »Ich muss auf Ruhe bestehen«, fuhr Johann von Jänert den Polizisten an. »Tun Sie, was Professor Goltz in seiner Funktion als Verteidiger von Ihnen verlangt.«

Mit öliger Stimme und beinahe kriecherischer Körperhaltung wandte sich Goltz an das Richtertrio. »Ich danke vielmals für die Unterstützung. Es ist ein Segen, dass Preußens Justitia zwar blind, aber nicht taub ist.«

Jänerts Hammer donnerte auf das Richterpult. »Herr Angeklagter, in Anbetracht der Tatsache, dass Ihrem Wortlaut nichts vorzuwerfen ist, spreche ich kein Bußgeld aus. Ich warne Sie aber, treiben Sie es nicht zu weit!«

Ohne auf den Richter einzugehen, drehte sich Goltz zu dem Polizisten um und fuhr ungerührt mit der Befragung fort.

»Morgens um vier ist die Dachkammer sehr zugig, nicht wahr?«

»Ja.«

»Froren Sie?«

»Ja.«

»Obwohl es Juli war?«

»Ja.«

»Ich sehe, Sie befolgen meine Anweisung, nur mit Ja oder Nein zu antworten, mit sichtlichem Genuss.«

»Ja.«

»Sehr gut, sehr gut, aber nun, guter Mann, erzählen Sie, was Sie gegen die Kälte gemacht haben.«

»Wir entzündeten ein Feuer. Sie selbst haben uns den Rat erteilt. Das wissen Sie doch.«

»Ich schon. Aber nicht die Geschworenen. Sie können ruhigen Gewissens etwas ausführlicher sein, solange sie nicht wieder beleidigend werden.«

Der Polizist atmete tief durch, schwieg jedoch.

Nach einer quälend langen Pause beugte sich Richter Jänert vor und meinte: »Herr Detlof, es geht hier um Schuld oder Unschuld und deshalb auch um Leben und Tod. Vor diesem Hintergrund möchte ich der Verteidigung, so weit es vertretbar ist, einen gewissen Spielraum lassen. Antworten Sie bitte auf die Fragen.«

Wie gebannt hatten sich die Geschworenen vorgebeugt.

»Im Zimmer des Professors befindet sich ein gusseiserner Ofen«, erklärte der Polizist, offensichtlich zu den Zuschauern gewandt und den direkten Blickkontakt mit Botho Goltz meidend. »In der Feuerstelle befand sich ein wenig Brennholz. Wir haben es entzündet.«

»Dabei haben Sie gewiss meine persönlichen Unterlagen sichergestellt, wie es sich für brave Ordnungshüter gehört, nicht wahr?«

»Welche Unterlagen?«

»Einspruch!«, donnerte Görne.

»Weshalb?«, erwiderte der Richter. »Ich würde zu gerne wissen, worauf diese Befragung hinausläuft. Abgelehnt. Fahren Sie fort, Herr Professor.«

Goltz verzog das Gesicht zu einer bösartig grinsenden Grimasse. »Hat Kommissar Horlitz eine Inventarliste anfertigen lassen?«

»Herrgott, Sie hüpfen von einem Thema zum nächsten.«

»Ich wiederhole: Hat Kommissar Horlitz eine Inventarliste anfertigen lassen?«

»Natürlich. Das gehört sich so.«

»Kam diese Anordnung, bevor oder nachdem sie das Feuer entfacht haben?«

»Keine Ahnung. Doch, danach. Ja, ich glaube, es war danach.«

»Herr Detlof, ich werde mich kurz fassen: Die Unterlagen, von denen ich gesprochen habe, waren in dem kleinen Korb mit dem Holz deponiert. Womit haben Sie das Feuer entfacht?«

»Mit dem Papier natürlich. Es lag ja bereit.«

»Mit welchem Papier?«

»Mit dem Papier im Korb.«

»Sie haben also meine Unterlagen verbrannt, wenn ich das richtig verstehe?«

Görne, dem der Fall zu entgleiten drohte, wollte dem Mann zu Hilfe eilen. »Einspruch!«, rief er erregt.

»Abgelehnt!«, entgegnete der Richter und fuhr sich angespannt mit der Hand über das Großkreuz an seiner Brust.

»Haben Sie meine Unterlagen verbrannt?«, wiederholte Goltz temperamentvoll. »Ja oder nein?«

Hilflos sah der Polizist zum Staatsanwalt hinüber. Selbstgefällig verwarf der Professor die Arme. »Herr Vorsitzender«, meinte er endlich. »In Anbetracht der Tatsache, dass Kommissar Horlitz und seine Mannen den Tatort mutwillig verändert und somit eine Spurensicherung verhindert haben, beantrage ich, die Beweismittel der Anklage für nichtig zu erklären.«

Jänert lehnte sich zurück. Seine Augen blitzten kalt hinter einer herabhängenden Locke seiner Richterperücke hervor. Er knetete seine Wangen mit den Händen und meinte endlich: »Das Hohe Gericht behält sich vor, diesen Antrag zu verschieben, bis der Angeklagte Goltz selbst in den Zeugenstand getreten ist und sich in dieser Angelegenheit hat befragen lassen.«

»Herr Vorsitzender, der Zeuge ist entlassen.«

Ernst Detlof stand auf, gleichermaßen verwirrt wie wütend, und überließ Botho Goltz den Platz. Dessen Stummelbeine reichten kaum bis zum Boden. Durch Kopfnicken bedeutete Jänert seinem beisitzenden Richter Emil Polte, dass er ihm die Befragung überlasse.

Polte beugte sich vor, wie um seiner Aussage Nachdruck zu verleihen: »Angeklagter Goltz, Sie behaupten, in dem Holzkorb in Ihrer Wohnung persönliche Habe untergebracht gehabt zu haben. Welcher Art war diese Habe?«

»Es waren Liebesbriefe«, antwortete der Professor. Listig sah er in die Runde, als er nachschob: »Liebesbriefe von Fräulein Lene Kulm.«

Sechzehntes Kapitel

»Der Kerl ist kalt wie Eis«, polterte Kommissar Horlitz, als die Verhandlung für die Mittagspause unterbrochen wurde. »Lügen über Lügen, und wir können sie ihm noch nicht einmal nachweisen. Es war von Anbeginn an ein Indizienprozess, aber jetzt läuft alles aus dem Ruder.«

»Gut Ding will Weile haben«, meinte Bentheim desinteressiert.

»Ach, lassen Sie mich mit Ihren Küchenweisheiten in Ruhe. Und überhaupt, was ist eigentlich los mit Ihnen, Julius? Ich habe Sie beobachtet. Den ganzen Vormittag sind Sie schon unmotiviert.«

»Nichts von Belang.«

»Machen Sie mir nichts vor, Bentheim. Die Frauen?«

Julius nickte. »Besonders eine.«

»Das wird schon wieder.«

»Wollen wir es hoffen.«

Gideon Horlitz griff in die Tasche und streckte dem Zeichner eine kleine, längliche Holzschachtel hin. »Sullivan«, erklärte er stolz. »Herrlich! Ein Prachtstück.«

Missmutig nahm Bentheim das Geschenk an. Sie zündeten die Zigarren an und pafften wortlos einige Minuten lang. Der Qualm stieg Julius in die Nase. Unbeirrt sog er am Ende der gerollten Tabakblätter und überlegte, während die Asche zu Boden rieselte.

Zusammen mit dem Kommissar ging er essen. Unterwegs trafen sie Moritz Bissing, der sich zu ihnen gesellte.

Sie betraten ein nahe gelegenes Gasthaus, wo sich die Arbeiterschaft einfand und wo üppige Küche im Angebot war. Während des Essens diskutierten sie den Verlauf der Verhandlung. Als es nichts mehr zu bereden gab, wechselte Julius das Thema: »Und, Herr Kommissar, sind Sie meinen Hinweisen im Fall Hackeborn nachgegangen?«

Befangen sah Bissing den Zeichner an.

»Hat sich erledigt«, meinte er knapp.

»Wie meinen Sie das?«

»Es hat sich herausgestellt, dass die Daten unvollständig waren«, beschied ihn der Kommissar mit einem Blick, der keinen Widerspruch duldete. »Wir haben eine zweite Akte gefunden, in der die korrekten Maße verzeichnet waren. Ihnen muss da ein Fehler unterlaufen sein, Julius; aber das passiert jedem Anfänger einmal.«

»Ein Fehler?«

»Ja, ein Fehler«, bestätigte Bissing mit Nachdruck. »Übrigens, ich werde in nächster Zeit einen Boten vorbeischicken, der meine Bilder abholen soll. Gideon, wussten Sie, dass Herr Bentheim nicht nur Leichen malt? Auch seine Porträts vom lebenden Objekt sind nicht zu verachten. Wer weiß, vielleicht werde ich Sie Ihnen bei Gelegenheit einmal zeigen.«

Bentheim fühlte sich äußerst unbehaglich. Mit den Fingerspitzen klopfte er sacht gegen die Schläfen und dachte über Bissings Worte nach, die einer Drohung gleichkamen.

Nach über einer Stunde kehrten die drei ins Kollegienhaus zurück. Von kräftiger Fleischbrühe und einem Wurstteller gestärkt, war Bentheim wieder ganz er selbst.

Er redete sich ein, dass alles zum Besten bestellt sei, Bissing mache nur Spaß und Filine würde gewiss einen Weg finden, um mit ihm Kontakt aufzunehmen. So schob er seine Befürchtungen von sich. Im Gerichtssaal musterte er Botho Goltz. Gleichgültig griff er nach einem Stift und vertrieb sich die Zeit mit einer Skizze, bis Johann von Jänert die Sitzung wieder eröffnete und Emil Polte die Befragung fortsetzte.

»Erzählen Sie, Herr Professor. Wie war Ihre Beziehung zu Fräulein Kulm?«

»Wir liebten uns innig.«

»Das ist eine Lüge!« Diesmal war es nicht Görne, der aufsprang, sondern Gregor Haldern. Bisher hatte er die Verhandlung eher teilnahmslos verfolgt.

Unerschütterlich fuhr Polte fort: »Sie behaupten, Liebesbriefe des Opfers besessen zu haben?«

»Das ist korrekt.«

»Wie viele waren es?«

»Ich führe nicht Buch über diese Dinge, aber zwei Dutzend werden es wohl gewesen sein.«

»Sie behaupten ferner, diese Liebesbriefe in einem Holzkorb deponiert zu haben. Finden Sie nicht auch, dass dies ein relativ ungewöhnlicher Aufbewahrungsort für Korrespondenz ist?«

Botho Goltz wurde verlegen – oder zumindest sollte es so aussehen. Bentheim wusste, dass sich vor aller Augen eine unfassbare Schmierenkomödie abspielte, als der Professor pathetisch sagte: »Ich habe den Ort nicht ausgewählt, um die Briefe zu lagern, sondern um sie zu verstecken, verehrter Herr Beisitzender.«

»Wovor?«

»Die Frage sollte lauten: vor wem? Die Antwort ist leicht zu erraten. Vor Herrn Haldern. Schon einmal war er in meine Kammer eingedrungen und hatte mich bedroht. Er ist jähzornig, ein gewalttätiger Mensch. Sogar seine Nachbarin kann das bezeugen. Um genau zu sein, hat sie das bereits getan. Letzte Woche. Eidlich versichert.«

Polte rutschte auf seinem Stuhl hin und her. Er bedachte seine beiden Richterkollegen mit einem Blick, um sich ihrer Zustimmung zu vergewissern. »Dem Hohen Gericht fällt es schwer, Ihren Ausführungen Glauben zu schenken. Gleichwohl erachten wir es als erwiesen, dass sich die Preußische Justiz einen groben Fehler leisten würde, wenn sie die in der Mietskaserne sichergestellten Spuren als Beweismittel akzeptierte. Der Tatort wurde verunreinigt, was eindeutig aus den Zeugenaussagen hervorgeht. Dem Antrag wird teilweise stattgegeben: Die im Flur und in Herrn Halderns Wohnung sichergestellten Spuren sind rechtsgültig aufgenommen. Jene von Herrn Goltz' Wohnung sind von der Beweisliste zu streichen. Die Verhandlung ist vertagt.«

»Ich danke dem Hohen Gericht«, sagte Goltz selbstgefällig.

Völlig in Gedanken versunken betrat Bentheim sein Zuhause. Er ging durchs Vestibül, nahm die Treppe nach oben und schloss sich in seinem Zimmer ein. Heller Sonnenschein drang durch das Fenster. Der Staub, der sich an mehreren Stellen angesammelt hatte und vom Tageslicht angestrahlt wurde, ermahnte ihn, vermehrt mit einem

Putzlappen zu Werke zu gehen. Die Zeichnungen von Filine waren verschwunden, ebenso eines der vier Bilder, die er für Bissing angefertigt hatte.

Julius verwünschte den Kommissar, er fluchte auf Albrecht, der ihm die Arbeit vermittelt hatte, und zu guter Letzt schalt er sich selbst einen Idioten, weil er das verhängnisvolle Angebot angenommen hatte. Auf seinem Schreibtisch stapelten sich die Romane, die er Filine ausleihen wollte: ›Der Mönch‹ von Matthew G. Lewis, ›Das Geisterschiff‹ von Kapitän Frederick Marryat und sogar ›Das Petermännchen‹ von Christian Heinrich Spieß. Besonders der letzte Band hätte Pastor Sternberg in Rage versetzt, handelte er doch von dem edlen Ritter Rudolf, der von einem satanischen Geist dazu verführt wird, mit der eigenen Tochter Blutschande zu treiben, sechs Jungfrauen zu schänden und 70 Menschen zu ermorden. Mit einer unwirschen Handbewegung fegte Julius die Bücher von der Tischplatte. Was waren diese Werke doch im Vergleich zu den pornografischen Skizzen, die der Pastor entdeckt hatte?

Betrübt zog der Tatortzeichner den Stuhl ans Fenster und blickte auf die Straße hinunter. Fuhrwerke holperten vorüber, einige Passanten spazierten vorbei. Er mochte wohl schon zwei Stunden so gesessen haben, als ihm inmitten des nachmittäglichen Gedränges eine Frau besonders ins Auge fiel. Sie hielt auf Amalia Loschs Haus zu und Julius erkannte in ihr die Anstandsdame aus dem Hause Sternberg. Obwohl sie eine Haube trug, welche fast nur noch Nase, Augen und einen Teil der Wangen erkennen ließ, stand ihr die Aufregung ins Gesicht geschrieben. Julius sprang auf. In jedem Augenblick könnte sie unten an der Tür sein und die Klingelschnur ziehen. Tatsächlich! Da vernahm er sie schon.

Was sollte er tun? Sie etwa empfangen? Er könnte sich verleugnen lassen, aber er erkannte, dass dies eine unüberlegte Handlung war. Schlimmer konnte die Sache nicht kommen, und – wer weiß? – vielleicht brachte die Lembke ja gute Nachrichten.

Amalia Losch hatte Hedwig Lembke bereits eingelassen. Julius stand auf dem obersten Treppenabsatz, als die Witwe ihren Gast nach dem Begehr fragte.

»Zu Julius Bentheim«, sagte die Frau außer Atem. »Er wohnt doch hier?«

»Möchten Sie in der Küche warten? Ich werde ihn von Ihrem Kommen unterrichten.«

»Ich bin schon hier, Frau Losch.« Er kam die Treppe herunter und reichte der Besucherin die Hand. Das schlechte Gewissen plagte ihn. Viel zu oft hatten er und Filine die Anstandsdame an der Nase herumgeführt und sie mit zweideutigen Bemerkungen gehänselt. Doch die Miene der Alten zeigte keinerlei Häme oder Schadenfreude; vielmehr waren ihre Augen vor Schreck geweitet, ihre Wangen gerötet.

»Sie müssen uns helfen, Herr Bentheim. Ich weiß keinen anderen Rat. Ach, es ist zu schrecklich. Wenn es bekannt würde … Wir wären verloren.«

»Was ist passiert?«, fuhr Bentheim sie erregt an.

»Der Pastor – er ist wahnsinnig! Nur ein Tobsüchtiger ist imstande, das zu tun, was er getan hat.«

Amalia Losch packte die Dame resolut an den Oberarmen. »Kommen Sie, meine Gute, hier herein, in die

Küche. Setzen Sie sich, entspannen Sie sich. Und dann berichten Sie von Anfang an.«

Sie führte Frau Lembke in den Nebenraum, wo sie stets das Frühstück für die Pensionsgäste herrichtete, und wies ihr einen Stuhl zu. Die Alte nahm die Haube ab. Ihre bleiche, spitze Nase ragte wie eine Gewürzgurke hervor.

Mit einem anklagenden Seitenblick zu Julius begann sie: »Gestern kam der Pastor völlig verstört nach Hause. Er zeterte, Herr Bentheim, und rief immerzu Ihren Namen, den er mit den beleidigendsten Attributen bedachte, die ich je gehört habe. Als ich ihn zu beruhigen versuchte, wurde er auch mir gegenüber ausfallend. Dies dauerte bis weit nach Mitternacht. Er hatte sich in seinen Gebetsraum eingeschlossen, wo er tobte und Zwiesprache hielt – mit sich selber oder mit dem Herrgott, das vermag ich nicht zu sagen. Als in mir bereits Hoffnung aufkeimte, das Schlimmste hinter uns zu wissen, fuhr er wie der Leibhaftige aus seiner Kammer. Ich hatte mich noch nicht schlafen gelegt, denn die nervliche Zerrüttung meines Herrn beunruhigte mich. So sah ich ihn in den Gang treten, die Augen vor Zorn weit aufgerissen, die Haare zerzaust. ›Aus dem Weg, Elende!‹, fuhr er mich an. ›Aber Herr Pastor, beruhigen Sie sich doch, Sie wecken das Kind auf‹, versuchte ich ihn zu begütigen. Doch in meinen Worten fand sich kein Balsam für seine Seele. Ruhelos irrte er durchs Haus, treppauf, treppab, suchte schließlich sein Arbeitszimmer auf und verschloss die Tür. Es ist nicht meine Art, privaten Geheimnissen auf den Grund zu gehen; doch für dieses eine Mal kniete ich mich nieder, um ihn durchs Schlüsselloch zu beobachten. Mit einem Brieföffner stach er auf ein Papier oder eine Art Leinwand ein – so genau war das in meiner Lage nicht zu erkennen. Der Pastor raste. Er griff nach einer Schere und schnitt das Porträt – denn ein Porträt war es, ich hatte inzwischen die Umrisse einer Frauenfigur erkannt – in Stücke. Noch ehe ich mich versah, riss er die Tür auf, sodass er beinah über mich stolperte. Mittlerweile ging es auf 3 Uhr morgens zu. Er war völlig außer sich. ›Bitte, Herr Pastor‹, flehte ich. ›Aus dem Weg, Weib!‹, fauchte er. Mit seinem ganzen Gehabe schien er dem Alten Testament entsprungen zu sein, ein Dämon, der nach Vergeltung sinnt, gierig nach Menschenblut lechzend. Er schlug die Richtung nach Filines Zimmer ein und ehe ich ihn am Betreten des Raums hindern konnte, hatte er schon die Füße über die Schwelle gesetzt. Wie erschrocken muss die arme Kleine sein, als sich im Gegenlicht die Silhouette eines rächenden Geistes mit erhobener Schere im Türrahmen abzeichnete!«

»Herrje!«, entfuhr es Amalia Losch.

»Es war schrecklich«, fuhr Frau Lembke fort, »diese Hilflosigkeit, das Wissen, nicht eingreifen zu können. Es ist nun einmal das Los von uns Frauen, dem schwachen Geschlecht anzugehören. Meine kleine Filine war noch vom Nachmittag her verängstigt. Wissen Sie, weil der Pastor die verbotenen Bücher bei ihr entdeckt hatte. Ihre Augen waren gerötet und ich glaube, sie hatte auch noch nicht geschlafen. ›Vater, was wollen Sie?‹, rief sie entsetzt. ›Dich lehren, was es heißt, gegen Gottes Gebote zu verstoßen, unzüchtige Natter!‹ Mit raschen Schritten war er an ihrer Bettstatt. Seine hagere Hand schnellte vor, um sie an den Haaren zu packen. Sie schrie vor Schmerz, als er sie aus dem Bett zerrte. Meine arme, geschundene Lore Lay! Blonde Haarsträhnen fielen zu Boden, er drosch auf sie ein, auf die eigene Tochter! Sein eigen Fleisch und Blut!«

»Potzdonner!«, war an dieser Stelle des Berichts Albrecht Krosick zu vernehmen. Unbemerkt hatte der Fotograf die Küche betreten und das Gespräch mitverfolgt. Beruhigend legte er die Hand auf Bentheims Schulter und meinte: »Den Halunken werden wir Mores lehren. Der soll uns nicht ungestraft davonkommen.«

»Was geschah dann? So sprechen Sie doch«, meinte Julius ungestüm. Seine Aufregung war nicht mehr zu zügeln.

»Er ohrfeigte sie, o mein Gott, ich darf gar nicht dran denken. Immer wieder schlug er auf sie ein, bis sie aus den Ohren blutete. Ich wollte eingreifen, aber er stieß mich zu Boden. Herr im Himmel, noch nie habe ich einen derartigen Gewaltausbruch erlebt. Mein Täubchen lag wimmernd am Boden, zusammengekrümmt, schluchzend. Ich bin nicht mehr die Jüngste, mein Herz raste wie wild. Und dann … nein, ich kann's nicht sagen.«

»Weiter!«

Die Alte schluckte und tupfte sich mit einem Seidentüchlein den Schweiß von der Stirn.

»Die schönen Haare«, murmelte sie.

»Was ist damit?«, wollte Albrecht wissen.

»Alle weg, alle geschoren … Es ist furchtbar.«

Siebzehntes Kapitel

Nachdem sie sich vergewissert hatten, dass für Filine derzeit keine akute Gefahr an Leib und Leben bestand, führte Krosick die in Tränen aufgelöste Anstandsdame zur Tür. Durch die unaufgeregte Art, wie er die Sache anging, spendete er Trost und Linderung für die geschundene Seele der Frau.

»Gehen Sie, Frau Lembke, versuchen Sie zu vermitteln. Vater und Tochter können sich nicht auf ewig befehden.«

»Er schon. Der Pastor kann das. Er hat sie eingesperrt.«

»Auch, wenn er die Messe liest?«

»Heute Morgen hat er einen Betbruder aus seinem Kirchspiel kommen lassen, der die Sünderin nicht aus den Augen ließ, während der Pastor den Gottesdienst feierte.«

Der Fotograf drückte ihr die Hand. Es war ein warmer, freundlicher Handschlag, der ihr das Gefühl mit auf den Weg gab, nicht vergebens gekommen zu sein. »Nochmals, Frau Lembke: Kümmern Sie sich um Filine. Sie braucht Sie an ihrer Seite. Für alles wird sich eine Lösung finden.«

Dankbar verabschiedete sie sich und als die Tür ins Schloss fiel, seufzte Krosick auf. Das gibt eine Menge zu tun, dachte er. Bentheim war noch immer in der Küche. Aufgelöst und überreizt hatte er sich mit der Witwe Losch zu einem Streitgespräch verstiegen. Er war bleich und zitterte. Einem außenstehenden Beobachter wäre sicher aufgefallen, dass er neben all seiner intellektuellen Schärfe eben doch nur ein grüner Junge war. Offenbar versuchte er, sich resolut und herrisch zu geben. Sogar die Art, wie er seine Vermieterin behandelte, zeugte davon, aber er hielt es nicht durch. Erschöpft sank der Student auf einen Stuhl nieder und ließ den Kopf hängen.

»Sei unbesorgt, Julius. Es wird sich alles zum Besseren wenden.«

»Sobald er sie totgeschlagen hat?«

Krosick schwieg. Er rieb sich das Kinn und starrte leer und ausdruckslos auf die Küchenborde, wo Töpfe und Tassen standen. Nach einer Weile sagte er unerbittlich: »Wir müssen kühlen Kopf bewahren. Geh morgen ins Gericht, lenke dich ab. Einstweilen wird mir schon was einfallen.«

Die Vernehmungen im Fall Goltz versprachen an Spannung zuzunehmen. Als einer der letzten Zeugen, die von der Anklagevertretung aufgerufen wurden, trat der Pathologe Virchow auf. Lang und breit dozierte er über anatomische Befunde, erklärte, was es mit Einstichwinkel und Einstichkanal auf sich habe und woran Lene Kulm gestorben war.

Albrecht Krosicks Foto, das er von der abgetrennten Haut von Lene Kulms Bauch angefertigt hatte, wurde zur Sensation. Ein Raunen ging durch die Menge, als Theodor Görne das um ein Vielfaches vergrößerte Bild mit Magneten an eine fahrbare Schieferwand heftete, wie man sie aus Klassenzimmern oder Hörsälen kannte. Es war ein prätentiöser Schachzug, der Botho Goltz' Verteidiger zu einem Einspruch veranlasste.

»Völlig geschmacklos«, warf er ein. »Unterstes Schmierentheater. Um eines billigen Effekts willen wird die geheiligte Totenruhe gestört und die liebe Verstorbene geschändet.«

Rudolf Virchow kraulte sich gelassen den Bart, da der Richter für die Vertreter der Anklage entschied, und beantwortete die Fragen weiterhin sachlich und mit nüchterner Präzision.

Nach der Mittagspause übernahm Fabian Heseler das Verhör. Sein Haarschopf war noch immer rot gefärbt, doch hatte die Intensität der Farbe nachgelassen.

»Erzählen Sie mehr über den medizinischen Befund«, bat der Anwalt des Professors. »Hatte das Opfer Geschlechtsverkehr, kurz bevor es ermordet wurde?«

»Das Opfer hatte in der Tat Geschlechtsverkehr.«

»War er einvernehmlich?«

»Ja.«

Bentheim sah zu den Geschworenen hinüber. Er war gerade dabei, sie zu malen, als dieser Dialog stattfand, und musste verärgert feststellen, dass sie ihre Position wechselten. Saßen die meisten bis dahin gemütlich an das Rückenpolster ihrer Stühle gelehnt, so beugten sie sich nun vor, die Arme auf das Geländer gelegt oder den Kopf auf die Hände gestützt.

»Wie lässt sich das feststellen?«

»Es gibt bisher wenig medizinische Studien zu diesem Gebiet. Doch jahrelange Erfahrung mit Vergewaltigungsopfern, sei es mit noch lebenden oder auch mit ermordeten Frauen, lässt einen Arzt oder Pathologen mit Gewissheit diese Frage beantworten. Bei einer Vergewaltigung gibt es Schürfwunden, Hämatome, Kratzspuren. An den Innenseiten der Schenkel, die mit Gewalt auseinandergedrückt werden, finden sich oft Hinweise. Auch kann es kleine Risse in der Scheidenwand geben. Und natürlich getrocknetes Sperma, das die Schamhaare verklebt. Wenn sich das Opfer wehrt, können abgebrochene Fingernägel die Folge sein.«

»All dies war bei Fräulein Kulm nicht der Fall?«

»Nein.«

»Gab es sonstige Auffälligkeiten?«

Für die Dauer eines kurzen Moments blieb Virchow die Antwort schuldig. Dann meinte er: »Das Opfer wies Hämatome auf.«

»Vom Geschlechtsverkehr?«

»Nein, von Schlägen.«

»Professor Goltz hat demnach Frau Kulm geprügelt?«

Rudolf Virchow schüttelte den Kopf. »Die Hämatome sind älteren Datums.«

»Älteren Datums?«, wiederholte Heseler. Mehr zu sich selbst als zu den Geschworenen sagte er leise: »Schon die zweite Zeugenaussage, die Herrn Goltz in dieser Hinsicht entlastet …«

Ohne den Gedanken weiter zu verfolgen, präsentierte er eine Dokumentenmappe und meinte: »Im Bericht der Staatsanwaltschaft steht, das Opfer habe menstruiert. Ist das korrekt?«

Virchow nickte.

»Sie müssen antworten, Herr Doktor. Für das Protokoll.«

»Ja, das ist korrekt.«

»Weiter steht hier, dass es nicht zu normalem Geschlechtsverkehr gekommen sei.«

»Auch das ist korrekt.«

»Es gab also das, was man einen sodomitischen Akt nennt?«

»Ich halte den Terminus für unpassend, da er zweideutig ist. Aber, ja – es gab analen Geschlechtsverkehr.«

»Setzt diese Art von Kopulation nicht ein Mindestmaß an Vertrauen voraus?«

»Ich denke eher an ein Mindestmaß an Bezahlung«, entgegnete Virchow aufgebracht.

»Hohes Gericht, ich verlange, dass diese Aussage aus dem Protokoll gestrichen wird.«

»Stattgegeben«, entschied Richter Jänert.

Botho Goltz saß lächelnd auf seinem Platz und machte sich Notizen. Er war aufgeräumter Stimmung. Julius beobachtete ihn unverhohlen und wunderte sich über sein Benehmen. Mal war er heiter, mal traurig; mal hämisch und zynisch, dann wieder lammfromm und einen demutsvollen Glauben präsentierend. Der Zeichner konnte sich gut vorstellen, dass dieser ständige Wechsel an Gemütsverfassungen die Verwirrung der Geschworenen zum Ziel hatte.

»Beleuchten wir einen anderen Aspekt«, meinte der Verteidiger. »Die Fotografie von Lene Kulms Bauchdecke zeigt mehrere Einstiche. Haben Sie die Wunden vermessen?«

»Natürlich.«

»Was sind Ihre diesbezüglichen Schlussfolgerungen?«

»Wie Sie dem pathologischen Befund entnehmen können, handelt es sich bei der Mordwaffe um ein sehr scharfes Messer mit dünner, mittellanger Klinge und Schneidezacken auf dem Grat.«

»Was verstehen Sie unter mittellang? Können Sie das in Zentimetern ausdrücken?«

Virchow blätterte in seinen Unterlagen, bis er die gesuchte Stelle fand.

»Anhand der Verletzungen der betroffenen inneren Organe kann man davon ausgehen, dass die Klinge der Tatwaffe eine Mindestkürze von zehn Zentimetern und eine Maximallänge von 15 Zentimetern aufweisen muss.«

»15 Zentimeter? Sagen Sie, Herr Doktor, wie erklären Sie sich die Abweichung von vier Zentimetern im Vergleich zu der bei dem Angeklagten aufgefundenen Waffe? Deren Klinge misst 19 Zentimeter in der Länge.«

»Ich habe mich anscheinend verwirrend ausgedrückt, Herr Anwalt. Die dem Opfer beigebrachten Verletzungen waren zwischen zehn und 15 Zentimeter tief. Dieser Befund schließt also alle Arten von Messern, Stichwaffen und Klingen aus, die kürzer als zehn Zentimeter sind. Es kann hingegen durchaus sein, dass eine – sagen wir einmal – 20 Zentimeter lange Klinge nur zu drei Vierteln in das Opfer eindringt.«

»Der Angeklagte hätte also nicht mit aller Wucht zugestoßen?«

Virchow warf einen kurzen Seitenblick in Richtung des Staatsanwalts und antwortete: »Das liegt im Bereich des Möglichen.«

»So, Sie halten dies also für möglich? Halten Sie es

auch für möglich, dass mein Mandant die Wahrheit sagt, indem er darauf hinweist, er habe an besagtem Abend Fleisch zubereitet und das Blut an dem Messer stamme vom Zerschneiden der Filetstücke? Neben dem Ofen im Zimmer des Professors stand übrigens eine flache Wanne am Boden, die mit einer rötlichen Flüssigkeit angefüllt war. Womöglich wurden darin die Nierstücke zubereitet.«

»Das sind Mutmaßungen, die ich nicht kommentieren möchte.«

»Sie machen es sich einfach, Herr Doktor. Aber wir wollen wissenschaftlich bleiben. Gibt es beim jetzigen Stand der Forschung eine Möglichkeit, menschliches von tierischem Blut zu unterscheiden?«

»Die Forschung steckt in den Kinderschuhen. Es existieren nur wenige biochemische, elektrophysiologische und pharmakologische Studien zum Thema.«

»Sie haben meine Frage nicht beantwortet.«

»Nein, man könnte diese Unterscheidung nicht vornehmen.«

»Gibt es überhaupt einen Unterschied zwischen Menschenblut und Tierblut?«

»Wenn wir das wüssten, könnten wir sie unterscheiden«, knurrte Virchow. »Das ist ein Zirkelschluss.«

»Natürlich.« Der Verteidiger fuhr sich durch die Haare, wandte sich ab, um betont lässig in seinen Unterlagen zu blättern, und meinte dann: »Ah, hier haben wir es: die Inventarliste, die Kommissar Horlitz anfertigen ließ. In der Diele Gregor Halderns, genauer gesagt in dem kleinen Garderobenvorraum zu seiner Wohnung, fanden sich unter anderem die Beweisstücke 37a bis j und 38a und b. Anders formuliert: ein Bündel mit zehn Banknoten und eine alte Ausgabe der Allgemeinen Zeitung sowie ein Messer mit blutiger Klinge. Haben Sie wenigstens auch dieses Messer untersucht?«

Irritiert huschte der Blick des Mediziners umher. Theodor Görne sah mit aschfahlem Gesicht zu Botho Goltz hinüber.

»Ein zweites Messer wurde mir nie vorgelegt. Überhaupt wurde mir gar kein Messer vorgelegt.«

»Wenn ich Ihnen zwei Messer zur Auswahl gebe, von denen das eine die Klingenlänge von 15 Zentimetern bei drei Zentimetern Breite aufweist, während die Klinge des anderen 19 Zentimeter lang und zweieinhalb Zentimeter breit ist – gesetzt also diesen Fall: Welches ist die Tatwaffe, Herr Professor?«

»Letzteres.«

»Das längere, jedoch schmalere Messer?«

»Ja.«

»Hat die Polizei in Betracht gezogen, dass vielleicht jenes Messer, jenes blutverschmierte, jenes längere, jenes schmalere Messer, nach dem man eigentlich hätte suchen sollen, in Gregor Halderns Diele lag?«

»Einspruch!«, erscholl es leidenschaftlich.

Der Verteidiger mit den gefärbten Haaren, der den ehrenwerten Professor Virchow so stiefmütterlich behandelte, hielt inne. Lebhaft blickte er zum Tisch des Anklägers hinüber und wartete auf eine Begründung. Mit gleichmütiger Stimme wandte sich der Richter an Theodor Görne: »Gewähren Sie uns Einblick in die Tiefen Ihrer Überlegungen, Herr Anwalt?«

Görne hüstelte verlegen. Sein Tisch war eindrucksvoll mit Lehrbüchern und Aktenmappen bedeckt, mit Schriftstücken, Aktenbündeln und sonstigen Dokumenten aller Art. Er bat um einen Moment Geduld und durchstöberte seine Unterlagen, bis er eine geheftete Blättersammlung in den Händen hielt. An ihrem Deckblatt und den Stempeln erkannte sie Bentheim unschwer als polizeilichen Bericht.

»Ich möchte darauf hinweisen, dass das besagte Messer – im Gegensatz zu dem beim Angeklagten vorgefundenen – nicht am Tatort vorhanden war.«

»Nun«, meinte Heseler verächtlich, »wenn Sie mit Tatort den Flur zwischen den beiden Dachwohnungen meinen, dann waren beide Messer gleich weit davon entfernt. Genau genommen existiert das Messer meines Mandanten nicht einmal, da es sich in seiner Wohnung befunden hat und ergo auf der Liste der nicht als Beweismittel geltenden Fundstücke erscheint. Es ist erstaunlich, dass der Verlobte des Opfers sie zu ihren Lebzeiten geschlagen und malträtiert hat und darüber hinaus die einzige infrage kommende Tatwaffe in seiner Wohnung gefunden wird.«

»Einspruch!«

»Abgelehnt. Fahren Sie fort, Herr Verteidiger.«

»Eine Handvoll Fragen an den Pathologen habe ich noch: Herr Virchow, Sie haben die Obduktion einer weiblichen Leiche vorgenommen, am 14. Juli – stimmt das?«

»Ja, an diesem Tag habe ich Fräulein Kulm obduziert.«

Heseler lächelte unverfroren und fuhr fort: »Auf wessen Veranlassung haben Sie eine weibliche Leiche obduziert?«

»Auf Veranlassung Kommissar Horlitz'.«

»Wer war zugegen?«

»Gideon Horlitz, mein Assistent, ein Polizeifotograf sowie ein Polizeizeichner – und natürlich Fräulein Kulm«, fügte er selbstherrlich hinzu. Mittlerweile war allen Anwesenden klar, dass der berühmte Mediziner und der Verteidiger des Professors keine Freunde mehr würden.

»Fräulein Kulm war also anwesend. Sehr aufschlussreich. Wer identifizierte die Leiche?«

»Das weiß ich nicht.«

Finster dreinblickend, meinte Fabian Heseler: »Keine weiteren Fragen an den Zeugen; er kann entlassen werden. Jedoch halte ich es zum jetzigen Zeitpunkt der Verhandlung für angebracht, eine Erklärung meines Mandanten zu verlesen.«

Johann von Jänert und seine Beisitzer steckten die Köpfe zusammen und unterhielten sich im Flüsterton. Dann meinte der Hauptrichter: »Fahren Sie fort, Herr Anwalt.«

Mit gewichtiger Miene überreichte der Professor Herrn Heseler einen versiegelten Briefumschlag. Dieser erbrach das Siegel, zog ein Blatt Büttenpapier hervor und las vor: »Ich zitiere: Ich, Professor Botho Goltz, gebe hiermit zu Protokoll, dass ich die am 12. Juli im Flur vor meiner Dachgeschosswohnung aufgefundene weibliche Leiche nicht kenne. Es war mir nicht möglich, die Tote eindeutig als Fräulein Magdalene Kulm zu identifizieren, weshalb davon auszugehen ist, dass Fräulein Kulm womöglich noch unter den Lebenden weilt. Zitat Ende. Nun, meine ehrenwerten Herren Richter, nach langer und sorgfältiger Durchsicht der Akten bin ich zum Schluss gekommen, dass es die Anklage versäumt hat, die Leiche offiziell zu identifizieren. Mein Mandant wird deshalb in den nächsten Tagen eine Vermisstenanzeige beim hiesigen Gendarmenposten aufgeben.«

»Einspruch! Es gab die Gegenüberstellung mit Herrn Haldern.«

Bentheim beugte sich vor. Längst hatte er seinen Zeichenblock beiseite gelegt und verfolgte das Schauspiel, das ihm geboten wurde.

»Die Gegenüberstellung mit einem Mann, der laut Protokoll ›verstört war und verschlafen wirkte‹?«

»Gerade weil er sie identifizieren konnte, war er verstört.«

»Nun muss aber ich Einspruch erheben, Herr Ankläger. Dies ist pure Spekulation.«

Mit einer wegwischenden Handbewegung meinte Görne: »Es gibt die Aussage der Nachbarin.«

»Ach, Sie meinen die gute alte Frau Lützow, die keine zwei Meter weit sieht?«

»Das sind sophistische Spitzfindigkeiten!«

»Mitnichten, Herr Kollege«, schmetterte ihm Fabian Heseler entgegen, »das sind juristische Grundlagen. Machen Sie Ihre Hausaufgaben. Sie haben weder Leiche noch Tatwaffe, ganz zu schweigen von einem Motiv.«

Die Stimme des Richters schien kaum merklich anzuschwellen, während er die Streithähne zurechtwies: »Unterlassen Sie dieses Geplänkel, meine Herren. Die Einsprüche – ich weiß nicht einmal mehr, wie viele – werden allesamt zurückgewiesen. Da der Zeuge entlassen ist und der Fall eine gänzlich andere Richtung zu nehmen scheint, als vorher angenommen werden konnte, bitte ich die Verteidigung darum, morgen Vormittag ihre im Nachhinein eingereichten Anträge und Zeugenaussagen anzubringen. Die Sitzung ist geschlossen.«

Achtzehntes Kapitel

WENIG SPÄTER, als Bentheim seine Unterlagen in einer Zeichenmappe verpackt und diese dem Gerichtsdiener zur Aufbewahrung übergeben hatte, traf er Gideon Horlitz, der mit Kommissar Bissing bei einer Fensternische stand. Er wetterte gegen den Verteidiger, sein Kopf glühte vor Zorn.

»Ein verflucht durchtriebener Bursche!«

»Er läuft zu Hochtouren auf, weil ihm Goltz das Libretto für diese Oper schreibt. Heseler ist der Handlanger, während der Professor die Fäden zieht«, spekulierte Bissing.

»Sind Sie sich dessen sicher?«

»Wir kennen uns aus dem anthropologischen Renan-und-Feuerbach-Verein. Was logisches Denken angeht, ist Goltz ein Genie. Niemand nimmt es mit ihm auf.«

»Was ist das für eine Vereinigung?«, mischte sich Julius Bentheim ein.

»Eine neu einberufene Versammlung; es gibt sie erst seit Anfang Januar letzten Jahres. Wir Mitglieder haben uns dem Ideal des religionskritischen, aufgeklärten Menschen verschrieben. Das Erscheinen von Ernest Renans Buch ›Vie de Jésus‹ galt als Fanal für uns: Aus den antiken Verhältnissen seiner Zeit heraus sollte die Figur des christlichen Erlösers erklärt und als Mensch dargestellt werden.«

»Und Ludwig Feuerbach?«

Bissing lächelte: »Das ist unser zweiter Säulenheiliger. Wir wollen die Religion und ihre Auswüchse aus anthropologischer Sicht verstehen.«

»Und Botho Goltz ist Mitglied bei Ihnen?«, fuhr Horlitz auf. »Herrgott, nehmen Sie denn alles auf? Auch Triebtäter und Psychopathen? Würde mich nicht wundern, wenn der Raubmörder Masch und die Giftmischerin Ursinus Ehrenmitglieder bei Ihnen wären.«

»Bitte, meine Herren«, bat Bentheim, »Schuldzuweisungen für etwas, das eine dritte Person getan oder gelassen hat, bringen uns nicht weiter. Ich befürchte etwas ganz anderes, nämlich dass der Professor letzten Endes noch dem Strick entgeht.«

Bissing und Horlitz wechselten einen Blick, der verschwörerischer daherkam, als es Julius lieb war. Ersterer machte stirnrunzelnd eine missbilligende Geste und meinte verächtlich: »Freigesprochen mag er vielleicht werden, aber dem Strick wird er nicht entgehen.«

»Wie darf ich das verstehen?«

»Moritz plappert Unsinn«, bemerkte Kommissar Horlitz. »Er möchte damit wohl seiner Meinung Ausdruck verleihen, dass letzten Endes alle Verbrecher ihrer gerechten Strafe anheimfallen. Und sei es erst im nächsten Leben.«

»So ist es«, bestätigte Bissing. »Bisweilen holt einen aber auch das schlechte Gewissen ein, wie das Beispiel Hackeborn zeigt.«

Aus einem unerfindlichen Grund erschauderte Julius. Doch er sah über die Andeutung hinweg, als er meinte: »Mich beschäftigt derzeit eine ganz andere Sache, nämlich die Frage nach der Tatwaffe.«

»Wieso? Was soll damit sein?«

»Sie ist nicht auffindbar«, bemerkte der Tatortzeichner. »Botho Goltz' Messer scheidet aus, da es nicht die richtigen Maße aufweist. Das Messer von Gregor Haldern hingegen besitzt zwar die richtige Länge und Breite und war zudem blutgetränkt, aber der Professor kann es ihm unmöglich untergeschoben haben. Als die Polizei am Tatort eintraf, war die Tür zu Halderns Wohnung abgeschlossen.«

»Also muss es ein drittes Messer geben«, folgerte Horlitz.

Die nächsten Stunden verbrachte Julius Bentheim im Kreise seiner engsten Freunde, der Witwe Losch und Albrecht Krosick. Gemeinsam saßen sie am beengten Küchentisch, speisten zu Abend und diskutierten, was in Bezug auf Filine Sternberg zu unternehmen sei.

»Nachdem du dich jahrelang durch die Lektüre von Sensationsromanen gebildet hast, werter Julius, wirst du wohl wissen, was dich an die Brust der Geliebten bringt: eine Entführung.«

»Du beliebst zu scherzen.«

Die Witwe verrührte mit dem Löffel den Zucker in ihrer Teetasse und meinte: »Mein lieber Junge, wollen Sie mich anhören! Herr Krosick hat recht. Eine Heirat ist aus den bekannten Gründen nicht zu vollziehen. Dennoch haben wir uns fest vorgenommen, dass Sie die Frau, die Sie lieben, heiraten sollen. Es wäre eine verächtliche Ausrede, wenn es Ihnen am Mut gebricht. Schweigen Sie deshalb.«

Bentheim schüttelte nachdenklich den Kopf. »Wir würden uns vor den Schranken des Strafgerichts verantworten müssen. Pastor Sternberg ließe es nie zu, dass ich mich mit ihr vermählte.«

Doch die Witwe fuhr entschlossen fort: »Er würde es nie wagen. Es wäre sein Ende, wenn publik würde, dass seine unbefleckte Tochter von Zuhause ausgerissen ist und an der Seite eines Mannes gelebt, womöglich sogar Unzucht mit ihm getrieben hat. Diese bigotten, doppelzüngigen Priester sind alle gleich.«

»Wenn er sich wider Erwarten nicht so verhält? Filine wäre für alle Zeiten entehrt, selbst wenn nichts zwischen uns passierte. Für die Gesellschaft wäre sie gestorben.«

Krosick eilte der Witwe zu Hilfe. »Er wird euch seinen Segen geben müssen; das besagt das Gesetz über Entführungen.«

»Pah! Gesetz über Entführungen. Du solltest dich reden hören, Albrecht. Der billigste Kolportageroman ist nichts dagegen. Mir nichts, dir nichts würde der Pastor bei uns auftauchen und seine Tochter wieder mitnehmen.«

»Bei uns schon«, grinste der Fotograf, »aber wenn

sie nicht hier ist, was dann? Ich kenne da eine hübsche Dachwohnung, die derzeit leer steht.«

»Du denkst im Traum nicht daran …«

»Oh doch, alles, was wir zur Durchführung brauchen, sind zwei Kutschen, eine Leiter sowie eine Visitenkarte, wobei mindestens einer der beiden Kutscher vertrauenswürdig und verschwiegen sein muss.«

»Eine Visitenkarte?«

»Ja, wenn ich bei hohen Gästen geladen bin, mache ich stets einen Abstecher in den Salon, wo ich meine Taschen mit Visitenkarten vom Tablett fülle. Eine beträchtliche Hilfe, wenn man vorgibt, jemand anders zu sein. Ich hätte da zum Beispiel einen Geheimrat zur Auswahl oder einen Baron.« Er warf einen schelmischen Blick auf Amalia Losch und meinte: »Vielleicht auch eine ältliche Kurtisane, wer weiß?«

Die Witwe verdrehte die Augen.

»Was hast du vor?«, wollte Julius wissen.

Krosick lächelte. »Das wirst du noch früh genug erfahren.«

Der junge Tatortzeichner musste versprechen, seinem Freund freie Hand zu lassen. In aufgeregter Stimmung legte er sich zu Bett, wälzte sich unruhig auf seiner Matratze hin und her und fand erst spät den erlösenden Schlaf. Am nächsten Morgen war er ausgeruht. Wider Erwarten fühlte er sich frisch und voller Elan. Er bedauerte Filines Schicksal, doch die Aussicht auf Krosicks Eingreifen glättete die Wogen, die seinen Geist erbeben ließen.

Im Kollegienhaus angekommen, nahm Bentheim auf

seinem angestammten Stuhl Platz und spitzte die Zeichenstifte. Der Saal füllte sich allmählich. Als das Gericht vollzählig versammelt war, begann die Verhandlung in ruhiger, sachlicher Weise. Verteidiger Heseler nannte Grund und Zweck seines zu Prozessbeginn gestellten Antrags einer zweiten Tatortbesichtigung und verlas die Namen einiger Sachverständiger, die mit ihm und in Begleitung der Polizei die Mietskaserne durchsucht hatten. Er händigte Richter Jänert eine Dokumentenmappe von beträchtlichem Umfang aus, worauf dieser ihn und den Ankläger bat, mit den Beisitzern ins Verhandlungszimmer zu kommen.

Es verging eine geschlagene Stunde, bis das Richtertrio und die Anwälte den Gerichtssaal wieder betraten. Die Zuschauer murrten. Die meisten langweilten sich, einige unterhielten sich oder spielten Karten. Als die Verhandlung wieder ihren Fortgang nahm, verkündete Heseler: »Die Verteidigung ruft Dr. iur. Joachim Krohn als Zeugen auf.«

Ein hagerer alter Mann mit Schnurrbart trat vor. Er ging am Stock und konnte nur mit Mühe den etwas erhöht angebrachten Zeugenstand erklimmen.

»Dr. Krohn«, begann Heseler schließlich, »ist Geschäftspartner einer Anwaltskanzlei, die ich mit einer zweiten Tatortbegehung beauftragt habe. Es erschien der Verteidigung angebracht, eine zweite Meinung einzuholen, zumal die Befunde der ersten Begehung meinen Klienten nie zufriedengestellt hatten.«

Johann von Jänert unterbrach ihn unwirsch: »Vereidigen Sie den Herrn!«

Heseler trat einen Schritt beiseite und ließ den Amtsdiener vortreten. Krohn, dem die Prozedur bekannt war, erhob die Rechte und sagte, ohne die Formel abzuwarten: »Ich bekräftige im Bewusstsein meiner Verantwortung vor Gericht, dass ich nach bestem Wissen und Gewissen die reine Wahrheit sage und nichts verschweigen werde.«

Heseler übernahm wieder das Kommando. »Seit wann praktizieren Sie als Anwalt, Herr Krohn?«

»Oh.« Krohn blinzelte, als staune er, wie rasch die Zeit verfliege. »Seit 42 Jahren.«

»Sie sind also ein alter Hase in dem Geschäft, könnte man es salopp ausdrücken.«

»So könnte man es ausdrücken, ja.«

»Wurden Sie jemals wegen irgendeiner Straftat verurteilt?«

»Nein.«

»Keine Beamtenbeleidigung? Nie in der Öffentlichkeit angeheitert gewesen?«

»Wo denken Sie hin!«

»Sie besitzen also das«, folgerte Heseler, »was man einen absolut unbescholtenen Leumund nennt. Ihr Wort hat Gewicht, Ihr Wort ist wahrhaftig, Herr Krohn. Berichten Sie uns bitte nun von der Tatortbegehung.«

Krohn war kein Mann der langen Worte. Kurz und prägnant schilderte er, wie ihn Fabian Heseler beauftragt hatte, die Dachgeschosswohnung der Mietskaserne zu durchsuchen und alles, was man vorfinde, zu katalogisieren und notariell beglaubigen zu lassen. »Zusammen mit zwei Mitarbeitern und Mitgliedern der Gendarmerie durchsuchten wir das genannte Objekt.«

»Fanden Sie etwas, das entweder im Gegensatz zur offiziellen Inventarliste der Polizei steht oder dort gar nicht auftaucht?«

»Ja.«

»Benennen Sie die Fundstücke.«

»Im Lichtschacht fanden wir …«

»Einspruch!«

»Abgelehnt!«

Görne sah den Richter perplex an. »Aber Sie haben sich meine Begründung noch gar nicht angehört.«

»Strapazieren Sie nicht meine Geduld, Herr Ankläger. Mir fällt keine Rechtfertigung ein, weshalb ein Lichtschacht nicht untersucht werden sollte. Falls Sie argumentieren möchten, der Schacht biete mehreren Parteien Zugang, so tun dies Fenster und Türen auch. Es ist nicht auszuschließen, dass Beweisstücke, die für den Verlauf der Verhandlung von Wichtigkeit sein können, durch Fenster, Türen oder eben auch Lichtschächte expediert worden sind. Oder fällt Ihnen ein anderes Argument ein?«

»Nein, Herr Vorsitzender«, antwortete er kleinlaut.

Heseler konnte sich ein Grinsen nicht verkneifen. »Ich bitte, das Original der notariell beglaubigten Inventarliste der Kanzlei Krohn & Partner zur Identifizierung als Beweisstück Nummer 1 der Verteidigung zu kennzeichnen.« Er reichte dem Protokollführer eine Kopie. Dieser schaute auf seine Uhr und notierte die angegebene Nummer sowie die Uhrzeit in seinem Bericht.

Fabian Heseler nahm den Faden seiner Rede wieder auf: »Nun, Herr Kollege, was fanden Sie im Lichtschacht?«

»Wir stießen vorwiegend auf Abfall – Müll, der von Mietern der verschiedenen Stockwerke im Lichtschacht entsorgt worden ist.«

»Also nichts Ungewöhnliches.«

»Nein«, bestätigte Dr. Krohn. »Bis auf drei Dinge: ein altes Kleidungsstück, und zwar eine Jacke, die an den Ärmeln zusammengeknotet war, sowie ein Wachstuch und Bindenmaterial, wie es von menstruierenden Frauen verwendet wird.«

»Gab es etwas Ungewöhnliches an den zwei erstgenannten Objekten?«

»Beide waren von Blut durchtränkt.«

»Menschenblut?«

»Einspruch!« Theodor Görne hatte sich erhoben. »Der Verteidiger hat bereits ausführlich dargelegt, dass man Menschen- und Tierblut nicht voneinander unterscheiden kann. Was ihm recht ist, muss ihm auch billig sein. Ich möchte protokollarisch festhalten lassen, dass das Blut auf besagter Jacke – falls es überhaupt Blut ist – Tierblut sein könnte!«

»Stattgegeben«, knurrte Jänert und wies den Protokollführer an, dies zu vermerken. Zum Zeugen gewandt, meinte er: »Herr Dr. Krohn, ich untersage Ihnen, auf die Frage zu antworten. Herr Verteidiger, fahren Sie fort.«

Fabian Heseler trat an seinen Tisch und ließ sich von Botho Goltz eine verschnürte und mit einer Bleiplombe versehene Schachtel reichen. »Die Verteidigung unterbreitet dem Gericht als Beweisstücke Nummer 2 und 3 den Inhalt dieses versiegelten Pakets.«

Einer der Beisitzer prüfte die Plombierung und nickte. Heseler entfernte Siegel und Schnur, nahm den Schachteldeckel ab und präsentierte den Zuschauern eine dunkelbraune Jacke mit langen Ärmeln. Gebannt starrte Julius Bentheim zum Tisch der Anklage hinüber. Es machte den Anschein, als wolle Gregor Haldern, der Verlobte des Mordopfers, sich erheben, doch wurde er von Görne zurückgehalten. Sein Gesicht erbleichte, seine Mundwinkel zitterten.

»Diese blutbesudelte Jacke, Herr Zeuge, wies die noch weitere Besonderheiten auf?«, wollte der Verteidiger wissen.

»In einer ihrer Taschen fand sich der Belegschein einer Wäscherei, ausgestellt auf den Namen Gregor Haldern.«

»Einspruch! Keinerlei Beweis dafür, dass es sich hierbei um diesen Herrn Haldern an meiner Seite handeln muss. Auch fehlt der Beweis, dass der Belegschein für exakt diese Jacke ausgestellt wurde. Und Herr Haldern verneint mit aller Entschiedenheit, je irgendeine seiner Jacken in einer Wäscherei abgegeben zu haben.«

Heseler meinte spöttisch: »Ich ziehe alles zurück, was in diese Richtung deuten könnte. Vielmehr möchte ich meinem geschätzten Herrn Kollegen entgegenkommen, indem protokollarisch festgehalten wird … Moment, meine Herren, tja, wie wollen wir es formulieren? Nun also … Erstens: Es ist gewiss dem Zufall zuzuschreiben, dass in dem Lichtschacht des Tatorts eine blutbesudelte Jacke gefunden wurde. Zweitens: Es ist gewiss dem Zufall zuzuschreiben, dass eine Wäschereiquittung diese Jacke einem Herrn Haldern zurechnet. Drittens: Es ist gewiss dem Zufall zuzuschreiben, dass ein Herr Haldern Mieter einer Dachgeschosswohnung ist, deren

Flur von besagtem Lichtschacht erhellt wird. Viertens: Es ist gewiss dem Zufall zuzuschreiben, dass das Todesopfer zu Lebzeiten oft von einem gewissen Herrn Haldern traktiert worden war. Fünftens: Es ist gewiss dem Zufall zuzuschreiben, dass der Verlobte der Ermordeten den Namen Gregor Haldern trägt. Konnte ich damit Ihrem Herrn Haldern einen Gefallen tun, Herr Görne? Es wäre ausgesprochen schade, wenn das Augenmerk der Ermittlung plötzlich auf ihn fallen würde – auf ihn, der ja kein Wässerchen trüben kann. Ich hoffe, Sie sind zufrieden«, meinte er süffisant. »So viele Zufälle sind schon eine dumme Sache.«

Die Zuschauer schmunzelten.

Ohne sich weiter um Görne zu kümmern, wandte sich Heseler wieder an den Zeugen. »Herr Dr. Krohn, die Staatsanwaltschaft stellt die Vermutung in den Raum, unser Beweisstück, die Jacke, könne theoretisch von jeder dem Schacht angrenzender Wohnung aus nach unten befördert worden sein. Gibt es irgendwelche Hinweise, die darauf schließen lassen, dass die Jacke aus der obersten Etage nach unten geworfen wurde?«

»Es fanden sich Blutspuren an der Fensterbank.«

»Einspruch! Die Spuren stammen direkt von der Ermordeten. Der ganze Vorraum war vollgespritzt.«

Fabian Heseler verzog das Gesicht. »Wie degoutant! Der Vorraum war also in Mitleidenschaft gezogen – oder vollgespritzt, um die Worte meines Kollegen zu zitieren. Lässt sich die Theorie widerlegen, das Blut stamme einzig von der Tat her?«

»An der Innenseite des Fenstergriffs gab es Fingerspuren. Diese können nur daher rühren, dass jemand mit blutiger Hand das Fenster geöffnet hat. Ich denke, jeder Kriminologe kann bestätigen, dass das Auswurfdiagramm von Blutspritzern dergestalt ist, dass stets nur die der Wunde zugewandte Seite eines Objekts vollgespritzt wird.«

»Einspruch! Laut Aussage von Professor Dr. Virchow menstruierte Fräulein Lene Kulm an ihrem Todestag. Die Blutspuren rühren daher. Zumal an Fräulein Kulms Körper zwar ein Hygienegurt, aber kein Bindenstoff gefunden wurde.«

»Ein bisschen viel Blut für eine Periode«, murmelte Krohn. »Man müsste nicht mehr von einer Monatsblutung, sondern eher von einer Quartalsblutung sprechen.«

Für kurze Zeit herrschte betretenes Schweigen im Saal. Nur ein Arbeiter, ein schlichtes Gemüt, das sich ins Publikum geschlichen hatte, kicherte.

»Ich möchte nun ein anderes Thema anschneiden, Herr Dr. Krohn«, begann Heseler wieder. »Fanden sich irgendwelche Wertgegenstände in der Wohnung des Angeklagten, Herrn Professor Botho Goltz?«

»Die Wohnung von Herrn Professor Goltz war bereits von den Herren der Berliner Gendarmerie durchsucht worden. Laut deren Protokoll fand man nichts von Belang. Lediglich ein paar Geldscheine.«

»Hat die Gendarmerie auch die Wohnung von Herrn Haldern untersucht?«

»Nein.«

»Wie kam es, dass Sie den Auftrag erhielten, die Wohnung von Herrn Haldern zu untersuchen?«

»Ich wurde von Herrn Kommissar Gideon Horlitz

empfohlen. Als Sie, Herr Heseler, auf Betreiben Ihres Mandanten hin eine zweite Tatortbesichtigung wünschten, wurde zwischen Staatsanwaltschaft und Verteidigung ein außenstehendes Unternehmen damit beauftragt. Anscheinend hatte unsere Kanzlei einen guten Leumund, weshalb wir die Aufgabe übernahmen.«

»Fanden sich hier irgendwelche Wertgegenstände?«

»Nichts von Belang. Herr Haldern lebt offensichtlich von der Hand in den Mund. Auffallend war aber ein Bündel Banknoten auf der Kommodenablage.«

»Haben Sie sich die Mühe gemacht, die Reihennummer der Scheine zu notieren?«

»Selbstverständlich.«

»Sehr gut. Das hat die Polizei bei den Scheinen, die bei Herrn Goltz gefunden wurden, nämlich auch gemacht. Es wäre interessant zu erfahren, ob sich daraus irgendwelche Schlüsse ziehen ließen. Doch vorerst keine weiteren Fragen, Herr Vorsitzender.«

Neunzehntes Kapitel

Der Abend war hereingebrochen und mit ihm die Zeit der Umwälzungen. Albrecht Krosick und Amalia Losch gerierten sich wie geborene Verschwörer. Die Witwe blühte auf. Sie sprach hinter vorgehaltener Hand, wann immer sie mit dem Fotografen ein paar Worte wechselte, und blickte sich öfter um, als sie es sonst zu tun pflegte. Wohlige Schauer rieselten ihr den Rücken hinab, sobald ein unerwarteter Lufthauch sie hochfahren ließ.

»Halten Sie sich bereit, junger Herr Bentheim«, ermahnte sie Julius, als er vom Gericht nach Hause kam. »Heute ist es soweit.«

»Jetzt schon?«

»Besser früh als nie.«

»Ich dachte, das gestern war bloß Gerede.«

Sie legte ihm die Hand auf den Arm. Eine fürsorgliche Geste, die ihn fast zu Tränen rührte. »Der Pastor liest die Spätmesse. Gegen 21 Uhr verlässt er das Haus.«

»Was kann ich tun?«, fragte er erregt.

»Warten«, beschied ihn die Alte.

»Ja, tu das«, meinte Albrecht. »Ich werde mich jetzt um die Kutschen kümmern. Bis dann.«

Julius betrat sein Zimmer, packte einige Kleidungsstücke in einen Wäschebeutel und sortierte seine persönliche Habe. Falls ihr Vorhaben gelänge, würde er seinem Zimmer für lange Zeit Lebewohl sagen müssen. Der Weg zur Arbeit und besonders der Heimweg würden sich zum Spießrutenlauf entwickeln, bei dem es galt, bezahlten Häschern auszuweichen und Spione des Pastors abzuhängen. Niemand dürfte erfahren, wo sich seine neue Unterkunft befände. Er packte ein paar Bücher ein, legte seine Zeichenmappe bereit und warf einen Blick auf die gerollten Aktbilder, die er für Bissing angefertigt hatte.

Der Bote ist immer noch nicht aufgetaucht, dachte

Julius verbittert. Entschlossen stellte er die Bilder für den Kommissar vor Krosicks Zimmer ab. Alles andere, was ihm wichtig war, trug er hinab und deponierte es im Vestibül. Aus der Küche schwappten Wortfetzen zu ihm her, Gelächter, angeregte Ausrufe. Er betrat den Raum und sah die Witwe, die wie ein junger Backfisch kreischte. Kein Zweifel, die Anspannung machte sie um Jahrzehnte jünger. Zu Bentheims Erstaunen saß Amalia Losch gegenüber eine hübsche junge Dame. Ihr nussbraunes Haar fiel lang und glatt auf die Schultern, und als sie ihm ihr Gesicht zuwandte, erschrak der Tatortzeichner.

»Adele!«

»Guten Abend, Herr Bentheim.« Sie stand auf, wobei sie in einer galanten Drehung die Haare nach hinten wirbeln ließ, und reichte ihm die Hand. »Wir haben uns ja seit Monaten nicht mehr gesehen.«

»Ja, es ist schon lange her«, flunkerte er, als er sich gefangen hatte. Er würde das Spiel mitspielen, daran sollte es nicht scheitern.

»Sie kennen sich?«

Das Modell und der Zeichner blickten die Witwe an.

»Flüchtig«, bemerkte Julius.

»Fräulein Bredow hat mir soeben erklärt«, plapperte Amalia, »wie man ein verwundetes Gesicht vortäuschen kann.«

»Das Fräulein Adele besitzt demnach einen Familiennamen, sieh an.«

Verschämt senkte das Aktmodell den Blick.

»Ja, natürlich«, erklärte Amalia unbeirrt. »Fräulein

Bredow hat mir gezeigt, wozu rote Trauben alles nütze sind.«

Sie hielt eine Weinrebe hoch und erklärte ausführlich den Plan, den Albrecht und sie geschmiedet hatten. Bentheim stellte Fragen, sicherte sich ab, ob er alles verstanden hatte, und erfuhr, dass sein Freund Adele als Lockvogel eingeplant hatte. Als er sich nach ihm erkundigte, hieß es, der Fotograf besorge die Kutschen.

»Wie werden Sie vorgehen?«

»Ich werde einen Unfall vortäuschen«, begann Amalia erregt. »Abgebissene Zunge oder etwas in der Art.«

»Deshalb die Trauben«, bemerkte der junge Zeichner.

Die Witwe nickte erfreut, was Bentheim zu einem traurigen Lächeln veranlasste. Von Albrecht wusste er, dass sich viele Prostituierte mit Tierblut gefüllte Weintrauben einführten, um den Freiern immer wieder aufs Neue das Vorhandensein eines intakten Jungfernhäutchens vorzugaukeln.

»Fräulein Bredow, die ja wahrlich eine Augenweide ist, obliegt es, Filines Bewacher aus dem Haus zu locken. Sie wird als Freiherrin von Bernburg auftreten. Die passende Visitenkarte hat ihr Herr Krosick schon besorgt.«

»Und ich?«

Adele lehnte sich vor. »Unterdessen fahren Sie und Albrecht von der anderen Seite des Hauses mit einer Kutsche vor. Bis dahin werde ich diese Haushälterin von Ihrem Kommen unterrichtet haben.«

Julius nickte verstehend. Der Minutenzeiger bewegte sich unbeirrt vorwärts.

Der Zeichner wurde nervös.

»Bald Viertel nach acht.«

Immer wieder wanderte sein Blick zu seiner Mercier.

Sie gingen den Verlauf der Aktion durch, bis draußen Pferdegetrappel zu hören war. Julius sprang so unvermittelt auf, dass sein Stuhl umkippte. Mitfühlend fasste ihn Adele am Arm. Ihre Berührung wirkte angenehm und er redete sich ein, es sei Filine, die ihn umfasst hielt.

Die Kutschen, die Albrecht Krosick gemietet hatte, waren zwei bis auf ihren Farbanstrich identisch aussehende Landauer. Der eine war hellbraun, während der andere, auf dessen Dach ein drei Meter langes Vierkantholz mit abgerundeten Ecken geschnallt war, sich in vollkommenem Schwarz präsentierte. Beide besaßen vier Sitze, ein klappbares Verdeck und wurden von zwei Pferden gezogen. Der Fotograf sprang elegant vom Kutschbock des vorderen Wagens und landete auf dem Gehsteig. Er rief einige Befehle, gab dem Fahrer des hinteren Landauers ein Zeichen und hielt auf das Haus der Witwe zu.

»Es wird Zeit«, begrüßte er jovial seine Freunde. »Stellt euch vor, beim Kutschenverleih gibt es neuerdings eine Absorptionskältemaschine. Gekühltes Bier zu jeder Tages- und Nachtzeit! Das Paradies! Noch kurz ein aufmunterndes Schlückchen, dann kann es losgehen. Julius, deine Sachen! In die hintere Kutsche damit! Du wirst den schwarzen Landauer nehmen müssen.«

Adele Bredow und Amalia Losch, die im Türrahmen standen, machten ihm den Weg frei. Krosick stürmte hinein, stolperte beinah über Bentheims Gepäck und kam wenig später mit zwei Berliner-Weiße-Bierkrügen aus der Küche. Zu den Frauen gewandt meinte er: »Die Utensilien dabei? Visitenkarte, Trauben? Dann los.«

Er erreichte seinen Freund, der schon dabei war, seinen Wäschebeutel unter dem Kutschbock zu verstauen, packte ihn am Oberarm und zerrte ihn in die Kutsche. Hastig schloss er den Verschlag, öffnete das Sichtfenster zum Kutscher und brüllte den Befehl zum Aufbruch. Keuchend lehnte er sich zurück. Auf der Sitzbank gegenüber lagen mehrere Flaschen Schankbier, versehen mit dem Etikett ›Berlinisches Weizenbier‹, dem Lieblingsgetränk aller Preußen.

Albrecht reichte Julius einen der Krüge. Das Gefäß wog fast drei Pfund und fasste beinahe zwei Liter.

»Damit könnte man einen erschlagen«, meinte der junge Zeichner. Als die Kutsche anrollte, hatte die Aufregung endgültig von ihm Besitz ergriffen und sein ganzes Sinnen und Trachten auf Filine gelenkt. Krosick öffnete die Bierflaschen und schenkte ein.

»Zum Wohl, Julius. Auf das Gelingen unseres Vorhabens!«

»Prost!«

»Ein Trinkspruch, Julius! Reiner frischer Gerstensaft gibt Herzensmut und Muskelkraft. Wohl bekomm's.«

Sie stießen an und tranken wortlos, während der Landauer über die Straßen holperte. Julius wischte sich den Schaum von der Lippe, als er den Krug absetzte und aus dem Fenster starrte. Eine ganze lange preußische Meile in wenigen Minuten, das war schnell wie der Wind, und einen großen Teil der Strecke legten sie im Galopp zurück! Sie schaukelten über eine Spree-Brücke, bald war das Schlagen einer Kirchturmuhr zu hören, bald das Geräusch von Kutschen, in denen begütertere Herrschaften eine abendliche Vergnügungsfahrt unternahmen.

Was für ein Glück, dachte Bentheim. Zwei Pferde unter tausend! Und ein Kutscher, der sein Handwerk versteht!

Wenig später verlangsamte der Landauer seine Fahrt. Sie bogen in die Matthäikirchstraße ein, vorbei an Lewalds Haus, und beschrieben einen Bogen um das Eckhaus am Ende, um in die Parallelstraße zu gelangen. Beim Wenden konnte Krosick den zweiten Landauer erblicken, der in Nähe der Pastorenwohnung hielt. Er klopfte mit der Faust ans Kutschendach, worauf der Mann das Tempo drosselte.

»Ist es hier, die Herrschaften?«

»Bei der langen Ummauerung dort vorn«, rief ihm Krosick zu. »Auf Höhe der Linde halten Sie an.«

Die Kutsche verlangsamte noch mehr, bis sie ganz zum Stehen kam. Die Straße war leidlich bevölkert – ein Umstand, der Krosick nicht daran hinderte auszusteigen und in aller Gemütsruhe das Vierkantholz an die Mauer zu lehnen. Die Pferde wieherten; ihre Nüstern blähten sich.

Beim genaueren Betrachten erkannte Bentheim, dass die lange Latte in der Mitte eine Ritze besaß und an den Enden von eisernen Verschlüssen zusammengehalten wurde.

»Eine Klappleiter!«, bemerkte er erfreut.

Der Fotograf nickte, während er die Holme auseinanderzog und die Sprossen einrasten ließ.

»Nach dir«, meinte er.

Bentheim stieg die ersten Sprossen empor, prüfte erst den Halt, bevor er weiterkletterte, bis er über die Gartenmauer blicken konnte. Er sah die Laube, doch die Äste der Linde, die in voller Blüte standen, behinderten einen Großteil der Sicht. Irgendwo weiter hinten, hinter Büschen und Gewächsen versteckt, schillerten helle Farbtupfer durch die Blätter. Dort, im Haus des Pastors, brannte schon Licht. Die obere Etage war gänzlich in Dunkelheit gehüllt, was darauf schließen ließ, dass sich alle Bewohner im Erdgeschoss befanden.

»Was siehst du?«, rief Albrecht hinauf.

»Pst! Noch nichts.«

Unruhig ging der Fotograf auf und ab. Der Kutscher beobachtete desinteressiert die Straße und schnäuzte sich mit einem schmutzigen Nastuch. Minuten verstrichen, bis das wiederholte Aufflackern und erneute Erlöschen von Lichtern in den oberen Zimmern auf eine rege Betriebsamkeit im Heim des Pastors hindeutete.

Es geht los, dachte Julius erregt, sie suchen nach einer Hausapotheke. Er malte sich aus, wie Adele Bredow an die Tür klopfte, dann – als geöffnet wurde – die zuvor in roten Traubensaft getauchten Hände jammernd hochhielt und um Hilfe ansuchte. Meine Herrin, würde sie aufgeregt sagen, sie braucht Ihren Beistand. So kommen Sie doch, helfen Sie uns! Und Hedwig Lembke würde den Aufpasser darum bitten, sich der Dame anzunehmen.

In der milden Abendluft erklang das Knallen von ins Schloss fallenden Türen. Das Geknatter von Kutschenrädern, die irgendwo übers Pflaster rollten, übertönte beinahe die Geräuschkulisse, doch mit aller Anstrengung vernahm der Zeichner auch ein paar Dialogfetzen. Filines Stimme, dann die der Lembke, dann wieder der Bass eines Mannes.

Bald war es still im Haus. Bentheim blickte zu Krosick hinab und zuckte mit der Achsel.

»Was soll ich tun?«, flüsterte er.

»Warte ab«, beschwichtigte Albrecht seinen Freund.

Am Ende der Straße tauchten zwei Passanten auf. Angeregt ins Gespräch vertieft, hielten sie auf den Landauer zu. Bentheim drehte sich blitzartig um, sodass er das Kutschendach vor Augen und die Mauer im Rücken hatte, und improvisierte: »Nein, mein Herr, ich kann keinen Schaden am Dach erkennen.«

»Sieh etwas genauer nach«, nahm Albrecht den Faden auf. »Ich bin sicher, die Regenplane muss ein Loch haben. Es zieht schrecklich herein. – Guten Abend, die Herren.«

Die Spaziergänger erwiderten den Gruß und bummelten an ihnen vorbei. Als sie in einem Hauseingang verschwunden waren, drehte sich Bentheim um und spähte in den Garten. Allmählich wurde er ungeduldig. Das Unrechtmäßige seines Vorhabens trieb ihm den Schweiß ins Gesicht. Dennoch verharrte er in seiner Position, die Augen zu Schlitzen verengt, und überblickte das Grundstück. Ein leises Pfeifen war plötzlich zu vernehmen. Es wurde lauter, kam näher, das unbedarft wirkende Pfeifen eines Volkslieds.

»Finchen, hier!« Julius ließ nun alle Vorsicht fahren. Er schwang ein Bein über die Mauer, sodass er wie auf einem Pferdesattel auf ihr saß. Sachte sein Körpergewicht ausbalancierend, hielt er dem Mädchen seinen rechten

Arm entgegen. Auf den einzeln angelegten Granitplatten huschte eine Gestalt durch den Garten. Filine Sternberg holte zu einem Schwung aus und schleuderte ein zu einem Packen verschnürtes Tischtuch über die Mauer.

»Nimm meine Hand!«

Sie fasste mit den Händen in die Fugen der Bruchsteine und kletterte hoch, bis Julius sie erreichen und zu sich emporziehen konnte. Ihr Gesicht glühte vor Anstrengung, ein Kopftuch um ihr Haupt verhüllte den Verlust ihrer blonden Locken. Die unter dem Stoff verborgenen Schläfen pochten rasend.

»Auf die Leiter, Filine, schnell.«

Sie schwang die Beine über die Mauer, strauchelnd, tapsend nach Halt suchend, bis sie endlich die oberste Sprosse fand. Krosick, der derweil ihre Utensilien aufgelesen hatte, empfing sie unten und hielt ihr den Verschlag auf. Julius folgte, klappte die Leiter zusammen und zurrte sie auf dem Dach des Landauers fest.

»Hü!«, rief der Kutscher und schnalzte mit der Zunge.

Die Pferde zogen an, während Bentheim und Krosick ins Wageninnere sprangen und sich keuchend auf die Sitze fallen ließen.

Zwanzigstes Kapitel

Sie befahlen dem Kutscher, sie zur Alten Nazarethkirche im Ortsteil Wedding zu fahren, wo er sie aussteigen lassen sollte. Der Landauer nahm Fahrt auf, der Mann auf dem Bock ließ die Peitsche knallen. Alle zwei Minuten steckte Krosick sein Haupt aus dem Fenster, um nach etwaigen Verfolgern Ausschau zu halten. Doch nichts Außergewöhnliches tat sich. An den Straßenrändern sah man hin und wieder eine Berline, jenen voll durchgefederten Reisewagen, der seinen Namen seiner Beliebtheit am Brandenburger Hof verdankte. Auch erblickte der Fotograf junge Kavaliere, die mit ihrem Phaeton ausfuhren, sowie mehrere überdachte, aber an den Seiten offene Pferdeomnibusse aus dem Fuhrunternehmen Kremser.

Die Verliebten indes schwiegen.

Filine Sternberg rümpfte die Nase, worauf Julius die beiden leeren Bierkrüge packte und sie ohne weiter nachzudenken aus dem Fenster warf.

Sie lächelte und Bentheim wurde es warm ums Herz. Da sie sich gegenübersaßen, musterten sie sich unablässig. Der Tatortzeichner versuchte ihr Gesicht zu deuten, doch blieb ihre Miene unergründlich. Allein der Umstand, dass sie geflüchtet war, bewies ihm, dass sie die Übergriffe ihres Vaters nicht weiter zu erdulden gewillt war. Ob aber der Pastor ihr die Aktzeichnungen vor Augen gehalten hatte, wusste Julius nicht. Wenn dem so gewesen wäre, konnte sich Filine zusammenreimen, dass ihr Freund unschuldig war: Wer, wenn nicht sie selbst, wusste besser, dass sie niemals Modell gestanden hatte?

Was, wenn sie die Zeichnungen doch gesehen hat, überlegte Julius. Meine Güte, sie ist nicht dumm. Sie würde wissen, dass der Körper, den ich ihr verpasst habe, einem realen Vorbild entspringt …

Der Landauer rollte über das Pflaster. Bentheim atmete schwer. Ein Ausruf Krosicks holte ihn und Filine wieder in die Wirklichkeit zurück: »Der Leopoldplatz!«

Vor dem Ziegelbau mit dem für den Architekten Schinkel typischen Rundbogenstil verschnauften die Pferde. Wortlos entstiegen die drei Freunde dem Kutschkasten. Krosick entlohnte den Fahrer derart großzügig, dass sie zweifellos auf dessen Verschwiegenheit vertrauen konnten. Sicherheitshalber warteten sie ab, bis das Gefährt ihren Blicken entschwunden war, und winkten ein Stadtcoupé heran.

»Zur Marienburger Straße«, beschied Krosick den Fahrer, als sie Platz genommen hatten. Hinter ihnen wurde die kubische Fassade der Alten Nazarethkirche stetig kleiner, bis die Kutsche schließlich in eine Seitengasse einbog und das Gotteshaus endgültig außer Sicht war. Ihr Umweg hatte mehr als eine Stunde in Anspruch genommen und als sie vor der Mietskaserne vorfuhren, in der Lene Kulm ihre letzten Atemzüge getan hatte, war die anfänglich helle Sommernacht schon vollständig in Dunkelheit gehüllt.

»Hier, euer Schlüssel«, sagte Albrecht voller Herzenswärme. »Hat mich ein Heidengeld gekostet, den Vermieter zu bestechen.«

»Wird niemand Fragen stellen?«, wollte sich Julius vergewissern.

Der Fotograf schüttelte den Kopf. »Wer denn? Goltz wird verurteilt werden. Selbst falls der schlimmste anzunehmende Fall eintrifft und er freigesprochen wird, hat er wohl keinerlei Interesse, wieder hier einzuziehen. Die polizeiliche Versiegelung ist längst aufgehoben und Kulms Verlobter noch in ärztlicher Behandlung. Der wird von der Staatsanwaltschaft solange aufgepäppelt, bis er nicht mehr von Interesse ist. Außerdem habt ihr von ihm nichts zu befürchten.«

Nachdenklich sah Filine ihn an und umarmte ihn schließlich. Nachdem sie sich voneinander gelöst hatten, beugte sie sich erneut vor, gab Krosick einen Kuss auf die Wange und flüsterte: »Wir danken dir, Albrecht. Danke für alles.«

Im Eingangsbereich war es dunkel und stickig. Die defekten Gaslampen waren nicht repariert worden und noch immer boten die Dachluken lediglich schummriges Licht. Bentheim, der nebst seinem eigenen auch Filines Gepäck geschultert hatte, hielt seine Freundin an der Hand. Er tastete sich die Wand entlang durch den Flur ins Durchgangszimmer und zweigte von dort in den Seitenflügel ab. Als sie den Hof betreten hatten, staunte die Pastorentochter: Das Mietshaus, das äußerlich so elegant mit Stuckaturen verziert war, präsentierte sich von innen verfallen und baufällig. Die Mauern wiesen Risse auf, der Verputz bröckelte.

»Hier sollen wir wohnen?«

»Es ist nur vorübergehend«, versuchte Bentheim sie aufzumuntern. Doch seine Antwort klang ebenso erbärmlich wie ihre Frage.

Sie ließen den Innenhof und die Remise hinter sich und

langten beim Hinterhaus an. Bentheim war es, als zöge sich der Weg ins Unendliche. Stufe um Stufe erklommen sie nun und doch schien das Dachgeschoss in weite Ferne gerückt. Als sie endlich die Zugangstür zu ihrer Etage geöffnet hatten und Filine auf der abgescheuerten Fußmatte stand, wurde der längliche Raum indirekt durch das Mondlicht beschienen, das durch den Lichtschacht fiel. Irgendjemand hatte den Boden geputzt. Selbst die von der Decke baumelnden Tüten mit den getrockneten Kräutern waren entfernt worden. Ein Bild flackerte vor Julius' Augen auf. Blutspritzer und -lachen, verteilt über den ganzen Gang, in der Mitte ein weiblicher Körper, die Augen starr, der Mund weit aufgerissen. Nur mehr ein paar dunkle Flecken, die der Reinigung widerstanden hatten, zeugten von dem brutalen Mord.

Filine erschauderte. Sie blieb auf der Matte stehen, bis Julius die linke Wohnung aufgeschlossen und eine Kerze angezündet hatte, und durchquerte erst dann den Flur. Goltz' Zimmer bot einen kargen Anblick. Die junge Frau stellte sich in die Nähe des Ofens, ließ den Blick über die schäbige Matratze, den Stuhl, die verschlissenen Gardinen und die Paneele an den Wänden schweifen. Es war, als getraue sie sich nicht, etwas anzufassen.

»Komm, Finchen, setz dich«, meinte der Zeichner bekümmert und schob ihr den Stuhl hin.

Sie gehorchte, den Blick starr auf die Schlafstätte gerichtet.

»Ist sie noch …?«

Bentheim, der ihre Ängste erahnte, antwortete schnell: »Keine Sorge, die Bezüge wurden gewechselt. Die wurden inventarisiert und zu den Beweismitteln gelegt.« In kluger Voraussicht verschwieg er die pikanten Spuren menschlicher Körpersäfte, die dort zu finden gewesen waren. Er deutete auf den Holztisch, wo ein Stapel Leintücher und zwei Kissen lagen.

»Die sind frisch, Finchen. In den letzten Stunden hat Albrecht für alles gesorgt.«

»Er ist sehr hilfsbereit«, bestätigte sie, worauf sie wieder geraume Zeit schwieg, während er sich damit beschäftigte, die Matratze zu beziehen. Er überlegte, ob er ein Feuer entfachen sollte, doch im Gegensatz zur Mordnacht, als es morgens um halb fünf allmählich kühl geworden war, war die Zimmertemperatur gerade noch angenehm genug.

»Julius, diese Frau ...«, begann sie, doch ihre Rede stockte sogleich.

Bentheim, der an das vom Pastor entwendete Bild dachte, nickte. »Ja, Filine, es gibt sie tatsächlich.«

»Wie bist du dazu gekommen, sie zu ...?« Sie suchte nach dem richtigen Wort und als sie es gefunden hatte, ergänzte sie: »Sie zu porträtieren?«

»Es war eine Gelegenheitsarbeit«, erklärte er leise. »Ich dachte, du würdest es nie erfahren. Ich habe nur das Geld gesehen, Filine. Schnell und einfach verdientes Geld.«

»Du wurdest bezahlt für diese Schmierereien?«

»Natürlich.« Verständnislos saß er auf der Matratze und sah sie an, bis er plötzlich verstand. Er begriff, dass sie glauben musste, er hätte es gratis getan und mit gieriger Lust: Er hätte seine Geliebte gemalt. Ein nicht mehr zu unterdrückendes Lachen kroch seine Kehle hoch, er lachte vor Freude und Erlösung, er lachte und scherte sich nicht um die Nachbarn in den unteren Stockwerken, die nichts von ihrer Anwesenheit mitbekommen sollten. »Es war eine Nebenbeschäftigung, Finchen, ich tat es bloß, um Geld zu verdienen. Für dich und mich, Finchen. Es hat nichts zu bedeuten.«

Sie griff sich an den Hals, um den Knoten des Kopftuchs zu lösen. Sachte streifte sie den Stoff herunter, wobei sie ihr Haupt entblößte. Ein paar Stoppeln säumten die Kopfhaut, ansonsten war alles kahl. Kleine Schnittwunden zeugten von der Brutalität, mit welcher Sternberg vorgegangen war, als er seine Tochter geschoren hatte. Filine zog den Mantelüberwurf aus, sodass ihre Unterarme zu sehen waren, und präsentierte ungewollt die Quetschungen, die von ihrem Vater stammten, der sie an den auf den Rücken gedrehten Armen festgehalten hatte. Wortlos stand sie auf, lockerte die Knoten ihres Schnürleibchens und setzte sich wieder. Während die Männermode nach dem für Frankreich so bedeutenden Jahr 1789 sich sogar in Deutschland auf Jahrzehnte hinaus revolutionär gab, verfiel die Damenmode schnell wieder in historisierende Formen. Die Damen hatten bieder gekleidet zu sein, indem der Körper in viel Stoff gehüllt wurde und der Schnitt der Kleider hochgeschlossen war. Dass Filine kein Korsett trug, bewies Bentheim, dass ihr Vater ihr jeglichen Kontakt zur Außenwelt untersagt hatte.

Er näherte sich ihrem Stuhl, kniete vor ihr nieder und verbarg den Kopf in ihrem Schoß. Das Mädchen streichelte ihn, Filine atmete flach und leise. Tränen kullerten ihr über die Wangen, sie versuchte, den Schmerz zu unterdrücken, doch das machte ihn nur noch unerträglicher. Ihre Finger wühlten in seinen Haaren, sie fühlte die auf der Kopfhaut kreisenden Kuppen mit ungewohnter Intensität. Er hob das Gesicht, um sie auf den Bauch zu küssen, während seine Hände sich zwischen die Stuhllehne und ihren Rücken drängten. Seine Haut war leicht rau, die typischen Hände eines Zeichners, der oft mit Kreide malte. Beinah bittend berührte er ihren Körper.

Es war nicht die Zeit, arglos zu sein, und Filine kam es vor, als hätte sie keine Vergangenheit und auch keine Zukunft mehr. Bentheims Hand erschien ihr fremd, so ungewohnt. Sie wollte etwas sagen, irgendeine Bemerkung machen, doch sie wählte die Worte viel zu behutsam und viel zu langsam, sodass sie sich letzten Endes zu keinem richtigen Satz durchringen konnte. Sie fühlte eine Wärme ihre Brust erfüllen, und das war der Moment, an dem sie von allem abließ, was mit ihrem Ansehen und ihrer Stellung in der Welt zu tun hatte.

Mit katzenhafter Anmut streifte sie das Schnürleibchen ab.

Für den Bruchteil eines Augenblicks dachte Bentheim an Adeles wogende Brust, als er Filines Busen küsste und die Zunge über den Warzenhof kreisen ließ, um schließlich die Warzen mit dem Mund zu umschließen und wie ein Kleinkind daran zu saugen. Ihr Atem ging schneller, sie warf den Kopf zurück. Als er sich mit den Händen in ihr blondes Haar vergraben wollte, langte er ins Leere und die geschorene Haut nahm sich seltsam aus. Er ließ von ihren Brüsten ab, küsste ihr Schlüsselbein, ihren Hals, ihre Wangen, bis er bei dem geschundenen Kopf angelangt war und der Schorf der langen, dünnen Schnittwunden spürte.

Sie hielt ihn sanft an den Wangen und zog ihn zurück. Ihre Zunge schob sich in seinen Mund, umspielte seine Zunge, fuhr den Zähnen entlang. Er stand auf, um sie zur Matratze zu führen, wo er ihren Kopf behutsam aufs Kissen bettete. Die Kerze bot ausreichend Licht, um Filines Gesicht im flackernden Schein unerforschlich und starr wirken zu lassen. Einzig ihr Körper zitterte leicht, doch sie fand Trost im nackten Fleisch dieses Mannes. Er hatte sich ausgezogen, sein Hemd und seine Hose lagen auf den Dielen.

Unerschütterlich flüsterte sie: »Halt mich fest, Julius, ganz fest.«

Die Rauheit seiner Hände, gepaart mit dem Anblick seines erregten Gliedes, wurde ihr zu einem namenlosen sicheren Hafen, der irgendwo im Dunst der Gefühle um sie herum verborgen lag.

Später, als alles vorüber war und das Gesicht ihres Vaters wie ein Albdruck in ihren Träumen erschien, erwachte sie schweißgebadet und schluchzte. Bentheim nahm sie wie tröstend in den Arm. Er drückte sie an sich, sprach beruhigend auf sie ein, streichelte den zarten Flaum zwischen ihren Schenkeln, bis sie aufhörte zu wimmern und von Neuem einschlief.

Einundzwanzigstes Kapitel

Julius Bentheim verliess Filine Sternberg sehr früh. Die nahen Turmglocken hatten noch nicht fünf geschlagen, als er sich von ihr verabschiedete und ihr einbläute, auf jeden Fall im Zimmer zu bleiben und niemandem die Tür zu öffnen.

»Ein Stockwerk weiter unten gibt es ein Gemeinschaftsklo«, erklärte er. »Du aber benutzt den Nachttopf, Finchen. Hast du mich verstanden?«

Sie nickte.

»Ich bin gegen Abend wieder da. Eine Woche lang müssen wir ausharren. Danach kann uns eine Heirat nicht mehr verweigert werden. Der Skandal wäre zu groß.«

»Was ist, wenn ich Hunger habe?«

»Mittags wird Albrecht vorbeischauen. Da ich vergessen habe, dir ein paar Bücher einzupacken, wird er dir auch ein bisschen Lektüre bringen.«

»Kannst du nicht bei mir bleiben?«, flehte sie.

Er stand neben der Tür, die Arbeitsmappe in der einen, die Klinke in der anderen Hand, und beugte sich nochmals zu ihr hin. »Versteh doch, alles soll seinen gewohnten Gang gehen. Ich will mich nicht verdächtig machen.«

Erneut nickte sie und als er gegangen war, horchte sie in den Flur hinaus. Als seine Schritte im Treppenhaus verklangen, öffnete sie das Fenster, um das erste, noch fahle Licht des Tages hereinzulassen, und begann zu weinen.

Im Prozessfall Kulm war der letzte Tag der Beweisaufnahme angebrochen und Bentheim saß voller Anspannung auf seinem Platz. Es machte den Anschein, als ob die Seite der Ankläger das meiste Pulver bereits verschossen hatte. Nachdem die Sitzung eröffnet war, legte Theodor Görne ein paar Gutachten vor, rekapitulierte die Ansichten der Anwaltschaft und stellte den Antrag, einige Vertreter der Gendarmerie noch einmal befragen zu dürfen. Alles lief routinemäßig ab und Verteidiger Heseler, der ruhig und gelassen auf seiner Bank saß, erhob zu keiner Zeit die Stimme zu einem Einspruch. Botho Goltz blätterte indessen in demonstrativer Langeweile in einem Lyrikbändchen.

Als Görne geendet hatte, befragte der Verteidiger noch einmal den Polizisten Ernst Detlof. Er wollte von ihm wissen, was es mit den bei Professor Goltz sichergestellten Banknoten auf sich habe.

»Wir fanden zehn Geldscheine, die wir inventarisierten.«

»Bitte, erklären Sie den Geschworenen, wie so eine Inventarisierung vor sich geht.«

Detlof räusperte sich, als er den Kopf zur Geschworenenbank drehte. »Wir protokollieren den exakten Fundort, die genaue Anzahl der Scheine, ihren Wert sowie etwaige Besonderheiten – als da wären: zerrissene oder auffällig zerknitterte Scheine, außergewöhnliche Bemalung, Notizen und so weiter.«

»Notieren Sie auch die Seriennummer?«

»Natürlich.«

»Eine Frage, Herr Detlof: Gesetzt den Fall, sie müssten dem Publikum die Seriennummern jener Scheine wiedergeben, die sich im Besitz von Herrn Professor Goltz befanden – könnten Sie dies?«

»Natürlich könnte ich das«, bestätigte der Polizist.

»Was hat es übrigens mit diesen Seriennummern auf sich? Wieso gibt es die überhaupt?«

»Das hat historische Gründe«, erklärte Detlof. »Sie kennen die Geschichten gewiss selbst, die uns in unserer Kindheit von unseren Großvätern erzählt wurden. Noch vor zwei Generationen bezahlte man alles mit Münzgeld. Bancozettel, Wechsel, Quittungen oder Staatspapier- und Tresorscheine waren selten. Wenn man einkaufen ging, musste man immer Münzen dabei haben. Je größer die Anschaffung, desto schwerer das Geld, das man, um die Rechnung zu begleichen, mit sich schleppen musste.«

Heseler schmunzelte und Bentheim stellte sich vor, dass dieser wahrscheinlich an seinen Großvater dachte, der ihm, als er noch ein Knabe war, von seinem kaputten Rücken vorgejammert hatte.

»Papiergeld ist eine relativ neue Erfindung«, fuhr der Polizist fort. »Das Prinzip beruht auf dem Vertrauen, dass man den Fetzen Papier, den man besitzt, jederzeit und überall in Münzgeld zu gleichem Wert umtauschen kann. Früher stand diese Zusicherung sogar auf den Scheinen selbst. Handschriftlich, wohlgemerkt, und mit Datum und Unterschrift. Mit der wachsenden Verbreitung von Papiergeld setzte ein Umdenken ein. Der Staat, der das Münzmonopol besaß, übernahm auch das Monopol über das Papiergeld. Jeder von den Staatsbanken ausgegebene Geldschein ist ein Unikat und besitzt deshalb eine eigene Nummer. Existieren zwei Scheine mit derselben Nummer, ist einer von ihnen folglich eine Fälschung.«

»Kann ich mir das so vorstellen, dass der allererste gedruckte Geldschein die Nummer 1 erhielt, der zweite die 2, der dritte die 3 und so weiter?«

Ernst Detlof nickte. »Im Prinzip schon, ja. Nur, dass die Seriennummern nach bestimmten mathematischen Formeln aufgebaut sind, deren Gesetzmäßigkeiten der normale Bürger nicht kennt. So soll verhindert werden, dass Falschgeld produziert wird.«

»Wenn ich ein Kreditinstitut aufsuche, um Geld zu wechseln oder von meinem Konto abzuheben, sind dann die Scheine, die ich erhalte, in fortlaufender Nummerierung?«

»Ich bin kein Bankangestellter, Herr Anwalt, aber ich denke, es sollte so sein.«

»Es ist so, Herr Detlof, es ist so«, meinte Fabian Heseler und wandte sich an das Richterpult. »Ich möchte dem Hohen Gericht eine eidesstattliche Erklärung meines Mandanten zukommen lassen.«

Johann von Jänert erkundigte sich, worum es sich bei dem neuen Material handle, und der Verteidiger reichte ihm, ohne weitere Worte zu verlieren, einen Zettel. Der Richter überflog ihn, hob eine Augenbraue, atmete tief ein und zitierte den Ankläger zu sich. Er reichte Görne das Blatt und fragte: »Irgendwelche Einwände, Herr Anwalt?«

Der hagere Glatzkopf verneinte.

Julius Bentheim beobachtete seine Miene, die einer Mischung aus Ahnungslosigkeit und Überforderung entsprach. Mit wenigen Grafitstrichen fing der junge Zeichner den Gesichtsausdruck des Juristen ein, der ratlos an seinen Tisch zurücktrottete.

»Als Beweismaterial der Verteidigung akzeptiert«, bemerkte Jänert und ließ dem Protokollführer das Blatt reichen, damit dieser die Uhrzeit der Übergabe sowie eine kurze Beschreibung des Beweisstücks in seinem Bericht notieren konnte. Auf Jänerts Anweisung hin wurde das Schreiben wieder dem Verteidiger übergeben und der Richter bat Heseler, die Öffentlichkeit über dessen Inhalt zu informieren.

»Gerne komme ich Ihrer Bitte nach, Herr Vorsitzender. Werte Geschworene, was ich soeben dem Gericht vorgelegt habe, ist eine eidesstattliche Erklärung von Herrn Goltz. Sie ist zudem ein Gedächtnisprotokoll und datiert vom Tag nach Fräulein Lene Kulms Hinscheiden. Dies ist insofern wichtig, als mein Mandant sich in seiner Aussage nicht auf die Inventarisierungsliste der Polizei stützen konnte. Ich wiederhole: Zum Zeitpunkt, als Professor Botho Goltz seine Erklärung abgab, hatte er keinerlei Kenntnis über den Inhalt der Inventarisierungsliste.«

Jänert wurde ungeduldig: »Tragen Sie den Inhalt des Schreibens vor. Für das Plädoyer haben Sie später noch ausreichend Zeit.«

»Sehr wohl, Herr Vorsitzender.« Heseler verbeugte sich in Richtung der Richterpulte, wandte sich der Geschworenenbank zu und las vor: »Ich, Professor Botho Goltz, gebe hiermit zu Protokoll, dass ich mir vor wenigen Tagen in einer Filiale der Banque Nucingen 20 Banknoten habe aushändigen lassen. Es waren – auf meinen ausdrücklichen Wunsch hin – neue, druckfrische Scheine, alle mit durchlaufender Seriennummer, ab der Endziffer 51 aufsteigend bis zur Endziffer 70.« Mit ruhiger Sachlichkeit hatte er vorgetragen, beobachtete nun die Männer und Frauen, die über seinen Mandanten zu Gericht saßen, und meinte dann: »Weiter steht hier geschrieben: Alle Banknoten mit gerader Seriennummer habe ich als Reserve für mich behalten; jene Scheine mit ungerader Seriennummer habe ich meiner Geliebten, Fräulein Lene Kulm, vermacht, und zwar am Tag ihrer Ermordung durch Herrn Gregor Haldern.«

»Einspruch!«, erscholl es sichtlich bestürzt von Görne. »Ihr Mandant ist es, der vor den Schranken des Gerichts steht, und nicht Herr Haldern, dem unser aller Mitleid gehört, da er den Verlust seiner Braut zu beklagen hat.«

»Abgelehnt«, murrte Jänert. »Ihr Kollege zitiert aus einem Beweisstück. Lassen Sie ihn seine Arbeit tun. Außerdem hatten Sie zuvor bereits die Möglichkeit, Einwände anzubringen.«

»Lügen, weiter nichts als Lügen!«, rief nun Haldern in das Geschehen hinein. Nachdem er bei der Untersuchung der Jacke noch von Görne zurückgehalten worden war, sprang er diesmal auf, um seinem Unmut freien Lauf zu lassen. Er schwankte leicht, hielt sich mit einer Hand an der Tischkante fest und stieß eine mit den schändlichsten Fluchwörtern versehene Litanei in Richtung des Professors aus.

»Herr Haldern, ich muss Sie um Mäßigung bitten«, erklärte Jänert, während er die Richterperücke auf seinem Kopf gerade rückte. »Andernfalls müsste ich Sie des Saales verweisen.«

Bentheim starrte gebannt zum Tisch der Anklage hinüber, wo Haldern jegliche Selbstbeherrschung über Bord warf. Sein vom Alkohol gezeichnetes Gesicht verzog sich zu einer grauenerregenden Maske. Mit einem lauten Geräusch sammelte er seinen Speichel in der Mundhöhle und spuckte in Richtung Verteidigung, ohne jemanden zu treffen. »Der Teufel soll euch alle holen!« Wild blickte er umher, verließ seinen Platz, aber ein Gerichtsdiener vertrat ihm den Weg.

»Herr Haldern!«, rief Jänert und klopfte mit dem Hammer mehrmals auf den Tisch. Mit den Händen gestikulierte er und zwei weitere Diener eilten dem ersten zu Hilfe. Als der Mann überwältigt am Boden lag, brach alles aus ihm heraus: das Leid, der Druck, die Anspannung. Er schüttelte sich wie von Krämpfen gepackt, während er wimmernd in sich zusammensank. Es war ein erbarmungswürdiges Schauspiel, wie Bentheim dachte, aber niemand besaß das Herz, dem vom Schicksal Gebeutelten wenigstens gut zuzureden.

»Abführen!«, meinte der Richter und die drei Männer schleiften den Reglosen durch den Mittelgang, vorbei an einem verblüfften Publikum, das gierig die neueste Sensation verfolgte.

Nach einer halbstündigen Pause, die Jänert nach diesem Zwischenfall angeordnet hatte, nahm der Prozess seinen weiteren Verlauf. Görne wiederholte die ersten Sätze der eidesstattlichen Erklärung, bis er dort anlangte, wo er zuvor unterbrochen worden war: »Jene Scheine mit ungerader Seriennummer habe ich meiner Geliebten, Fräulein Lene Kulm, vermacht, und zwar am Tag ihrer

Ermordung durch Herrn Gregor Haldern. Dies tat ich, nachdem wir uns wild und leidenschaftlich geliebt hatten und einzig aus dem Zweck heraus, ihr ein wenig über die Runden zu helfen. Die zehn Scheine waren in einige Seiten der Allgemeinen Zeitung eingewickelt und wurden von Fräulein Kulm in ihrem Mieder versorgt. Dass die Polizei das Geld nicht mehr auf ihrem Körper vorfand, interpretiere ich dahin gehend, dass es von Herrn Haldern mit in seine Wohnung genommen wurde, nachdem er Fräulein Kulm grausam ermordet hatte. Zitat Ende. Es folgen noch der Ort und das Datum sowie die Unterschrift von Herrn Professor Goltz.«

Ernst Detlof, der Polizist, saß weiterhin im Zeugenstand, da er nicht entlassen worden war, und der Verteidiger wandte sich wieder an ihn: »Herr Detlof, Sie haben eben vernommen, wie der Angeklagte seine Mutmaßungen schildert. Liegen diese im Bereich des Möglichen?«

»Das muss nicht ich entscheiden, Herr Anwalt.«

Fabian Heseler lächelte einnehmend. »Wo Sie recht haben, haben Sie recht. Aber ich möchte auf etwas ganz anderes hinaus. Schauen Sie bitte in Ihren Unterlagen nach und erklären Sie den Geschworenen, was unter Beweisstück 38a aufgeführt ist.«

»Das sind Seiten der Allgemeinen Zeitung.«

»Irgendwelche Auffälligkeiten?«

»Blutverschmiert.«

»Gut. Und worum handelt es sich bei den Beweisstücken 37a bis j?«

»Das sind Banknoten.«

»Ungerader oder gerader Reihennummer?«

Detlof warf einen Blick auf seine Unterlagen, blätterte eine Seite um und meinte leise: »Ungerade.«

»Lauter, Herr Detlof, wir können Sie nur schwer verstehen!«

»Es sind ungerade Nummern«, wiederholte der Polizist sichtlich zerknirscht.

An dieser Stelle unterbrach Jänert die Befragung, indem er sich mit einschüchternder Stimme an Görne wandte: »Es ist zwar ein wenig unkonventionell, Herr Anwalt, aber ich frage Sie, ob Sie ein Kreuzverhör wünschen. Ausnahmsweise verzichte ich auf mein Befragungsrecht. Die Herren Anwälte sind von den ergänzenden Fragen entbunden und können direkt loslegen.«

Theodor Görne stand auf, nickte verlegen und trat vor. Mit galanter Geste hieß ihn Heseler willkommen und machte ihm gönnerhaft Platz. Ein leises Schmunzeln fuhr durch die Zuschauerreihen. Julius Bentheim hingegen erschauderte. Er rief sich die Szene in der Mordnacht in Erinnerung, als er mit Gideon Horlitz den Tatort besichtigte. Karl Otto von Leps, der greise Untersuchungsrichter, hatte sich mit gesenkter Stimme an den Kommissar gewandt und ihm angeraten, dem Anwalt Görne zur Hand zu gehen. »Sie wissen, dass er eine Schande seiner Zunft ist«, waren seine prophetischen Worte gewesen.

Der Anwalt stand reglos vor dem Zeugen. Der Schweiß auf seiner Glatze glänzte im hellen Sommerlicht, als er fieberhaft nachdachte.

»Herr Anwalt!«, forderte ihn unwirsch der Richter auf. »Wir haben nicht alle Zeit der Welt.«

Görne fing sich. Nach lautem Räuspern meinte er:

»Herr Detlof, gab es irgendwelche Hinweise darauf, dass das in Herrn Halderns Wohnung aufgefundene Geld vom mutmaßlichen Täter stammt?«

»Nein.«

»Könnte man die Behauptung wagen, dass vielmehr Herr Professor Goltz das bei ihm konfiszierte Geld dem Opfer gestohlen hatte?«

»Das liegt im Bereich des Möglichen«, antwortete der Zeuge.

»Mir schwebt noch eine weitere Variante vor Augen. Kann es nicht auch sein, dass beide Männer, der Professor und Fräulein Kulms Verlobter, unabhängig voneinander das Geld bei der Bank abgehoben haben?«

»Auch das wäre möglich«, sagte der Polizist, worauf ein Raunen durch die Zuschauermenge ging. Bentheim schüttelte unmerklich den Kopf. Er skizzierte die undurchdringliche Miene des Zeugen, der in die unglückliche Lage gedrängt wurde, schwachsinnige Antworten auf schwachsinnige Fragen zu geben.

»Ihr Zeuge, Herr Kollege.«

Fabian Heseler lehnte sich lässig an die Holzverkleidung, die den Zeugenstand einfasste, und fragte: »Herr Detlof, haben Sie persönlich schon einmal Geld abgehoben?«

»Ja.«

»Neue Scheine?«

»Gewiss.«

»In welcher Reihenfolge haben Sie die Scheine erhalten?«

»Ich verstehe nicht ganz … Man hat mir das Geld ganz einfach gegeben. Vor mir abgezählt.«

»Ich spreche die Seriennummer an, Herr Detlof. Waren diese fortlaufend?«

»Einspruch!«, rief Görne. »Der Zeuge wird sich wohl schwerlich an die Seriennummer seiner Auszahlung erinnern können.«

»Lassen Sie den Zeugen erst einmal antworten«, belehrte ihn Jänert gereizt.

»Nun, Herr Detlof«, meinte der Verteidiger ruhig. »Waren die Nummern fortlaufend oder wild durcheinander?«

»Ich denke, sie waren …«

»Einspruch!«

»Stattgegeben«, brummte Jänert und wies den Zeugen an, keine Mutmaßungen zu äußern.

»Wenn man – wie Herr Professor Goltz behauptet – neue Scheine verlangt, wird man dann auch neue Scheine bekommen?«

Verzweifelt hob der Polizist die Schultern. »Woher soll ich das wissen? Ich bin kein Bankier.«

»Geschenkt. – Aber was sagt Ihr gesunder Menschenverstand: Wie könnte es dazu kommen, dass von zwei Menschen, die jeweils zehn druckfrische Banknoten abheben, der eine schließlich die geraden Nummern in seinem Besitz findet, während der andere die ungeraden erhalten hat?«

Lange sagte der Polizist nichts, doch Heseler starrte ihn unverwandt an und meinte: »Nun, Herr Detlof, wie haben die zwei Herren das bloß angestellt?«

»Sie müssten nacheinander abwechselnd je eine Note abgehoben haben.«

Das Gesicht des Verteidigers strahlte. »Gratuliere, Sie

haben es erfasst! So muss es gewesen sein, wenn man der Argumentation der Anklage folgen möchte.« Er wandte sich von dem Zeugen ab und noch während er weitersprach, blickte er unverwandt die Geschworenen an. »Herr Detlof, sagen Sie mir, ob es so gewesen sein könnte, wie ich es nun schildern werde: Professor Goltz betritt das Bankhaus Nucingen. Er lässt sich einen Geldschein mit gerader Seriennummer aushändigen. Herr Haldern betritt ebenfalls die Bank. Dieselbe Bank, wohlgemerkt. Er lässt sich einen Geldschein mit ungerader Seriennummer aushändigen. Darauf fällt dem Professor ein, dass er doch noch zu wenig Geld bei sich habe. Er geht wieder an den Schalter und lässt sich einen zweiten Geldschein mit gerader Seriennummer aushändigen. Daraufhin kommt Herrn Haldern in den Sinn, er habe zu wenig Geld. Auch er lässt sich eine zweite Banknote geben. Dann wieder der Professor: die dritte Note. Dann Haldern: die dritte Note. Der Professor mit der vierten, Haldern mit der vierten. Professor, Haldern, Professor, Haldern und so weiter und so fort. Gerade Nummer, ungerade Nummer. Gerade, ungerade, gerade, ungerade. Einem Zuschauer könnte es schwindlig dabei werden.«

Der Verteidiger drehte sich wieder und sah dem Polizisten ins Gesicht. Maliziös meinte er: »Ist es so gewesen? Oder wären dies doch ein bisschen zu viele Zufälle? Mutet die Argumentation der Anklage nicht doch ein wenig abstrus an?«

Heseler gab die Befragung auf, Theodor Görne winkte desinteressiert ab. Der Richter studierte ein Amtsblatt, hob den Kopf und meinte zynisch: »Irgendwelche weiteren überraschenden Anträge seitens der Verteidigung?

Nein? Gut, dann ist hiermit die Beweisaufnahme beendet. Ich darf die beiden Parteien bitten, sich für die Abschlussplädoyers vorzubereiten. Die Nachmittagssitzung wird um 14 Uhr eröffnet werden.«

Zweiundzwanzigstes Kapitel

Die Mittagspause verbrachte Julius Bentheim in Gesellschaft der Kommissare Bissing und Horlitz, die er auf dem Flur angetroffen hatte. Sie suchten ein Wirtshaus auf – nicht dasselbe wie letztes Mal, sondern eine kleine Spelunke in der Nähe des Kollegienhauses – und bestellten bei einer drallen Serviertochter Bier und Wurstteller.

»Famose Strategie«, äußerte Horlitz bewundernd. »Zu diesem Professor wäre ich gerne ins Seminar gegangen. Was unterrichtet er? Philosophie?«

»Metaphysik und Ontologie.«

»Ontologie – was war das schon wieder?«

»Es geht um Grundstrukturen der Realität«, mischte sich Julius ins Gespräch ein.

»Sieh an, Herr Bentheim sind gebildet«, spöttelte Horlitz. Etwas ernster fügte er hinzu: »Goltz ist eine gewisse logische Vorgehensweise nicht abzusprechen.«

»Er besteht einzig aus Logik und Geist«, bemerkte

Julius verzagt. »Wenn ich das richtig mitbekommen habe, hat es die Verteidigung geschafft, praktisch alles zu zerstören, was die Anklage gegen Goltz vorzubringen hatte: Es existieren weder Tatwaffe noch Motiv. Auch keine brauchbaren Zeugen.«

»Und keine ordnungsgemäß identifizierte Leiche«, ergänzte Horlitz.

»Richtig. Hat der Professor die Vermisstenanzeige inzwischen aufgegeben?«

Bissing kraulte sich den Backenbart und nickte. »Ja, Heseler hat sie tatsächlich im Auftrag des Professors bei der Gendarmerie deponiert.«

»Könnte man die Kulm nicht exhumieren?«

»Und dann?«

»Eine Identifizierung durch Haldern. Und falls dieser versoffene Unhold nicht dazu fähig ist, werden sich beim Schlachthof bestimmt einige finden, die mit ihr zusammengearbeitet haben.«

»Dieser Zug ist abgefahren«, sagte Horlitz und lehnte sich zurück, um Platz für die Bierkrüge zu machen, die von der Schankmagd aufgetischt wurden. »Man kann nicht alles im Nachhinein bei Gericht einreichen.«

»In welche Richtung läuft dieser Prozess eigentlich?«, fragte Bentheim besorgt.

»Was ist Ihre Meinung als Student der Rechte? Was denken Sie?«

Erneut wurden Sie unterbrochen, als die Speiseteller kamen, und der Tatortzeichner rieb sich nachdenklich das Kinn. »Nachdem Haldern bereits eine Tatwaffe untergejubelt wurde, haben sie es heute sogar geschafft, ihm ein Motiv anzuhängen«, dachte er laut nach.

»Weiter.«

»Heute wird ein schwarzer Tag für die preußische Justitia. Die Verteidigung hat einen zweiten Verdächtigen aus dem Hut gezaubert, der als Mörder glaubwürdiger ist als der Professor. Goltz wirkt bisweilen kultiviert, intelligent, bürgerlich. Haldern ist eine Figur, die Dostojewskijs ›Erniedrigten und Beleidigten‹ entsprungen sein könnte: ein Säufer, melancholisch, gewalttätig, außerdem den Trieben unterworfen. Für wen entscheiden sich die Geschworenen? Eine wohl überflüssige Frage.«

»Was wird aus Haldern?«

»Nichts. Er ist ja nicht angeklagt.«

Bissing schüttelte energisch den Kopf. »Täuschen Sie sich da bloß nicht, junger Herr Bentheim. Die Justiz sieht es nicht gern, wenn es zu einem Mord keinen verurteilten Mörder gibt, und die Öffentlichkeit wird nach Blut lechzen. Keine Tat ohne Bestrafung.«

»Aber Sie wissen doch so gut wie ich, dass Haldern unschuldig ist.«

»Wissen wir das?«, fragte Bissing bösartig.

»Ich bitte Sie.«

»Was passiert, wenn es zu einer Anklageerhebung kommt?«

»Dann gibt es einen Prozess«, meinte Julius, »dessen Ausgang für Haldern sehr schlecht aussähe. Man würde das Messer, das bei ihm gefunden wurde, als Tatmesser ansehen; man würde das blutbesudelte Geld und Eifersucht als Motiv aufgreifen. Verbunden mit seinem cholerischen Charakter sowie seinem schlechten Leumund eine tödliche Kombination. Es wäre ein Mord im Affekt. Damit könnte man auch die vielen Stichwunden erklären.

Und seine Wohnung war abgeschlossen. Die Polizei fand einen Schlüssel bei ihm, nicht aber bei Lene Kulm.«

»Etwas eigenartig, oder?«

»Normalerweise besitzt man zwei Schlüssel, ja«, stimmte Bentheim zu. »Aber Lenes wurde nicht gefunden. Ich glaube nicht, dass sich die Staatsanwaltschaft wegen so etwas in ihrer Argumentation aufhalten ließe.«

»Schlechte Karten also«, bemerkte Gideon Horlitz.

»Wie man's nimmt. Letzten Endes liegt die Bestimmung des Strafmaßes im Ermessen des Gerichts. Ein Richter, der die Vorgeschichte kennt, wird gewiss unzählige mildernde Umstände finden, um nicht allzu sehr über die Stränge zu schlagen.«

»Ihr Wort in Gottes Ohr, Julius«, meinte Kommissar Horlitz, als er aufstand und sich die Weste glatt strich. »Die Herren mögen mich entschuldigen, ich muss einem Bedürfnis nachgehen.«

Er stand auf, durchquerte den Raum und wandte sich an den Wirt. Dieser wies mit dem Finger in eine Richtung, und der Kommissar verschwand. Bissing und der Zeichner hatten das Geschehen verfolgt. Es war Bentheim, als lauere sein Gegenüber nur darauf, mit ihm allein zu sein.

»Mein Bote konnte Sie gestern nicht erreichen«, kam der Kommissar ohne Umschweife zur Sache. »Von 22 Uhr bis weit nach Mitternacht hat er auf Sie gewartet. Ohne Erfolg.«

»Ich ging mit Freunden aus und kam erst spät nach Hause«, log der Zeichner.

»Und die Bilder?«

»Sind zum Abholen bereit. Schicken Sie Ihren Boten heute Abend noch einmal vorbei. Falls ich nicht da sein sollte, wird er nach Albrecht Krosick fragen müssen.«

»Zurzeit sind Sie ein viel beschäftigter Mann, Graf von Saint-Germain.« Es war keineswegs boshaft gesprochen, doch Bentheim fuhr ein Schauder über den Rücken. Unwillkürlich blickte er sich um: Arbeiter und Laufburschen, die lustlos ihre Suppe löffelten oder sich an Wurst und Brot gütlich taten, eine Schankmagd, die desinteressiert die Gäste bediente.

»Ich habe viel zu tun«, stimmte er zu. »Das Studium, der Prozess, Freunde.«

Mit alles durchdringenden Augen starrte der Kommissar ihn an. Schließlich überreichte er ihm eine Karte und meinte: »Hier, meine Adresse in Spandau, falls Sie es doch vorziehen sollten, das Paket selbst zu übermitteln. Natürlich auf diskrete Weise. Mein Bote unterrichtete mich überdies darüber, dass er zwielichtige Gestalten um das Haus Ihrer Vermieterin schleichen sah. Ein Kerl mit der Physiognomie eines Schlägers sowie ein mit Pastorenkutte bekleideter Mann, der wild klopfend Einlass begehrte. Haben Sie Probleme, Herr Bentheim? Ich möchte nicht, dass unser Kontrakt unter einem ungünstigen Stern steht.«

Bentheim schüttelte den Kopf. »Keine Probleme, Herr Kommissar. Alles in Ordnung.«

»Gut, denn sehen Sie, Gideon kommt zurück. Lassen Sie uns die Rechnung begleichen, mein Freund, der Prozess geht bald weiter.«

Die Beweisaufnahme war abgeschlossen und das Richtergespann Jänert, Polte und Lipinsky lud zum Plädoyer. Staatsanwalt Görne legte sich ein letztes Mal ins Zeug, forderte mit Inbrunst die Verurteilung des Professors, wobei er immer wieder angebliche Indizien in seine Rede einflocht und vermehrt von Jänert darauf aufmerksam gemacht wurde, keine unerlaubten Beweismittel anzugeben. Bentheim fand es erbärmlich, dass das Hauptaugenmerk lediglich auf das Geständnis gelegt wurde, das der Professor gegenüber seiner Nachbarin abgelegt haben sollte.

Der Professor saß gelassen neben seinem Verteidiger auf der Anklagebank und verfolgte mit desinteressierter Miene das Geschehen. Seine Kleidung war tadellos geschnitten. Er trug eine weiße Weste – dies mochte wohl mehr als nur bloßer Zufall sein, wie Julius fand – sowie schwarze Hosen und Schuhe mit modischen Schnallen: Es war die Ausstaffierung eines eitlen Gecken, wäre da nicht der ungepflegt erscheinende Bartwuchs gewesen, den Goltz seit einigen Tagen wild sprießen ließ. Das Silbernitrat in den Haaren war längst ausgewaschen und der ursprünglichen Farbe gewichen.

Als der Staatsanwalt sein Plädoyer beendet hatte, waren mehr als zwei Stunden vergangen. Fabian Heseler stand auf, da ihm Jänert das Wort erteilte, und wandte sich an die Geschworenen. Schritt für Schritt versuchte er, die Anklagepunkte zu widerlegen. Wie von Bentheim vorhergesagt, griff er die Argumentation der Anwaltschaft an, indem er auf ein fehlendes Motiv hinwies. »Weshalb sollte man jemanden im Affekt totstechen, wenn man ihm kurz zuvor noch freiwillig Geld gegeben hat? Wenn man unlängst noch den Geschlechtsverkehr mit dieser Person vollzogen hat? Wenn man diese Person liebte und unterstützte und sich Liebesbriefe schrieb?«

Einen theatralischen Moment lang hielt er inne, um seine Gedankengänge wirken zu lassen, bevor er selbst die Antworten auf seine Fragen lieferte: »Herr Professor Goltz hat Fräulein Kulm Geld gegeben. Bewiesenermaßen. Herr Professor Goltz hatte geschlechtlichen Umgang mit Fräulein Kulm. Bewiesenermaßen. Der Verkehr verlief jedoch auf freiwilliger Basis. Dies wurde von Professor Virchow, einer Koryphäe auf dem Gebiet der Pathologie, bestätigt. Und wieso soll mein Mandant schuldig sein, wenn die Tatwaffe bewiesenermaßen beim Nachbarn gefunden wird? Würde jemand, der eine Frau im Affekt tötet, nicht die Nerven verlieren? Mein Klient hingegen klopft, wie es sich für einen anständigen Bürger gehört, bei der Nachbarin, um sie zu bitten, sie möge die Gendarmen benachrichtigen – ein Verbrechen sei begangen worden.«

Mehrere der Anwesenden lächelten unweigerlich. Es war ihnen nicht entgangen, dass der Verteidiger einige Punkte anders darstellte. In einer Mischung aus Faszination und Abscheu verfolgten sie Heselers Treiben. Der Pflichtverteidiger, dem der Fall als Sprungbrett dienen würde, genoss es sichtlich, im Mittelpunkt zu stehen. Die Strategie, die ihm wohl nur der Professor vorgezeichnet haben mochte, schien aufzugehen.

Der Uhrzeiger rückte unaufhaltsam vor, während Bentheim Heseler skizzierte. Der Gerichtszeichner verwandte viel Zeit darauf, ihn richtig zu treffen. Geduldig wartete er einen Gesichtsausdruck ab, der das Innenleben des Juristen passend ausdrückte. Akribisch fuhr er dann mit den Stiften die Furchen nach, die er bereits umrissen hatte. Es sollte ein beinahe fotografisches Porträt werden.

Der Verteidiger beendete seine Rede mit der inbrünstigen Bitte, keinen Unschuldigen zu bestrafen.

»In dubio pro reo«, schloss er seine Ausführungen.

Johann von Jänert verschaffte sich durch Klopfen mit seinem Hammer Gehör und meinte: »Nachdem die Anträge auf Bestrafung beziehungsweise auf Freispruch gestellt worden sind, erhält der Angeklagte, sofern er sich noch ein letztes Mal äußern möchte, die Möglichkeit hierzu. Angeklagter Goltz, irgendwelche Bemerkungen Ihrerseits?«

Der Professor erhob sich und schüttelte verneinend den Kopf. »Es ist alles gesagt, Herr Vorsitzender. Ich vertraue blind auf Gottes und der preußischen Justiz Schicksalsspruch.«

Das verächtliche Schnaufen des Richters war durch den ganzen Saal zu hören. Er sammelte sich, indem er sich die Stirn abtupfte. Mit nüchterner Stimme erklärte er den Geschworenen den ihnen vom Staat Preußen auferlegten Auftrag der Wahrheitsfindung. Er schärfte ihnen ein, worauf sie in ihrer Urteilsfindung zu achten hatten, welche Indizien und Beweise als rechtsgültig angesehen wurden und welche nicht. Schließlich kam er zu den Erläuterungen des Rechtsgrundsatzes des berechtigten Zweifels.

»Sollte wenigstens einer unter Ihnen«, erklärte er mit Bestimmtheit, »auch nur den geringsten Hauch eines Zweifels an der Schuld des Angeklagten verspüren, so ist er angehalten, auf einen Freispruch hinzuwirken, und zwar so lange, bis entweder seine Zweifel verflogen sind oder aber die restlichen Geschworenen auf seine Meinung umschwenken. Des Weiteren möchte ich Sie darauf hinweisen, dass dies keine Beweisregel, sondern vielmehr eine Entscheidungsregel ist. Ob oder wann Sie Zweifel haben müssen, kann ich Ihnen nicht vorschreiben; dies müssen Sie selbst mit sich ausmachen. Meine Herren, das Hohe Gericht gibt Ihnen Zeit bis morgen Vormittag 11 Uhr.« Noch einmal schweifte sein Blick langsam über die zwölf Männer hinweg, die über das Leben des Professors zu entscheiden hatten, und entließ sie zur Beratung.

Dreiundzwanzigstes Kapitel

Julius Bentheim schlich sich durch einen Nebenausgang aus dem Kollegienhaus und verdrückte sich in eines der Seitengässchen. Niemand folgte ihm und er bestieg eine Droschke, deren junger Kutscher ihn bis zum Brandenburger Tor fuhr, wo er ausstieg und nach einer zweiten Fahrgelegenheit Ausschau hielt.

Er verlor wichtige Zeit – Zeit, die er an Filines Seite verbringen wollte. Wenn er es recht bedachte, wusste er nicht, ob es dem Pastor zuzutrauen war, ihm irgendwelche Schergen auf den Hals zu hetzen. Doch Filines und seine Sicherheit gingen vor. Julius schritt auf und ab, bis die Droschke verschwunden war, erstand bei einem kleinen Verkaufspavillon ein Vollkornbrot und pfiff nach einem Zweispänner. Er gab dem Fahrer die Adresse in der Marienburger Straße an und als sie abfuhren, hatte der junge Zeichner kein Auge mehr für die Schönheit um ihn herum. Passanten flanierten durch den Torbogen, sie genossen die angenehme Sommernacht, während ein lauer Wind durch die Baumkronen der Linden säuselte. Hoch oben auf der Attika des Brandenburger Tores stand die Quadriga, den Triumph des Friedens darstellend, und die Lage dieses monumentalen Bauwerks war wirklich ›ohnstreitig die schönste von der ganzen Welt‹, wie sein Architekt Johann Gotthard Langhans einst geschrieben hatte. Aber Julius, der sich absichern wollte, dass er nicht verfolgt wurde, warf gehetzte Blicke aus dem Wagenfenster.

Als er die Mietskaserne betreten und die Eingangstür hinter sich zugezogen hatte, blieb er fünf Minuten in der Dunkelheit des Treppenhauses stehen und wartete ab, ob jemand eintrat. Nichts geschah. Erleichtert schlich er ins Durchgangszimmer und über den Innenhof. Wenig später, als er das Dachgeschoss des Nebengebäudes erreicht hatte, schlüpfte er zu Filine ins Zimmer und schloss sie in die Arme.

Am nächsten Morgen – es ging auf 8 Uhr zu – pochte es leise an die Tür. Filine Sternberg und Julius Bentheim saßen gemeinsam zu Tisch, vor ihnen die paar Kanten Brot vom Vortag. Auf dem Gesicht der Pastorentochter bildete sich wortlos eine Frage.

Der Zeichner tätschelte ihr beruhigend die Hand.

»Schon gut. Das wird Albrecht sein.«

Er stand auf, um ihn einzulassen, und Krosick lächelte freundlich, als er auf Filine zuging und ihr einen Kuss auf die Wange gab. »Albrecht! Was für eine freudige Überraschung. Wir hatten dich eigentlich gestern erwartet. Aber du hast doch hoffentlich heute etwas mitgebracht?«

»Natürlich, Filine, und zwar Neuigkeiten für dich und Bier für die Herren der Schöpfung!«

Er trug einen Korb mit sechs Flaschen Pilsner Urquell mit sich, wovon er zwei auf die Tischplatte stellte und sich nach Gläsern umsah. Julius, der seine Verlegenheit bemerkt hatte, griff nach zwei Kaffeetassen. Krosick schraubte den Hartgummipfropfen aus dem Flaschenhals und schenkte derart ungeschickt ein, dass der Schaum überlief.

»Vom Pastor keine Nachricht, leider. Außer, dass er der Lembke gekündigt hat.«

»Er hat sie vor die Tür gesetzt?«

»Hochkant rausgeworfen, ja.«

»Woher weißt du das?«

»Sie ist bei Amalia aufgetaucht, ein einziges Häufchen Elend. Deshalb konnte ich gestern nicht bei euch vorbeischauen.«

»Die arme Frau Losch«, meinte Julius. »Der bleibt aber auch nichts erspart. Jetzt spielt sie schon Schlummermutter für diesen Drachen.«

Filine sah die beiden abwechselnd an, erst ihren Geliebten, dann Albrecht, dann wieder Julius. »Was hat das zu bedeuten?«, wollte sie wissen.

»Zumindest für die Lembke nichts Gutes«, meinte

Krosick schadenfroh, als er einen Schluck nahm. »Sie hätte Augen und Ohren aufgesperrt und das wollte dein Vater wohl verhindern. Aber an unserem Plan ändert sich nichts. Bald nämlich könnte ruchbar werden, dass du verschwunden bist, Filine, und dann muss er einfach auf unsere Forderungen eingehen. Die Entlassung der Lembke zeigt lediglich, dass er einen öffentlichen Skandal vermeiden will. Sobald ihr zwei verheiratet seid, wird er sie wieder einstellen, davon bin ich überzeugt.«

Nachdenklich sah sie die karge Wand an. Ein ernster Schleier legte sich über ihr Gesicht. »Es ist so einsam hier«, sagte sie endlich. »Alles grau, alles so – tot.«

Julius umarmte sie, während Albrecht ans Fenster trat und die Fensterbank mit dem robusten Eisennagel betrachtete, der außen angebracht war, damit man im Winter Esswaren daran hängen und kühlen konnte. Die meisten Mietskasernen besaßen diese Vorrichtungen; es waren dicke, zu Halbkreisen gebogene Nägel oder hölzerne Belegnägel aus der Schifffahrt, an denen Schnüre befestigt waren. Sie waren der Notbehelf der kleinen Leute.

Der Fotograf deutete darauf und meinte: »Wozu brauchst du den im Sommer? Übrigens hast du ihn falsch eingeschlagen, Julius, das Seil würde gleich abrutschen.«

»Der ist nicht von mir«, antwortete er. »Stell die Flaschen einfach hier in eine Ecke, ich werde mir schon einen Eimer mit kühlem Wasser zu besorgen wissen.«

Krosick kam dem Vorschlag nach und deponierte das Gebräu auf dem Boden. Wiederum trat er ans Fenster, diesmal presste er die Stirn ans Glas. »Weshalb ist der

Nagel nicht angerostet?«, murmelte er. Er sprach mehr zu sich selbst, aber Julius packte eine fiebrige Erregung. Er ließ Filine los und stellte sich an die Seite seines Freundes.

»Tatsächlich. Blitzblank.«

Die beiden Freunde dachten sich ihren Teil, doch es war die junge Frau, die die Vermutung letztendlich aussprach: »Der Nagel wurde vom Professor eingeschlagen.«

Julius nickte. Die Gedanken galoppierten durch seinen Kopf wie eine Herde aufgescheuchter Rösser. »Die Schnur würde gar nicht abrutschen«, gab er schließlich seiner Meinung Ausdruck, »wenn sie, statt nach unten, nach oben führte.«

»Das Messer!«, verkündete Krosick.

Bentheim öffnete energisch das Gaubenfenster. Er streckte den Kopf hinaus und wies nach oben. Die Ziegel boten weder Halt noch Gelegenheit zum Festbinden eines Seils. Der Abzug des gusseisernen Ofens, der oben durch das Dach trat, war ein dünnes Metallrohr, das sich sicherlich unter der Last eines Mannes gebogen hätte. Es glänzte und funkelte im morgendlichen Sonnenschein.

»Von hier aus gelangt man unmöglich aufs Dach«, meinte Julius, »und doch muss es so gewesen sein, dass er auf diese Weise das Messer verschwinden ließ. Das dritte Messer, die Tatwaffe.«

»Du meinst, er band das Messer an eine Schnur, warf es über den Giebel und ließ es – durch das Eigengewicht gezogen – auf der anderen Seite auf die Straße fallen?«

»Nein, dann hätte es die Polizei gefunden. Das Messer ist immer noch da oben, und zwar an der Innenseite des Lichtschachts.«

»Natürlich, da muss es sein.«

»O Gott«, entfuhr es Filine aufgeregt. »Wir können den Professor überführen!«

»Beeilen wir uns! In ungefähr zwei Stunden ist die Urteilsverkündung.«

Sie traten auf den Gang hinaus, wo sie in den Lichtschacht spähten. Teilweise gab es kantige Vorsprünge in der Ziegelmauer und Krosick machte den Vorschlag, die Tischplatte darauf abzulegen, um festen Halt zu bekommen. Mit aller Kraft schlugen sie dem Tisch die Beine ab und schoben die schmale Bretterplatte über den Abgrund. Auf allen Vieren wagte sich Bentheim hinein, vorsichtig Zentimeter um Zentimeter vorrückend. Rechts und links ging es mehrere Stockwerke tief hinab, oben jedoch, wo eine verschmutzte, matte Glasscheibe das Tageslicht hereinließ, gab es in Reichweite einen Riegel, um die Dachluke zu öffnen.

»Er klemmt«, bemerkte Julius.

Mit aller Kraft musste er sich dagegenstemmen, damit der rostige Stift nachgab. Lediglich etwas mehr als eine Handbreit ließ sich das Fenster hochklappen, aber es genügte, um nach dem Gegenstand zu tasten. Die erste Suche verlief erfolglos, beim zweiten Versuch streifte Julius ein durch die Sonne spröde gewordenes Seil, das sich an einer hervorstehenden Schraube verhakt hatte.

»Ich hab's«, rief er aufgeregt und zog daran. Seine Finger strichen über grobes, hartes Material, und er tippte auf Hanffasern. Julius schätzte die Richtung ab, in welche das Seil abgerollt war, und kam zum Schluss, dass Botho Goltz gar nie den Lichtschacht als Versteck im Sinn gehabt hatte, sondern von Anfang das Messer über den Dachfirst hin zu einem Schornstein gleiten lassen wollte. Er tastete nach Halt, um sich mit den Fingern hochzuziehen, und in der Tat erblickte er einen unverputzten Ziegelschlot, an dessen Fuß ein an dem Seil befestigter Stein lag. Julius sah wieder nach unten: Mittlerweile war ausreichend Seil den Schacht hinabgeglitten, sodass es von seinen Freunden aufgefangen werden konnte wurde.

»Sachte!«, beschwor er Filine. »Nicht, dass das Messer sich ablöst!«

»Ich passe auf.«

Das Klappern von Metall, das über das Ziegeldach strich, ertönte, und Julius durchfuhr die Erkenntnis wie ein Blitz: Es war nicht nur das Messer, das er heranzog, sondern auch ein Bund mit Lene Kulms Wohnungsschlüssel. Und dann – endlich – bekam er beides zu fassen und löste Waffe und Schlüssel vom Seil.

Kurz darauf hetzten sie die dunklen Treppen hinab, mehrere Stufen auf einmal nehmend, eilten in den Innenhof, wo das Tageslicht sie blendete, und durch das Durchgangszimmer, bis sie auf der Marienburger Straße standen. Nach Atem ringend blickten sie sich um: ein Arbeiter, der mit seinem Ochsenwagen ein paar Fässer auslieferte, ältere Gouvernanten, einige Schulkinder – niemand, der ihnen nützlich sein konnte.

Krosick deutete auf einen eitlen Kaufmannsgecken, der auf einem Pferdchen mit goldenem Trensenzaum und glitzerndem Sattel übers Pflaster trottete.

»Da vorn!«

Julius hatte verstanden.

»Werter Herr«, sprach der Fotograf den weibisch Herausgeputzten an, »wir benötigen Hilfe in der Not. Wenn Sie die Güte hätten, abzusteigen und uns Ihr Pferd zu überlassen?«

»Wat erloben Se sich? Hör'n Se ma, Se Backpfeifenjesicht! Det jeht jar nich'.«

Krosick seufzte. Er griff ins Geschirr, wies scheinbar drohend das Messer des Professors vor und meinte: »Es ist noch ein jeder vom hohen Ross gefallen.«

»Det is'n Skandal!«, rief der Reiter kläglich, als ihn die beiden Fremden vom Sattel zogen. Zitternd vor Wut und mit rotem Kopf stand der Mann auf dem Gehsteig, während sich Julius hinaufschwang, die Zügel umfasste und sich von Albrecht das Messer reichen ließ.

»Werter Herr, Sie sehen aus, als sei Ihnen eine Laus über die Leber gelaufen«, sagte der Fotograf grinsend. »Ich erbarme mich Ihrer und lade Sie zu einem Umtrunk ein.«

Der Tatortzeichner, der sich derweil die Waffe zwischen Gürtel und Hose geschoben und dort festgemacht hatte, streichelte dem Pferd beruhigend über den Kamm bis zum Widerrist und meinte: »Du hast Leber gesagt, Albrecht!« Und mit diesen Worten gab er dem Tier die Sporen.

»Sehen Sie, da prescht er davon, unser Freund, und wir beide müssen uns jetzt einen Leberreim ausdenken.«

»Leberreim?« Irritiert sah ihn der Mann an. »Haste nüscht bess'ret zu tun, als 'n janz'n Tach besoffen zu sein, du Blubbakopf?«

»Nein, habe ich nicht«, lachte Albrecht, als er sich bei

dem Unbekannten unterhakte, der nicht so recht wusste, wie ihm geschah. »Komm mit, du Fannkuchn uff Beene, darauf gehen wir was saufen. Die Leber ist von einem Hecht und nicht von einem Stier, das kommt uns gerade recht zum Frühstück mit 'nem Bier!«

Vierundzwanzigstes Kapitel

Julius Bentheim scheuchte sein Ross durch die Berliner Straßen. Er war ein leidlich guter Reiter, aber es reichte aus, um das Kollegienhaus zumindest schneller zu erreichen, als es mit dem öffentlichen Pferdeomnibus möglich gewesen wäre. Abgehetzt übergab er das Tier einem Stallburschen und eilte um das Gebäude herum zum Haupteingang.

Dichtes Gedränge herrschte im Innern. Alle Welt war auf den Beinen, um den Ausgang des spektakulären Prozesses mitzuerleben. In kleineren und größeren Gruppen wurde lebhaft diskutiert, Abgesandte der auflagenstärksten Berliner Zeitungen fielen wie eine gierige Meute über jeden her, der ihrer Meinung nach etwas mit dem Fall zu tun haben mochte, und die Gerichtsdiener hatten alle Hände voll zu tun, um ein wenig Ordnung in das Chaos zu bringen.

Bentheim setzte die Ellbogen ein, um sich durch die

Leute zu drängeln. Er schwitzte, da ihn der Ritt mitgenommen hatte, doch nun rann ihm der Schweiß erst recht aus allen Poren. Das Kollegienhaus hatte sich in ein Dampfbad verwandelt. Klatschnasse Hemden, feuchte und an der Haut klebende Kleidung ringsumher. Mit der Hand hielt er einen Gerichtsdiener an; derselbe, der ihn am ersten Prozesstag in seine Arbeit als Gerichtszeichner eingeweiht hatte.

»Zu Johann von Jänert! Es ist dringend.«

»Sieh an, der Bentheim. Falls Sie ein Porträt des Richters anfertigen wollen, sind Sie bei ihm an der falschen Adresse. Unter uns gesagt, das ist ein bärbeißiger Hund.«

Er packte ihn hart an der Schulter. »Sie verstehen nicht! Ich muss zu ihm! Sofort.« Mit dem Finger deutete er auf seinen Hosenbund und hob für einen kurzen Moment das Hemd hoch, damit der Diener einen Blick auf das Messer werfen konnte. »Die Tatwaffe«, flüsterte der Zeichner.

»Herrje! Im Ernst?«

Bentheim nickte bedeutungsvoll.

Nun wurde der Diener energisch. Wie ein erfahrener Steuermann auf hoher See kämpfte er sich durch die Wogen der Anwesenden, fand einen Weg um die Klippen. Vor einer unscheinbaren Tür, die in eines der Vorbereitungszimmer führte, blieb er stehen und schloss sie auf.

»Mir nach.«

Bentheim trat ein, und als die an der Innenseite mit Polsterungen versehene Tür ins Schloss gefallen war, drang der Lärm von draußen nur noch als dumpfer

Grundton zu ihnen. Der Diener hieß ihn warten und verschwand durch eine weitere Tür. Wenige Minuten später kam er zurück. »Er lässt bitten.«

Der junge Zeichner wurde durch eine aus drei kleinen Räumen gebildete Zimmerflucht geführt, von deren Ende aus sie das Richterzimmer betraten. Jänert saß an einem überladenen Schreibtisch. Dokumente und Bücher stapelten sich nebeneinander, eine wirre Unordnung sondergleichen. In einer Ecke stand eine Büste, auf welcher seine Perücke hing, und Julius fiel auf, dass der Richter entgegen seiner ersten Vermutung beinah glatzköpfig war. Auf einer Kommode an der anderen Wand prangte eine Standuhr mit gewaltigem Pendel.

»Setzen Sie sich, Herr Bentheim.«

Er deutete auf einen Stuhl, auf welchem Julius Platz nahm, während der Richter selbst sich an die vordere Schreibtischkante lehnte. Mit einem Bückling verabschiedete sich der Diener und ließ die zwei Männer allein – den jungen mit dem alten.

»Sie haben anscheinend etwas gefunden?«

»Nicht nur anscheinend, Herr Vorsitzender.«

Jänert räusperte sich. »Sie haben etwas gefunden, das anscheinend mit dem Fall Goltz zu tun hat?«

»Wie gesagt, nicht nur anscheinend, Herr Vorsitzender. Es sind der Schlüssel zu Kulms Wohnung und das Tatmesser.«

Grimmig fuhr Jänert dazwischen: »Ich wiederhole mich nur ungern, Herr Studiosus: Sie haben etwas gefunden, das anscheinend – haben Sie mich verstanden? – anscheinend etwas mit dem Fall Goltz zu tun hat. Zeigen Sie her!«

Bentheims Hände zitterten leicht, als er die Waffe mit der blutbefleckten Klinge und den Schlüssel aus seinem Hosenbund zog und sie dem Richter übergab. Mit gleichgültiger Miene legte Jänert die beiden Dinge hinter sich und wandte sich wieder dem Tatortzeichner zu.

»Was spukt in Ihrem Kopf herum, Bentheim? Lassen Sie mich an Ihren Gedankengängen teilhaben.«

»Herr Richter, ich verstehe nicht …«

»Herrgott!«, fuhr der Alte auf. »Was, denken Sie, soll jetzt geschehen?« Er zeigte mit dem Finger auf die Standuhr. »Tempus fugit, Bentheim. In wenigen Minuten ist Urteilsverkündung. Die Geschworenen haben längst entschieden. Was glauben Sie denn, wer Sie sind? Der Rächer in letzter Sekunde? Der Deus ex machina? Schwupps, der Bentheim ist da, er ist im Besitz der Tatwaffe. Krempeln wir doch einfach die herrschenden Gesetze um, setzen wir alles außer Kraft, was Preußen zum Rechtsstaat macht, nur damit ein offensichtlich Schuldiger verurteilt wird …«

»Herr Richter, ich …«

»Kommen Sie mir nicht so! Die Plädoyers sind abgeschlossen, die Geschworenen haben getagt. Lassen wir die Geschichte ihren Lauf nehmen.«

»Das soll es gewesen sein?«, empörte sich Julius. Seine Fingerspitzen krallten sich in die Stuhllehne.

»Ich habe mir sagen lassen, Sie seien ein talentierter Bursche«, entgegnete Johann von Jänert. »Lernen Sie daraus, Bentheim. Lernen Sie und nehmen Sie sich auf gar keinen Fall ein Beispiel an diesem vermaledeiten Theodor Görne! Noch mehr solcher Stümper und wir könnten einpacken. Und nun lassen Sie uns hoffen, dass wenigstens die Geschworenen von Gottes Strahl der Erkenntnis getroffen wurden.«

Jeder Sitzplatz im Gerichtssaal war besetzt. Es hatte den Anschein, als drängten sich doppelt oder gar dreifach so viele Schaulustige auf den Plätzen, wie bequem unterzubringen waren. Als das Richtergespann den Saal betrat, erhob sich das Publikum. Wie die drei Richter der Unterwelt kamen sie den Anwesenden vor, die Herren Jänert, Polte und Lipinsky, die sich mit finsterer Miene vor dem Angeklagten in Stellung brachten.

Johann von Jänert fuhr sich mit dem Mittelfinger in den Kragen seiner Robe und lockerte ihn. Für einen kurzen Moment streifte sein Blick den von Julius Bentheim, dann sah er auf die Uhr und nickte einen Gerichtsdiener heran.

»Bringen Sie die Geschworenen herein«, befahl er.

An allen Verhandlungstagen hatte eine dumpfe Spannung über dem Saal gelegen, schwer wie die Schwüle des Sommers, und nun löste sie sich auf, als die Tür zum Geschworenenzimmer aufgestoßen wurde und der Diener den zwölf Männern Platz machte, die das Urteil über den Professor sprechen würden. Nachdem sie alle saßen, hob Jänert die Hand und mahnte: »Ich ersuche die Anwesenden, die Urteilsverkündung nicht zu unterbrechen. Nehmen Sie alle zur Kenntnis, dass ich den Saal räumen lassen werde, sollte ich während der Amtshandlung die geringste Störung bemerken. Fahren Sie fort, Herr Gerichtsbeamter!«

Der Mann, mit dem Bentheim noch vor etwa einer

Stunde gesprochen hatte, waltete stoisch seines Amtes. Um sich Gehör zu verschaffen, hämmerte er mit einem Stock auf den Boden – eine traditionelle Handlung, die völlig unnötig war – und sagte: »Mitglieder des Geschworenenkollegs, haben Sie sich über ein Urteil einigen können? Und falls ja, wer wird für Sie alle sprechen?«

Ein korpulenter Mann mit schweißnassem Stiernacken erhob sich. »Ich, Herr. Ich bin der Obmann.«

»Wie lautet Ihr Urteil?«

Der Mann tupfte mit einem Taschentuch die Stirn trocken, sah zu Botho Goltz hinüber, der ihn freundlich anlächelte, und erklärte mit fester Stimme: »Wir haben den Angeklagten für nicht schuldig befunden.«

Lähmendes Entsetzen legte sich über den Saal. Jänerts Hand war warnend erhoben, als ein kurzes, unterdrücktes Seufzen vernommen wurde. Auf eine zustimmende Geste des Richters hin, sprach der Diener rasch weiter: »Bestätigen Sie alle, Mitglieder des Geschworenenkollegs, unter Eid, dass Sie den Angeklagten Herrn Professor Botho Goltz für nicht schuldig des Totschlags erachten? Bestätigen Sie dies alle?«

Feierlich antworteten die Geschworenen: »Ja!«

Jäh erwachte der Gerichtssaal aus seiner Lethargie. Lärm schwoll an, ein paar Frauen brachen in Tränen aus, während einige Männer mit drohend erhobenen Fäusten buhten. Bentheim ließ den Blick über das Chaos schweifen, bis er ins Gesicht des Professors schaute; eine siegessichere rote Fratze, die alles und jeden um ihn herum zu verspotten schien.

Fünfundzwanzigstes Kapitel

Bis in die ersten Oktobertage hinein waren sich im Berlin des Jahres 1865 die Menschen darüber einig, welches Thema eine nie erschöpfende Quelle an Diskussionsstoff bot. Vor wenigen Monaten noch hatte man auf den Straßen über den Sezessionskrieg gesprochen, über die Bestrafung von Lincolns Mörder und über die Konföderierten Staaten von Amerika, die in den letzten Zügen lagen. Kurzum: Man hatte das Augenmerk auf Übersee gerichtet. Bald jedoch, als sich dort nichts Interessantes mehr abspielte, sprach man in den heißen Sommertagen über Bismarck und die Schleswig-Frage – und nun, als der Herbst angebrochen war, redete man nur mehr über Professor Botho Goltz.

In den Tagen nach der Urteilsverkündung hatte er sich rar gemacht. Die an dem Prozess beteiligten Personen hielten sich zurück, was öffentliche Aussagen anbelangte, und niemand war dazu zu bewegen, den sogenannten berechtigten Zweifeln, welche in den Geschworenen aufgekommen waren, nachzugehen. Doch die Öffentlichkeit, die nach der Bestrafung eines Täters heischte, ließ nicht locker. Es ging ein Rauschen durch den Blätterwald und mehrere Zeitungen forderten lautstark den Kopf des Geliebten der armen Lene Kulm, die so jämmerlich hatte sterben müssen.

Über all den spektakulären Nachrichten hatte das neue Semester begonnen und Albrecht und Julius widmeten sich vermehrt ihren Studien. So kam es, dass Bentheims Stunden der vergnüglichen Zweisamkeit mit seiner Freundin seltener, aber auch wertvoller wurden. »Es kommt, wie es kommen muss«, meinte Filine Sternberg niedergeschlagen, als sie eines Abends einen Artikel der Spenerschen Zeitung zu Ende gelesen hatte, in dem ein junger, aufstrebender Anwalt bekannt gab, einen Prozess gegen Gregor Haldern anzustreben. Als gäbe es nichts Wichtigeres in der Welt, wurde die Justiz nicht müde, Anklage zu erheben, Geschworene zu vereidigen und Lenes Geliebten vor Gericht zu zerren. Es lag in der Natur der Dinge, dass sich kein Verteidiger fand, der gewillt gewesen wäre, für einen armen Schlucker pro bono zu arbeiten. Haldern stand auf verlorenem Posten.

Was Bentheim schon immer irritiert hatte, war der Umstand, dass Haldern in der Tatnacht so phlegmatisch gewesen war. War er betrunken gewesen und hatte seinen Rausch ausschlafen müssen? Hatte er Angst gehabt? Ohne akzeptable Antwort auf diese Fragen sah es schlecht aus für ihn. Denn der Pflichtverteidiger, der ihm zugewiesen wurde, war völlig unerfahren, kam frisch von der Universität und hatte zuvor noch nie einen Fall übernommen. Bereits am 11. Oktober wurde das Urteil gegen ihn gefällt: Es lautete auf Tod durch den Strang und sollte am folgenden Samstagnachmittag – also schon drei Tage später – öffentlich vollstreckt werden.

An dem Mittwoch, an dem dies bekannt wurde, kam Albrecht Krosick nach einer Abendvorlesung zu Filine und Julius in die Dachwohnung. Er brachte zwei dicke Romane vorbei – Sheridan Le Fanus ›Onkel Silas‹ und Wilkie Collins' ›Frau in Weiß‹ in der Übersetzung von

Marie Scott – und erzählte ihnen von den neuesten Entwicklungen.

»Es ist amtlich«, erklärte er. »Am Samstag wird er baumeln.«

»Der arme Kerl.«

Filine blickte aus dem Gaubenfenster und ließ den Blick über die düstere Dächerwelt der Mietskasernen schweifen.

Krosick fuhr fort: »Aber das ist noch nicht alles, meine Freunde. Der Professor hat auf Sonntagnachmittag um 15 Uhr einen halb-öffentlichen Vortrag angekündigt. Als Vertreter des anthropologischen Renan-und-Feuerbach-Vereins hat er einige illustre Gäste eingeladen. Vortragsort wird die Akademie der Künste sein. Ich hatte das Glück, mir zwei Eintrittskarten zu sichern.«

»Worüber wird er sprechen?«, erkundigte sich Bentheim, von einer bösen Vorahnung erfüllt. Er wusste, dass die Wahl dieses Termins kein Zufall war.

»Es wird ein Essay werden mit dem vielsagenden Titel: ›Ars necandi – Über die Kunst des Tötens‹.«

»Vom Morden also«, meinte Filine, die sich vom Fenster zurückzog. »Dieser Kerl ist verachtenswert. Ein die Menschen derart gering schätzender Zynismus ist mir noch nie untergekommen. Es hat beinah den Anschein, als sei das Morden ein intellektuelles Spiel für ihn.«

»Das ist es wohl«, meinte Bentheim und legte ihr die Arme um die Taille. Filines Haar war inzwischen wieder nachgewachsen; eineinhalb Zentimeter lang war ihre blonde Frisur, mit der sie einem Knaben glich. Mit dem Stolz der jungen Frau, die sich von den Banden ihres Vaters löst, hatte sie sich geweigert, eine Perücke zu tragen. Sie versteckten sich noch immer vor den Nachstellungen des Pastors, und Bentheim hatte schriftlich um ein Gespräch bei ihm angesucht. Sein Brief jedoch – als Absender hatte er seine Adresse bei Witwe Losch angegeben – blieb bisher unbeantwortet.

»Wirst du mich begleiten, Julius?«

»Zum Vortrag?«

»Auch dahin«, meinte der Fotograf und unterließ es wohlweislich, Halderns Exekution beim Namen zu nennen.

Der Zeichner wagte es nicht, Filine anzublicken, als er Krosick seine Zusage gab.

»Er ist ein böser Mensch«, flüsterte die Pastorentochter, »ein abgrundtief böser Mensch.«

Sie schwiegen geraume Zeit, bis Krosick Julius die Hand drückte. Um die angespannte Stimmung zu lockern, meinte er leichthin: »Ich muss mich leider verabschieden, ich habe einen wichtigen Termin im Müttergenesungsheim.«

Doch weder Filine noch Julius, der wusste, dass dies Albrechts Bezeichnung für das Bordell war, verzogen das Gesicht zu einem Lächeln.

Am Samstag drängte das Volk in Massen auf den Molkenmarkt. Alle und jeder wollten der Urteilsvollstreckung an Lene Kulms vermeintlichem Mörder beiwohnen. Händler mit umgeschnallten Bauchläden brachten Gebäck an den Mann; kühle Getränke waren im Angebot, auch süße Naschwaren für die Kinder. Bentheim und Krosick positionierten sich bewusst etwas abseits, entfernt vom wesentlichen Geschehen. Sie überquerten deshalb die Grunerstraße, wo sie vor der Baustelle des neuen Rathauses auf die Kisten kletterten, in welchen die roten Klinkersteine für dessen Fassade gelagert wurden. Von hier aus hatten sie gute Sicht auf das Schafott.

Hinter ihnen erhob sich das halb fertige Gemäuer. Der Turm, vom Architekten Friedrich Waesemann geplant, hatte bereits eine stattliche Höhe erreicht und sollte bald sogar jenen der Nikolaikirche überragen. Die Freunde ließen die Beine baumeln und verfolgten das Treiben der Menge, die in südlicher Richtung inzwischen wie die Flut zwischen den Pfeilern einer Pier vor und zurück wogte. Man stieß und drängte sich, man reckte den Hals, um besser sehen zu können. In dem Gebäude neben dem Palais des Oberfeldmarschalls von Grumbkow, in dem sich Polizeipräsidium und Stadtvogtei befanden, hatten jahrelang die Produktionsstätten der zentralen Tabak-Monopolregie ihren Sitz gehabt. Mehrere Männer, die dort gestanden hatten, folgten dem Beispiel der Freunde und überquerten ebenfalls die Grunerstraße. Als sie sich unten an die Kisten lehnten, Zigarren anzündeten und der blaue Dunst den beiden Studenten in die Nase stieg, dachte Bentheim unwillkürlich daran, dass früher das ganze Areal so gerochen haben musste.

Weiter vorn ging ein Raunen durch die Zuschauer, was Julius und Albrecht wieder den Kopf heben ließ. Aus dem Tor des Palais bewegte sich eine Prozession von Würdenträgern. Den Roben nach zu urteilen, waren zwei oder drei Juristen darunter, auch einige Gendarmen, zwei Musiker sowie ein Priester. Mitten unter ihnen, mit eisernen Ketten gefesselt, konnte die unglückselige Gestalt des Delinquenten ausgemacht werden. Halderns Gesicht war eingefallen, er wirkte verzagt, aber nicht dermaßen, als hätte er bereits vollständig mit dem Leben abgeschlossen. Das Berliner Publikum ähnelte einer toll gewordenen Versammlung; es glich Geiern, die aus großer Entfernung das Aas erspäht hatten und aus allen Winkeln herbeigeeilt waren.

Gemessenen Schrittes steuerte der Zug auf die Hinrichtungsstätte zu, durch massive hölzerne Schranken von der Menschenmenge abgetrennt. Allmählich verebbte der Lärm, bis sich eine Stille über den Platz legte, die einzig von den vereinzelt auftretenden Rufen der Händler durchbrochen wurde, die ihre Ware anpriesen. Selbst auf der Baustelle des Rathauses hielten die Maurer in ihrer Arbeit inne und zeigten sich auf dem bereits fertiggestellten umlaufenden Balkon in Höhe des ersten Stockwerks.

Ein auf Stelzen getragener Bretterboden bildete das Schafott. Am rechten und linken Rand der Konstruktion hatten die Zimmermänner zwei dicke Vierkantträger befestigt, deren aufragende Enden durch einen soliden Balken verbunden waren. In der Mitte hing ein Galgenstrick, exakt darunter befand sich die Öffnung einer Falltür. Zwei Henkersknechte, beide mit Kniebundhosen und schwarzen Kapuzen, die ihre Gesichter verdeckten, überprüften in aller Gemütsruhe den tödlichen Mechanismus. Es war ein mittelalterlich anmutendes Bild, das da heraufbeschworen wurde, und in einer Mischung aus Abscheu und Faszination verfolgten die Freunde das Spektakel.

»He, junger Bentheim, legen Sie mal Hand an!«, vernahm der Tatortzeichner eine Stimme, die ihm bekannt vorkam und ihn aus den makabren Betrachtungen riss. Er richtete den Blick nach unten. Ein Arm reckte sich ihm entgegen, und der schnurrbärtige Mann, dem dieser Arm gehörte, zwinkerte ihm freundlich zu. »Na los doch, ziehen Sie einen alten Sympathisanten der Revolution zu sich hoch!«

»Herr Fontane, welch eine Freude, Sie hier zu sehen.«

»Fontan! Ohne E, schlicht und einfach Fontan. Wie oft muss man das denn wiederholen?«

Julius und Albrecht halfen dem Schriftsteller zu sich auf die Mauer. Der 46-jährige Literat holte tief Atem, als er sich zwischen die Freunde setzte, und ließ betrübt den Blick über die Menge wandern. »Der Herrgott im Himmel kennt keinen Tauschhandel«, meinte er. »Dieses junge Ding, diese Lene Kulm, wird auch nicht wieder lebendig, wenn der Hals des Mannes da vorn bricht. Widerlich. Einfach nur widerlich, was hier abgeht.«

»Und dennoch lassen Sie sich die Sache nicht entgehen.«

»Ja, da treffen Sie ins Schwarze«, meinte er nachdenklich. »Ich glaube, es war Horaz, der der Menschheit eine vitale Neugier auf das Grausame unterstellte.«

»Ich dachte übrigens, Sie weilten in der Schweiz«, suchte Julius einen Anknüpfungspunkt für ein Gespräch.

»War ich auch, war ich. Einen ganzen Monat lang – von Ende August bis Ende September – haben wir eine Familienreise unternommen, Emilie, die Kinder und ich. Wir waren am Rhein und in der Schweiz und ich habe wieder geschrieben.«

»Balladen und Preußenlieder?«

»Irrtum, Bentheim – ein Tagebuch zum Schleswig-Holsteinischen Krieg.«

»Starker Tobak.«

»Aber nicht so deftig wie das Schauspiel da vorn!«

Fontane deutete nach Süden, wo sich vor den mehrstöckigen Fassaden der Adelspaläste das Bild des Galgens grausig ausnahm. Der Verurteilte erklomm die Stufen des Gerüsts und nahm Aufstellung unter dem Strick, der sanft im Wind schaukelte. Einer der Henkersknechte legte Haldern das Seil um den Hals, zog den Knoten an und stülpte eine schwarze Kapuze über den Kopf des Verurteilten. Wie eine Mütze rollte er sie ihm wieder nach oben hin zusammen, damit die Augen unbedeckt blieben.

Halderns Blick schweifte unstet umher.

Die Person, die an ihn herantrat, trug ein Buch in der Rechten, was Bentheim die Schlussfolgerung ziehen ließ, es handle sich dabei um den Pastor. Tatsächlich erhob der Mann die Stimme, um ein Gebet anzustimmen. Die Worte klangen nasal und erschreckend kindlich und sie hätten für allgemeine Heiterkeit gesorgt, wenn der Augenblick nicht so beklemmend und ernst gewesen wäre.

»Himmlischer Vater«, sagte der Geistliche mit Emphase, und Stille legte sich wie ein Leichentuch über die Versammlung. »Für die armen Seelen im Fegefeuer opfere ich Dir alle Sühnegebete und Leiden meines Lebens auf sowie auch alle, die nach meinem Tod für mich aufgeopfert werden. In Vereinigung mit den Verdiensten Jesu und Mariens und aller Heiligen trete ich für die Kraft und Herrlichkeit des himmlischen Glaubens ein. Amen.«

»Amen!«, erscholl es über den Platz.

Selbst dem so realitätsnahen, pragmatisch denkenden Dichter neben Bentheim und Krosick entfloh dieses kleine Wort.

Ein weiterer Mann, diesmal in Robe, trat vor und sprach Gregor Haldern an, doch die Richtstätte war zu weit entfernt, um etwas von dem leise geführten Gespräch hören zu können. Der Mann deutete eine Bewegung an, und die Henker zogen dem Delinquenten die Kapuze wieder über die Augen. Trommelwirbel brandete auf, sodass eine atemlose Spannung die Zuschauer erfasste, und als die Musikanten schließlich innehielten, klappte der Boden der Falltür nach unten …

Sechsundzwanzigstes Kapitel

In den frühen Morgenstunden des nächsten Tages entlud sich ein intensives Herbstgewitter über Berlin, wie um den Schmutz und Unrat der Stadt wegzuwaschen. Noch am Mittag tropfte es vom Geäst der Bäume. Blätter lagen auf den Straßen, abgerissene Zweige mussten aufgelesen werden, um die Fahrbahnen für die Pferdeomnibusse und Kutschen freizumachen. Julius Bentheim, der das Los seiner Freundin bedauerte, ließ es sich nicht nehmen, das schlechte Wetter zu nutzen.

»Kein Hund ist auf der Straße, Finchen«, meinte er zuversichtlich. »Wir gehen aus und essen was Feines.«

Für dieses eine Mal ließ auch sie ihre Vorsicht fahren und nahm den Vorschlag an. Sie zog sich eine Haube über, die zu ihrem einzigen Ausgehrock passte, und hakte sich am Arm ihres Freundes ein. Lange genug war sie eingesperrt gewesen, wie ein Vogel im Käfig, und genoss die Frische der Luft, die sich über das Quartier gelegt hatte. Die Verliebten lebten in ständiger Angst, entdeckt zu werden, sei es von Filines Vater oder von jener Abordnung Beamter, die bald schon erscheinen würden, um die Habseligkeiten des Hingerichteten zu inventarisieren und die Wohnung für die weitere Vermietung freizugeben.

Sie lenkten ihre Schritte auf das nächstbeste Gasthaus zu, das ihnen behagte. Für das Frühstück war es zu spät, für das Mittagessen noch zu früh, und so begnügten sie sich vorerst mit Getränken. Eine Stunde lang plauderten die Verliebten, bestellten sodann Salat und Lendenstücke mit Bratkartoffeln und machten sich eifrig über das Essen her.

»Wie geht es weiter, Julius?«, fragte Filine zwischen zwei Bissen.

»Mit uns?«

Sie nickte.

»In spätestens zwei oder drei Wochen muss uns dein Vater Gehör schenken.«

»Das wäre der Optimalfall, Schatz. Aber dein viel zitiertes Gesetz über Entführungen besagt doch, dass die Eltern einer geraubten Tochter sogleich einer Heirat zustimmen, um einem Skandal keinen Vorschub zu leisten.«

»So wäre es geplant gewesen, wenn dein Vater in seiner Gemeinde nicht herumerzählt hätte, du seiest bei Verwandten in Bremen.«

»Aber ich habe doch gar keine Verwandten in Bremen.«

Bentheim legte die Gabel ab und griff nach Filine Sternbergs Hand. »Finchen, schau, die Sache ist verzwickt. Von Albrecht weiß ich, dass die Lembke inzwischen eine andere Arbeit gefunden hat und nun Zugehfrau bei einem Großkaufmann ist. Dein Vater ist allein in seinem Haus und niemandem Rechenschaft schuldig. Er zählt darauf, dass wir es sind, die einlenken werden. Solange niemand erfährt, dass du auf und davon bist, wartet er ab. Und es liegt auch in unserem Interesse, keinen Skandal heraufzubeschwören.«

»Irgendwie habe ich mir das Ganze anders ausgemalt«, meinte sie betrübt, denn für sie gab es derzeit nichts, wofür die schwärmerische Fantasie eines jungen Mädchens empfänglich wäre. »Mittlerweile ist das nicht mehr und nicht weniger als eine unausgegorene Situation, Julius, und keine Romantik.«

»Sei unbesorgt, Finchen«, sagte Bentheim. »Irgendwann muss er nachgeben. Er muss einfach.«

Am Nachmittag, als sie wieder zu Hause in ihrer Dachkammer saßen, holte Albrecht Krosick Bentheim ab. Er war mit einer Droschke vorgefahren, die unten auf die beiden Studenten wartete. Sie ließen sich nach der Dorotheenstadt kutschieren, wo über dem Marstall die Königlich-Preußische Akademie der Künste lag. Im Gegensatz zu Krosick, der zum ersten Mal hier war, kannte Bentheim das Gebäude in- und auswendig, in dem er als Jugendlicher seine ersten Malkurse besucht hatte.

Die jungen Männer betraten beim Eingang eine lange Galerie, in welcher auf Kragsteinen die Brustbildnisse der zwölf ersten Kaiser Roms ruhten. Linker Hand reihten sich sechs Zimmer aneinander.

»Hier im ersten Raum wurde ich in die Zeichenkunst eingewiesen«, erzählte Julius. »In den anderen malt man nach Kupferstichen, nach Originalzeichnungen alter Meister oder nach Gips und kleinen Modellen.«

»Und weiter hinten?«, fragte Albrecht, denn sie lenkten ihre Schritte auf die letzten Räumlichkeiten zu.

»Im fünften Raum werden Collegia abgehalten: Anatomie, Perspektive, Geometrie und so weiter. Aber der hinterste Saal ist wohl unser Ziel – sieh doch, ein Hinweisschild!«

Tatsächlich war der Weg zur Vorlesung ausgeschildert. Die Tür am Ende des Ganges war nur angelehnt und gedämpftes Stimmengemurmel drang in den Flur. Sie traten in einen zum Hörsaal umfunktionierten Raum ein. Vorn war ein Katheder aufgestellt, daneben befand sich eine grüne Schiefertafel auf Rädern. Darauf geschrieben stand ein Zitat von Schelling, das, zumal es aus dem Zusammenhang gerissen war, ungleich zynischer wirkte: ›Die hohen Geister stehen über dem Gesetz.‹ Des Weiteren waren sieben Dutzend Stühle, zwei Drittel davon bereits besetzt, in sieben Reihen angeordnet. Die vorherrschenden Töne waren das Braun und Schwarz der

Gehröcke und Sommermäntel der Herren. Einzig das helle Rot eines Damenhuts inmitten dieser trüben Farbwüste gab einen irritierenden Tupfer ab. Die Besitzerin des besagten Huts wandte den Blick den Neuankömmlingen zu und wedelte mit der Hand.

»Hierher, Herr Bentheim, es sind noch Plätze frei«, rief Fanny Lewald ihm zu.

Julius und Albrecht nahmen das Angebot an. Sie gesellten sich zu der Gruppe um die Literatin, und Bentheim stellte seinen Freund vor. Der Schriftsteller Retcliffe war an ihrer Seite, ebenso ihr Gatte, der ebenfalls schriftstellerisch tätige Adolf Stahr. Sie tauschten einige Floskeln aus und Bentheim war glücklich darüber, dass Albrecht, der das hässliche Doppelkinn der Dichterin mit geübtem, schnellem Blick begutachtet hatte, für einmal den Mund hielt und nicht ins Fettnäpfchen trat.

»Ein Faszinosum, dieser Herr Professor«, lenkte Sir John Retcliffe das Gespräch auf das Thema des Tages. »Rechtlich gesehen zwar unschuldig, aber in moralischer Hinsicht wohl vollumfänglich schuldbeladen. An diesem Vortrag interessiert mich hauptsächlich ein Aspekt: jener der Schuld und der Motivation, eine Schuld auf sich zu nehmen.«

»Meine Worte, Sir John«, meinte Fanny Lewald. Dabei drapierte sie sorgfältig den Faltenwurf ihres Rockes und griff nach der Hand ihres Gatten zu ihrer Rechten. »Wer die Meldungen in den Zeitungen verfolgt hat, weiß um den Verlauf der Mordsache Kulm. Nur der Aspekt des Motivs blieb im Verborgenen. Was ist Ihre Meinung, Herr Bentheim?«

Julius, der links von ihr Platz genommen hatte, erwiderte: »Ich nenne das Glück oder Unglück mein Eigen, den Prozessverlauf aus nächster Nähe erlebt zu haben, und ich kann Ihnen verraten, dass für mich ebenfalls nur noch dieser Aspekt von Interesse ist. Aber sehen Sie doch, dort in der ersten Reihe – sogar die ermittelnden Beamten wurden eingeladen.«

Er deutete mit einem Kopfnicken nach vorn, wo soeben die zwei Kommissare Horlitz und Bissing ihre leichten Sommermäntel über die Lehnen ihrer Stühle legten.

»Der Herr Professor scheint sich seiner Sache ziemlich sicher zu sein«, bemerkte Adolf Stahr, »wenn er sogar seine größten Kontrahenten einlädt.«

»Es kann ihm nichts mehr passieren«, warf Krosick ein, der vom äußersten Rand aus gebannt das Gespräch verfolgte. Den Körper leicht vorgebeugt, damit ihn auch noch Stahr und Retcliffe sehen konnten, führte er aus: »Es ist einer der wichtigsten Rechtsgrundsätze, dass eine Person niemals ein zweites Mal für ein und dieselbe Tat verurteilt werden darf. ›Ne bis in idem‹, wie der Lateiner sagen würde. Angeblich geht der Grundsatz sogar bis auf Demosthenes und damit auf die Griechen zurück. Der Sinn dahinter ist, dass ein einmal gefälltes Urteil rechtsgültig, aber auch endgültig ist. Im Allgemeinen schützt dies die Bürger vor willkürlicher Strafverfolgung. Ein Gericht kann nicht einfach immer und immer wieder aufs Neue in einer Sache tagen, bis ein ihm gefälliges Urteil verkündet wird.«

»Aber falls ein Mörder seine Tat gestehen würde …?«, wollte Fanny wissen.

»Sie hoffen darauf, nicht wahr?«, meinte Albrecht amüsiert.

»Wenn Sie die Neugier am Sensationellen ansprechen, welche der Frau angeblich angeboren sein soll, muss ich Sie enttäuschen, junger Herr. Mich interessiert der Fall vom intellektuellen Standpunkt aus.«

Noch ehe sein Freund zu einer Replik ansetzen konnte, unterbrach ihn Bentheim, indem er zum Katheder zeigte.

»Es geht los«, meinte er.

Ein junger Mann hatte sich beim Stehpult zu schaffen gemacht und einen Papierstapel auf die Ablagefläche gelegt. Das Publikum verstummte allmählich und als der Mann, der das Flair eines einfachen Universitätsangestellten verströmte, gegangen war, betrat der Professor den Raum.

Bentheim stockte der Atem angesichts des Anblicks, den Botho Goltz bot. Seine Bekleidung war dieselbe wie in der Tatnacht: ein vornehmer Herrenanzug, bestehend aus grauer Hose mit anknöpfbaren Hosenträgern und einem langen Gehrock. Auch die Weste aus gemusterter Seide fehlte nicht. Für Horlitz und Bissing musste der Anblick der reinste Hohn sein.

Der rothaarige Professor schritt gemächlich auf das Katheder zu; seine Gangart ähnelte einem Stolzieren. Dort angelangt, verbeugte er sich, erst nach links, dann nach rechts, wobei ein süffisantes Lächeln seine Lippen umspielte. Sein Bart war gepflegt und leuchtete in dem hellen Licht, das durch die Scheiben fiel. Mehr denn je ähnelte er mit seinem entschlossenen Gesichtsausdruck jener Darstellung Barbarossas auf einem kolorierten Kupferstich von Christian Siedentopf – nur mit dem Unterschied, dass er keinen Helm trug und sein Bart kürzer geschoren war.

Mit liebenswürdiger Bestimmtheit verkündete Botho Goltz: »Geschätzte Freunde, werte Gäste! Ich werde nun einen Vortrag halten über eine Vollkommenheit ganz eigener Art, die weniger im realen Leben als in der Kriminalliteratur prominent vertreten ist: nämlich der perfekte Mord. Dabei werde ich keineswegs von trivialen, abgedroschenen Gemeinplätzen sprechen, sondern viel eher das anklingen lassen, was die onirische Seite in uns allen in Schwung versetzt.«

Er vollführte eine ausholende Geste, griff nach den Blättern, die vor ihm lagen, und meinte: »Die Vollkommenheit eines Verbrechens, verehrte Zuhörerschaft, besteht nach Ansicht vieler darin, dass es nicht aufgeklärt werden kann. Fasst die Polizei einen Täter, ist im Umkehrschluss das Verbrechen nicht vollkommen. Wie man also einer Aussage wie ›X ist ein perfekter Mord‹ Sinn geben kann, möchte ich anhand weniger Punkte skizzieren. Es ist gerade einige Monate her, dass im anthropologischen Renan-und-Feuerbach-Verein hier in Berlin unter einigen Vereinsmitgliedern eine Diskussion stattfand, die exakt diesen Leitgedanken zum Inhalt hatte – nicht wahr, Herr Bissing? Sie erinnern sich doch daran?«

Verächtlich blickte er in die erste Reihe hinab. Der Kommissar biss sich auf die Lippen, wie Bentheim erkennen konnte, und regte sich nicht. Seine Miene war wie versteinert.

»Nun, mehrere Faktoren spielen eine Rolle: die Tatwaffe, das Opfer, das Motiv, vermeintliche Zeugen oder das Alibi, um nur einige zu nennen. Namhaft zu machen ist auch folgendes Kriterium: Der Mord wird gar nicht als Verbrechen erkannt. Doch all die bekannten Definitionen über das perfekte Verbrechen greifen zu kurz. Sollte selbst nach Wochen, nach Monaten, gar nach Jahren ein Mörder nicht gefasst sein, ist diesem beileibe noch kein perfekter Mord gelungen. Wir wollen die ›Metaphysik‹ des Aristoteles zu Rate ziehen, in der behauptet wird, etwas gelte als vollendet, wenn es nicht mehr überboten werden kann. Ein Mord gilt somit – und nur dann – als vollendet, wenn der Mörder nicht mehr gefasst werden kann. Just hier, meine Herren, stoßen wir auf unser Problem: Jeder nicht gefasste Mörder ist dem Risiko ausgesetzt, der Tat doch noch überführt zu werden. Dies kann im hohen Greisenalter passieren oder selbst nach dem Tod; davor gefeit ist niemand. Wie man dieser Gefahr entgeht, möchte ich heute skizzieren. Zuvor jedoch werde ich ein paar allgemeine Betrachtungen zum moralischen Standpunkt anführen. Kritische Geister werden anmerken, es sei ein Verbrechen vor Gott, jemanden zu töten. Diesbezüglich habe ich einmal einen amüsanten Bericht über ein armes Würstchen gelesen, das unter Allmachtsfantasien und einem argen Vaterkomplex litt. Ich glaube, das Buch hieß ›Das Neue Testament‹ oder so ähnlich und erläuterte in seltsamen Gleichnissen, dass man seine Mitmenschen nicht ärgern solle.«

An dieser Stelle beugte sich der aufmerksame Retcliffe vor, und Bentheim war es, als habe er ein erfreutes Glucksen vernommen.

»Auch die in der französischen Revolution erkämpften und teilweise wieder rückgängig gemachten angeblichen Freiheiten sprachen von Gleichheit zwischen den Menschen. Bis zum heutigen Tag aber gibt es keinen schlüssigen Beweis, der diesem Dafürhalten entspricht. Im Gegenteil: Die moderne Naturwissenschaft geht davon aus, dass Schicksal und Charakter des Menschen durch sein Erbgut, sein Milieu und die historische Zeit, in welcher er lebt, determiniert sind. Einer der genialsten Köpfe unserer Zeit, ein Professor für Ästhetik und Kunstgeschichte an der Pariser École des Beaux Arts mit Namen Hippolyte Taine, beschrieb im Vorwort seiner jüngst erschienenen ›Geschichte der englischen Literatur‹ diese Milieutheorie genauer. Die geistige, kulturelle, sogar die historische Leistung eines Volkes oder einer Nation lässt sich auf einen einfachen Nenner zurückführen: Schöpferisch tätige Menschen weisen die Zugehörigkeit zur selben Rasse auf, während weniger schöpferische Menschen einer anderen Rasse zugewiesen werden können. Wenn Milieu und Vererbung eine Bedingtheit des Menschen bilden, der man nicht entfliehen kann, so frage ich Sie, wertes Publikum: Ist jedes einzelne Individuum unter uns überhaupt noch etwas Besonderes, etwas Wertvolles? Alle Menschen sollen angeblich Brüder sein. Aber ich frage Sie, ja, genau Sie, Frau Stahr …«

In der Mitte der Zuhörerschaft hatte der Professor die Literatin erblickt. Indem er sie persönlich ansprach und mit dem Finger auf sie deutete, rückte er Fanny Lewald in den Mittelpunkt des Interesses. Köpfe wandten sich ihr zu; nur welche Reaktion sie zeigen würde, war nun von Belang. Genussvoll wiederholte Botho Goltz seine Überleitung und meinte: »Ich frage Sie, Frau Stahr, die Sie so vehement für die Gleichberechtigung einstehen – und antworten Sie ehrlich: Ist der Mosambikneger Ihr

Bruder? Die verrohte, nackte Indiofrau Ihre Schwester? Der alte stinkende Hottentotte Ihr Oheim?«

Er erwartete keine Antwort, sondern begnügte sich damit, Lewalds Wangen rot anlaufen zu sehen, und meinte leichthin: »Für meinen Teil kann die vertraute Denkfigur, dass das Böse nicht ohne das Gute erfahrbar ist, ad acta gelegt werden. Wie der Philosoph Alfredo Casanelli eindrücklich bewiesen hat, ist böse lediglich das, was gültigen moralischen Normen widerspricht. Wenn der Mosambikneger aber erwiesenermaßen einer Rasse angehört, die der unsrigen unterlegen ist, liegt es in der Natur der Dinge, dass er unterjocht wird. Und seien wir ehrlich: Wer sich knechten lässt, ist ohnehin nichts wert. Doch warum in die Ferne schweifen, warum in Afrika verweilen? Ich möchte Ihnen allen die letzte Gewissheit vermitteln, dass wir nicht von diesem entsetzlichen Gedanken verschlungen werden, sondern mit ihm spielen dürfen. Die dunkle Muse, das sogenannte Böse, soll uns für einmal willkommen sein. Versenken wir uns einmal in unserer Imagination ins Abartige, Widerwärtige und Grausame; folgen Sie ungehemmt dieser Gedankenkette. Wer sind denn unsere Mohren, unsere rückständigen Arten? Natürlich die Arbeitslosen, die Alkoholiker, die Huren und Erniedrigten in der Gosse, die nach Sonnenuntergang aus ihren Löchern gekrochen kommen und unsere Stadt zu einem kranken und verkommenen Pfuhl machen. Die Verelendeten und Behinderten, die Krüppel und Kriminellen, die Irren und geistig Umnachteten. Säufer und Schläger wie dieser Gregor Haldern und verkommene Nutten wie Lene Kulm. Die natürliche Zuchtwahl, die der Zufall vor ein paar Jahren in Form von Finkenschnäbeln einem englischen Theologen vor die Füße warf, soll meiner Meinung nach einer menschlichen Zuchtwahl weichen: Die Guten ins Töpfchen, die Schlechten ins Kröpfchen.«

Ein Aufschrei des Entsetzens ging durchs Publikum. Doch Goltz führte weiter aus: »Im Mai vor zwei Jahren weilte ich in Stettin, um einer Versammlung deutscher Ärzte und Naturforscher beizuwohnen. Der von mir verehrte Zoologe Ernst Haeckel stellte dort seine Forschungsergebnisse vor und ich kann seinen Schlussfolgerungen nur zustimmen, dass ethische Normsetzungen in unserer Gesellschaft nutzlos sind, weil in der Natur ohnehin nur das Bestand haben wird, was das Überleben ermöglicht.«

»Es reicht!«, meldete sich jemand aus der Menge. »Das ist ja abscheulich!«

Bentheim wusste nicht, wer gerufen hatte, aber schon erhob ein weiterer Mann die Stimme: »Sie verkommenes Subjekt!«

Es war Gideon Horlitz. Er war aufgestanden und wollte gehen, doch Moritz Bissing, der vor Zorn zitterte, hielt ihn am Hemdsärmel fest und zog ihn zurück auf den Stuhl. Ungerührt nahm der Professor den Faden seiner Ausführungen wieder auf: »Um endlich auf den Grundgedanken meiner These zurückzukommen, werte Zuhörer, möchte ich festhalten, dass nach der von Aristoteles aufgestellten Behauptung ein Mord dann perfekt sei, wenn der Mörder nicht gefasst werden könne. Ich erweitere diese These und behaupte: Ein Mord ist erst dann perfekt, wenn der Mörder gefasst, aber freigesprochen wird. Fortan ist er aller Sorgen ledig, niemand wird ihn mehr für seine Straftaten belangen. Und ich möchte nachschicken, dass es mir keineswegs Gewissensbisse verursacht, die beiden Ausgestoßenen unserer Gesellschaft vom Antlitz der Erde getilgt zu haben. Schmutz ist da, um entfernt zu werden, und es war von Anfang an vorgesehen, nicht nur Lene Kulm, sondern gleich auch noch Gregor Haldern zu entfernen. Das Kriterium, das zu meiner Entscheidungsfindung führte, war einfach: Welches Leben ist nutzlos? Welches schadet dem Gemeinwohl mehr, als es ihm nützt?«

Er legte das letzte Blatt seiner kurzen Rede zurück auf das Kathederpult und blickte mit betont freundlichem Ausdruck in die Runde. Eine Mischung aus Empörung und Ratlosigkeit hatte die Anwesenden erfasst. Demonstrativ erhoben sich einige und strebten dem Ausgang zu. Auch Fanny Lewald und Adolf Stahr hielt es nicht mehr auf den Plätzen. Ihre Verabschiedung war den Umständen entsprechend sehr wortkarg und Albrecht Krosick zog die Beine an, um das Schriftstellerpaar durchzulassen. Sir Retcliffe war hin und her gerissen. Seine Augen folgten den Freunden, um gleich darauf wieder zum Katheder zu blicken, wo Botho Goltz sich wie ein liebenswürdiger Dozent gerierte und Fragen der Zuhörerschaft beantwortete.

Eine kleine Traube an Menschen hatte sich um ihn versammelt. Sie sprachen ihn an, rührten an heikle Punkte seiner Mordtat und wollten wissen, wie er die Tatwaffe habe verschwinden lassen, wie er die Polizei durch das Offensichtliche habe täuschen können und weshalb er kein Alibi gebraucht habe. Mit herzhafter Gemütlichkeit stand er Rede und Antwort. Julius und Albrecht drängten nach vorn, hin zum Katheder, an die Seite von Horlitz und Bissing und einiger anderer, die den Professor umstanden.

»Sieh an, mein Porträtist aus dem Gerichtssaal«, meinte Goltz höflich, als Bentheim vor ihm stand. »War ich ein dankbares Modell?«

»Mehr als das«, meinte Julius. »Es ist selten genug, dass mich mein Gegenüber wirklich fasziniert und mir Fragen aufwirft.«

»Sie haben also noch Fragen? Der Wissensdurst der Jugend. Löblich, löblich. Was möchten Sie wissen?«

»Herr Professor, was mir Kopfzerbrechen bereitet, ist das seltsame Gebaren von Gregor Haldern. Weshalb um alles in der Welt ist er nicht in den Flur getreten, als Sie Lene Kulm ermordet haben? Er war völlig lethargisch, als die Polizisten ihn vernehmen wollten.«

Der Anflug eines Lächelns huschte über das Gesicht des Mörders, als er sich die Szene vergegenwärtigte.

»Ja, ja, der arme Gregor«, meinte er sinnierend. »Er war so durchschaubar. Als ich bei ihm klopfte, um das Messer auszuleihen, mit dem ich angeblich die Filetstücke tranchieren wollte, überreichte ich als Dankeschön im Voraus eine Flasche Branntwein. Der Alkohol hatte den Vorteil, den Geruch des Paraldehyds und des Laudanums zu übertünchen. Außerdem war es offensichtlich, dass dieser Säufer den Inhalt der Flasche schon nach wenigen Minuten geleert haben würde.«

»Sie haben ihn einfach betäubt?«

»Der bemitleidenswerte Kerl sollte doch nicht mitkriegen, wie ich mich mit seiner Freundin vergnügte«, meinte Goltz zynisch. »Das wäre gar hart und unmenschlich gewesen, finden Sie nicht? Sie müssen wissen, ich kann sehr feinfühlig sein.«

Botho Goltz kraulte mit den Fingerspitzen seinen Bart und wandte sich schließlich in einer anderen Angelegenheit direkt an Kommissar Bissing: »Moritz, altes Haus, du siehst, ich habe bewiesen, dass es den perfekten Mord gibt. Ich führe nach Punkten. Es liegt an dir, dass mein Vorsprung verringert wird und du zu mir aufschließen kannst. Glaubst du, du schaffst das? Traust du dir das zu?«

Die Augen der Anwesenden waren auf den Angesprochenen gerichtet. Voller Anspannung, aber auch mit mitfühlendem Interesse, erwartete man die Reaktion des Polizisten. Als Bissing sich schließlich räusperte, blickten ihn vier Dutzend Augen an. Mit bedächtiger Langsamkeit stellte der Kommissar die Aktentasche, die er bei sich trug, aufs Pult und öffnete sie. Ohne ein Wort verlauten zu lassen, griff er hinein, förderte ein Buch zutage – wie Bentheim bemerkte, war es der ›Der Graf von Monte Christo‹ – und wühlte weiter, bis er ein ledernes Handschuhpaar herauszog. Mit fiebriger Anspannung verfolgte der Tatortzeichner das Vorgehen des Polizisten, der sich den rechten Handschuh überzog, für einen kurzen, unscheinbaren Moment ins Innere der Tasche langte und die Hand wieder zurückzog, um in den zweiten Handschuh zu schlüpfen.

»Ihnen zu Ihren Taten noch zu gratulieren und die Hand zu geben, übersteigt mein moralisches Vermögen«, begann er endlich. »Sie sind durch und durch degeneriert, Goltz. Menschen wie Sie sollten auf dem Molkenmarkt im Wind baumeln!« Sein Atem war schneller geworden, sein Kopf lief rot an. »Sie sollte man hängen!«, zischte er, während er in seiner wachsenden Erregung dem Professor die Hand auf den nackten Unterarm legte. »Sie sind es, der verdient, zu sterben!«

Es war ein Ausbruch, den alle Anwesenden nachvollziehen konnten, und es gab niemanden, der Bissing dafür verurteilt hätte. Für wenige Sekunden noch blieb der Blick des Kommissars auf seiner Hand haften. Dann hatte es den Anschein, als ekle er sich davor, den Professor angefasst zu haben, und ruckartig zog er die Hand zurück. Durch den Druck wies die Haut eine leichte, dunkle Verfärbung auf und Goltz massierte sich die Stelle. Der Kommissar griff nach seinem Roman und der Tasche und wandte sich ab.

»Geh nur«, rief der Professor Bissing nach, als dieser und Gideon Horlitz gemessenen Schrittes auf die Tür zuhielten. Die Männer ließen sie durch, indem sie nach beiden Seiten auswichen und so einen Korridor entstehen ließen, der Bentheim an den Spießrutenlauf der alten Landsknechte erinnerte. »Geh, Moritz!«, wiederholte der Professor hämisch. »Dura lex, sed lex! Lupus est homo homini …« Sein Gesicht mit den runden Backen glühte vor Freude und trunkener Selbstgefälligkeit.

Bissing blieb beim Ausgang stehen und drehte sich ein letztes Mal um. Er zog seine Lederhandschuhe aus, indem er sie am Saum umstülpte und mit verächtlicher Miene in einen geflochtenen Abfalleimer schleuderte, der in der Ecke stand. Es war eine symbolische Geste und sie war beleidigend genug, den Professor für einen Moment das selbstherrliche Gebaren aus dem Gesicht zu zaubern.

»Accipere quam facere praestat iniuriam«, zitierte er Cicero und legte den Kopf schief. Julius Bentheim ließ die Augen von einem zum anderen wandern und bemerkte mit wachsender Beklemmung, dass der Professor sich an das Holz des Katheders krallte. Die Knöchel seiner Finger stachen weiß hervor. Bissings Blick war stechend, als er wiederholte: »Unrecht erleiden, Botho, ist besser, als Unrecht tun!«

Er hatte abgehackt gesprochen, jede Silbe einzeln betonend, und Bentheim merkte, wie Goltz unter den Taktschlägen zusammenzuzucken schien. Der Professor beugte sich vornüber, riss die Augen auf, während seine Linke von der Kathederplatte abrutschte und er mit dem Kinn hart auf das Holz aufschlug. Tumultartige Szenen folgten, als der massige Leib zur Seite sackte. Umstellt von mehreren schwarz gekleideten Herren, krümmte sich Botho Goltz auf dem Boden, wobei sich das Rot seiner Haare zwischen den vielen Beinen wie ein Fuchs ausnahm, der sich des Nachts im Unterholz verborgen hält.

»Zu Hilfe!«, rief John Retcliffe geistesgegenwärtig. »Ist ein Doktor hier?«

»Ich bin Arzt«, antwortete jemand und bückte sich bereits zum Professor hinab. Er tastete nach dem Puls und als er keinen fand, öffnete er das Hemd des Mannes, um mit einer direkten Thoraxkompression fortzufahren. Er strich mehrmals über den Brustkorb hinweg, rieb die Finger von der Herzgrube nach der Brust hin und hielt schließlich nach mehreren Versuchen ermattet inne.

»Der Herr gibt, der Herr nimmt«, meinte der Mann

lakonisch, als er aufstand und auf den reglosen Professor hinabsah, dessen rosafarbener Schmerbauch die peinlich berührten Umstehenden an ein Mastschwein erinnerte.

Siebenundzwanzigstes Kapitel

Zu Beginn der neuen Woche überschlugen sich die Sensationsblätter mit Spekulationen über den unerwarteten Tod des Professors. Die Nachrufe auf ihn fielen kurz und nüchtern aus und man musste ein regelrechter Dummkopf sein, um eine gewisse Häme in ihnen zu übersehen. Auffallend mehr Zeilen hingegen nahmen die Mutmaßungen und Allgemeinplätze ein, die in pathetischen Worten die Rache Gottes beschworen und von ausgleichender Gerechtigkeit sprachen.

Am folgenden Donnerstag schlenderten Julius Bentheim und Albrecht Krosick über den Campus. Es war das erste Mal, dass sie sich seit dem denkwürdigen Wochenende wieder sahen, und ohne weiter darüber nachzudenken stimmten sie dem Tenor der meisten Kommentatoren zu.

»Verdient hat er es allemal«, meinte der Fotograf.

»Was es wohl war?«

»Am Montag lief mir Bissing über den Weg. Ich habe

ihn darauf angesprochen. Er war in Eile, erwähnte jedoch etwas von Kardioplegie und angeborener Herzschwäche.«

»Plötzlicher Herzstillstand?«

Krosick wich einer Gruppe Studenten aus, als sie auf den Haupteingang zuhielten, und meinte: »Er war ein Genussmensch, ein dicker, lasterhafter Falstaff. Du hast doch seinen geblähten Ranzen gesehen, Julius. Bei solchen Leuten kommt der Gevatter eben schneller auf Besuch als bei anderen.«

Sie unterhielten sich noch, als sie das Gebäude bereits betreten und in einem der düsteren Hörsäle verschwunden waren. Der Raum war beengt und stickig, und Julius kam eine Bemerkung Heinrich Heines in den Sinn, der dies schon vor etlichen Jahren in einem Spotttext bemängelt hatte. Zu allem Unglück ging die Fensterfront auf die Straße hinaus und man konnte schräg gegenüber das Opernhaus erkennen, das für Julius in manchen Momenten lästige Verlockung war und ihn vom Unterricht abschweifen ließ.

Die Reihen füllten sich allmählich und ein bleicher, hagerer Student, den Julius auch von einem Zeichenkurs her kannte, den sie vor einem Jahr besucht hatten, setzte sich neben die Freunde.

»Schon das Neueste gehört?«, flüsterte er verschwörerisch, als der Dozent erschien und mit der Vorlesung begann.

Bentheim beugte sich zu ihm hinüber.

»Nein.«

»Auf unserer alten Kunstakademie liegt ein Fluch«, sagte er mit gedämpfter Stimme und in schalkhaftem

Ton. »Erst hat es den Professor erwischt, nun den Hausmeister.«

»Er ist tot?«

»Gott bewahre! Nein. Aber im selben Zimmer, wo Botho Goltz in die Grube fuhr, bekam er Herzrasen und verlor für kurze Zeit das Bewusstsein. Er war gerade dabei, während der Pause die Abfalleimer zu leeren, als er plötzlich vornüberkippte. Muss für die Anwesenden regelrecht ein Schock gewesen sein, so kurz nach dem Tod des Professors.«

»Welcher Eimer?«, entfuhr es dem Tatortzeichner. Er hatte lauter gesprochen, als er eigentlich gewollt hatte, und der Dozent unterbrach für einen Augenblick seinen Vortrag, um dem desinteressierten Studenten einen strafenden Blick zuzuwerfen. »Welcher Eimer?«, wiederholte er leiser, aber deshalb nicht weniger aufgeregt.

»Na, ein Eimer eben. Ist doch gehüpft wie gesprungen. Einer ist wie der andere.«

Energisch packte Julius Bentheim Albrecht am Arm. »Wir müssen gehen!«, sagte er, denn er wusste, dass es überhaupt nicht egal war, in welchen Eimer der Hausmeister gegriffen hatte.

»Und mittlerweile geht es Ihnen besser?«

»So prächtig wie zuvor.«

Der ältere Mann, mit dem sie sprachen, trug einen Arbeitskittel, an dem er lachend die Hände abrieb. Zu seinen Füßen stand ein Putzeimer mit Ledertuch und Schwämmen. Sein faltiges Gesicht und seine ganze Art waren einnehmend, seine Antworten freundlich. Er hieß

Jonathan Luck und war seit mehr als drei Jahrzehnten für die Reinigung der Akademie zuständig.

»Wiederholen Sie alles noch einmal, Herr Luck. Tun Sie uns den Gefallen.«

»Nun, wie gesagt, ich habe den ollen Tiberius abgewedelt …«

»Die Kaiserbüste?«, unterbrach ihn Krosick.

»Ja, diesen hässlichen Staubfänger im Flur. Als ich damit fertig war, ging ich dazu über, im letzten Zimmer das Katheder und die Stühle zu säubern. Einmal die Woche muss man gründlich mit dem Lumpen drüber.«

»Und dann?«

»Tja, dann wollte ich den Eimer leeren, als ich diese prächtigen Handschuhe sah. Ein Wink des Himmels, sag ich Ihnen. Bei meiner Arbeit kann man so ein Paar gut gebrauchen, dachte ich. Wenn Sie wüssten, wie viele Holzsplitter ich mir am Ende einer Schicht aus dem Fleisch ziehen muss. Überall diese alten Holzgeländer und Täfelungen.«

Mit fahriger Anspannung meinte Julius: »Haben Sie sie angefasst?«

»Die Handschuhe?«

»Ja.«

»Gewiss«, antwortete der alte Mann. »So etwas wollte ich mir nicht entgehen lassen. Aber kaum bückte ich mich und griff danach, wurde mir schon schwarz vor Augen. Man ist auch nicht mehr der Jüngste, müssen Sie wissen. Und anscheinend war ich allergisch auf diesen Stoff. Im Frühling hab ich's mit den Pollen, da tränen mir die Augen. Je älter man wird, desto mehr Wehwehchen bekommt man.«

»Wo sind die Handschuhe jetzt?«

»Na, entsorgt natürlich. Die liegen auf irgendeiner Halde draußen in den Vorstädten. Was sollte ich denn auch damit anfangen?«

»Herrje«, seufzte Krosick. »Könnten Sie sie zumindest beschreiben, Herr Luck, wäre das möglich? Bestanden sie aus Maroquinleder? Aus Saffianleder? Chamoisleder? Wie sahen sie aus? Edel oder eher billig?«

Der Hausmeister schüttelte den Kopf. »Ganz gewöhnliches Schweinsleder.«

Albrecht deutete nach unten. »So wie dieser Putzlappen?«

»Ja, genau so.«

»Dann, lieber Herr Luck, stellen Sie sich doch einmal die Frage, weshalb der eine bei Ihnen eine allergische Reaktion auslöste, der andere hier aber nicht …«

Bei einem kleinen Umtrunk in einer Arbeiterkneipe besprachen sie das weitere Vorgehen und kamen zum Ergebnis, im Präsidium am Molkenmarkt den offiziellen Totenschein des Professors einzusehen. Julius griff nach dem Zeichenblock, den er stets in seiner Mappe bei sich führte, und verlangte von der Schankmagd die aktuelle Morgenausgabe irgendeiner Zeitung. Schnell hatte er ein passendes Foto von Botho Goltz gefunden und übertrug es detailgetreu auf ein Blatt Papier.

»Das ist unsere Eintrittskarte«, erklärte er, während sein Stift über das Blatt fuhr. »Ich werde vorgeben, mein Porträt aus der Gerichtsverhandlung den Akten hinzufügen zu müssen.«

»Und das nimmt man dir ab?«

»Das interessiert niemanden«, erwiderte Bentheim. »Ich war schon einmal da unten im Keller. Der Wächter lässt einen in Ruhe. Er ist froh, wenn man ihn nicht stört.«

Tatsächlich winkte Alexander Dresky, der beleibte Leiter der Asservatenkammer, die zwei Besucher zu den Schränken durch. Wie bereits beim letzten Mal war er mit einem belegten Brötchen beschäftigt und nicht gewillt, sich stören zu lassen. Mit vollem Mund meinte er: »Goltz? Bei den Neueingängen. Noch nicht geordnet. Eine offene Kiste. Nicht zu verfehlen.«

Der Zeichner bedankte sich und führte Krosick in die kleine Nebenkammer mit dem Tisch, auf welchem Julius vor ein paar Wochen die Akte Hackeborn durchgesehen hatte. In einem hölzernen Kasten am Boden stapelten sich in wilder Unordnung die Dokumente. Julius zog einige heraus, bis er die Akte Goltz in Händen hielt.

»Los! Was steht drin?«, wollte Albrecht wissen.

Bentheim zog ein paar amtliche Formulare sowie ein ärztliches Schreiben hervor, das er überflog, und zitierte ein paar Schlagworte, die ihm wichtig erschienen: »Kein Puls, Pupillentest negativ, stark herabgesetzte Körpertemperatur, intervallartiges Absinken des Unterkiefers, Bewegungen im Bauchbereich als Folge von Zwerchfellkrämpfen nach klinisch eingetretenem Tod.«

»Keine Leichenflecken?«

»Hier steht nichts davon.«

»Hat man einen Fersen- oder Pulsaderschnitt vorgenommen?«, wollte Albrecht wissen.

»Keine Ahnung«, sagte Julius. »Wozu macht man das?«

»Wenn arterielles Blut herausquillt, ist der Kreislauf noch intakt.«

Noch einmal überflog er das Blatt, nur um anschließend den Kopf zu schütteln. »Nein, nichts.«

»Wer war der Arzt? Virchow?«

»Dr. med. Laurens«, las Bentheim ab. »Sagt mir nichts.«

»Mir aber«, meinte Krosick erstaunt. »Ein alter Suffkopp, mit dem ich zwei oder drei Mal an einem Tatort zu tun hatte. Dem gehört die Approbation entzogen.«

»So schlimm?«

Der Fotograf nickte. Nachdenklich kratzte sich Bentheim an der Schläfe. »Warte hier«, meinte er schließlich und schritt durch die zellenartigen Räume der Asservatenkammer, bis er beim Buchstaben H angelangt war, wo er die Schachtel mit den Unterlagen zum Fall Hackeborn fand. Er trug sie zu Krosick und stellte sie auf den Tisch. Als er die Packschnur löste, fiel ihr Blick auf seine Tatortzeichnungen und die Akte des Untersuchungsrichters mit Stempel vom 17. Juli.

»Mach schnell! Nicht, dass Dresky kommt.«

»Hier ist der Abschiedsbrief«, erklärte Julius, als er ein Blatt herausnahm. Er legte es auf die Tischplatte, strich es glatt und schob den Arztbericht von Dr. Laurens daneben. »Siehst du das geschwungene A, den schrägen Strich, der als i-Punkt dient? Das ist dieselbe Schrift. Kein Wunder, dass Bissing nichts in dieser Richtung unternommen hat. Er hätte gegen sich selbst ermitteln müssen.«

»Das bringt mich auf einen Gedanken, Julius.«

»Welchen denn?«

»Wieso lässt Bissing diesen Pfuscher an die Leiche, wenn er eine Koryphäe wie Virchow zur Verfügung hätte?«

»Weil er den Herrn Monsieur Noirtier de Villefort kennengelernt hat«, murmelte Julius, dem das Schreckliche, das Unglaubliche seines Verdachts beinah die Luft nahm.

»Ich verstehe nicht.«

»Bücher können gefährlich sein, Albrecht, sie bringen einen auf die schlimmsten Ideen. Erinnerst du dich an Bissings Lektüre in den letzten Tagen und Wochen? Poe, Hugo, Dumas. Bei allen werden Menschen bei lebendigem Leib begraben oder eingemauert.«

»Du meinst doch nicht …?«

»Oh doch!«

»Kaum auszudenken. Das ist viel zu grausam.«

»Wir sprechen von Bissing, Albrecht, und für eine Wette braucht es bekanntlich immer zwei. Er wollte mit dem Professor gleichziehen. Hier steht es schwarz auf weiß: Weder wurden der Leiche warme Kataplasmen von Senf auf die Brust gelegt noch hat man mit Kampferspiritus den Körper eingerieben. Es ist auch nichts davon erwähnt, dass man mit einer Vogelfeder die Kehle des Professors gekitzelt oder ihm Ammoniakgeist unter die Nase gehalten habe. Ich ziehe nur eine Schlussfolgerung: Goltz hatte gar keine Zwerchfellkrämpfe, er war nicht tot. Er atmete noch!«

»O mein Gott, was sollen wir tun?«

»Ganz einfach: Jetzt holen wir uns zwei Schaufeln und warten, bis es dunkel ist.«

Achtundzwanzigstes Kapitel

Sie verliessen das Palais Grumbkow und winkten eine Kutsche heran. Angeregt diskutierend bestiegen sie den Wagen, und Julius Bentheim entgingen deshalb die zwei dunkel gekleideten Männer, die ihnen in gemessenem Abstand auf ihren Pferden folgten.

Sie kamen überein, sich um Mitternacht vor Amalia Loschs Haus zu treffen. Die Offizierswitwe hatte einen Garten, in dem sie leicht Schaufeln, Spaten oder andere Utensilien zum Graben finden würden. Als sie vor der Mietskaserne hielten, klopfte der Fotograf, der mehr mit der Welt in Einklang war, als es ein Mann in seinem jugendlichen Alter eigentlich sein durfte, seinem Freund auf die Schulter und meinte: »Grüß Finchen von mir. Und niemals vergessen: Fünf Bier sind ein Essen! Bereite dich gut vor, Julius.«

Filine Sternberg erwartete ihn voller Ungeduld. Sie habe sich bereits Sorgen gemacht, erklärte sie und wollte wissen, weshalb er so lange ausgeblieben sei. Der Tatortzeichner berichtete von ihren Vorahnungen und schloss mit den Worten: »Dass Menschen bloß so böse sein können.«

Sie strich ihm übers Haar und meinte: »Alle sind sie böse, das liegt uns im Blut.«

»Das meinst du nicht ernst, oder?«

Filine seufzte. »Ach, Julius, wenn du für einen Tag, einen einzigen Tag nur, den Ring des Gyges hättest, der dich unsichtbar machte – was würdest du tun?«

Ein verstohlenes Lächeln huschte über sein Gesicht. »Das willst du nicht wissen.«

»Sprich schon, du Schelm.«

»Ich würde in die Hasenheide hinausfahren, wo es mittlerweile auch schon Turnvereine der Damen geben soll. Dort würde ich vorbeischauen und wie der alte Turnvater Jahn frisch, fromm, fröhlich, frei durch die Umkleidekabine wandeln.«

»Du bist ein Ferkel, Julius, aber du hast meine Theorie bestätigt. Was wäre deine zweite Tat als Unsichtbarer?«

»Ein Besuch bei einem Kredithaus. Ich würde mir die Taschen voller Geld stopfen und damit ungesehen hinausspazieren.«

»Siehst du, es fällt dir lediglich etwas ein, womit du anderen Schaden zufügst. Denk mal darüber nach. Noch jeder, dem ich diese Frage gestellt habe, hat ähnlich geantwortet wie du. Das wirft ein schlechtes Bild auf die Menschheit, mein Schatz, aber so ist nun mal das Leben.«

Er umarmte sie.

Sie aßen gemeinsam zu Abend und zogen sich danach aufs Bett zurück. Die Sonne ging jetzt viel früher unter als noch vor wenigen Wochen, und als es in der Mansarde stockdunkel geworden war, kleidete er sich wieder an, gab ihr einen Kuss und machte sich auf den Weg.

Albrecht Krosick erwartete ihn bereits, als Julius mit einer Kutsche vorfuhr. Der Fotograf hielt beide Arme ausgebreitet. Er hatte zwei lange Stiele umgriffen. Die Schaufelblätter waren in Lumpen eingewickelt. An einem Henkel um seinen Unterarm schlingerte eine Blendlaterne. Bentheim öffnete den Verschlag, nahm die Schaufeln entgegen und rutschte auf der Sitzbank beiseite. Er beugte sich vor zum Sprechrohr und gab eine Stelle in der Nähe des Friedhofs an, auf dem man Botho Goltz bestattet hatte: »Zum Halleschen Tor!«

Die Pferde zogen an und das Rattern der Räder hallte durch die Straße. Im Dunkel eines Hauseingangs verborgen verfolgten zwei aufmerksame Augenpaare die Abfahrt der Kutsche, bis diese um die nächste Biegung verschwunden war.

Die Minuten verstrichen. Schweigend saßen die zwei jungen Studenten in dem Gefährt, das ruckelnd nach Süden fuhr. Bis zum Judenedikt von 1812 war das Hallesche Tor eine von lediglich zwei Passiermöglichkeiten für Juden gewesen, welche die Stadt verlassen wollten. Die Wächterhäuschen, bei denen man sich hatte registrieren lassen müssen, standen noch zu beiden Seiten der Straße, doch waren sie längst verlassen und nur mehr Relikte alter Zeit.

Als die Kutsche durch die Torstation fuhr, verließ sie das ursprüngliche Stadtgebiet. Arbeitersiedlungen und windschiefe Hütten, von den Ärmsten der Armen bewohnt, reihten sich hier aneinander, bis nur mehr Wälder vorherrschten, durchbrochen von ein paar brachliegenden Äckern.

Bei einer Fichtengruppe ließ Krosick anhalten. Im Hintergrund zog sich ein baufälliger Zaun mit teils lose hängenden Latten übers Feld, welcher den Totenanger umfriedete. Aus ehemals fünf kleinen Kirchhöfen war der Friedhof vor dem Halleschen Tor zusammengewachsen. Hauptsächlich Leute aus armen Verhältnissen waren hier begraben – nach einer lieblos gehaltenen Predigt verscharrt und vergessen. Aber auch Felix Mendelssohn-Bartholdy, Chamisso und E. T. A. Hoffmann hatten hier ihre letzte Ruhestätte gefunden.

»Nimm!«, meinte Albrecht, als er seinem Freund eine Schaufel reichte.

Er übergab dem Kutscher ein ausreichend überzeugendes Entgelt, damit dieser auf sie wartete, und schlug an Bentheims Seite den Weg zum Friedhof ein. Er bückte sich unter einer Zaunlatte hindurch und entzündete die Laterne, um die Gräberreihen auszuleuchten.

»Weißt du, wo er begraben ist?«

»Ungefähr.«

»Warum liegt er hier draußen?«, wollte Julius wissen.

»Wer lässt schon Geld für einen Mörder springen?«, erwiderte Albrecht. »Lebende Verwandte besaß er keine und die Staatskasse bezahlt nicht jeden Luxus.«

Sie machten einen Bogen um eine von Efeu und Unkraut überwucherte Ansammlung von Gräbern und hielten auf eine große Trauerweide zu, die das Zentrum jenes Gottesackers markierte, der zur Jerusalems- und Neuen Kirchgemeinde gehörte. Albrecht erklärte, dass die Armengräber am entgegengesetzten Ende lagen, abseits der Gräberfelder, die noch Grabsteine besaßen. Weiter hinten konnte man nur mehr verrottende Holzkreuze erkennen, die wie knorrige Leichenhände aus dem Boden ragten.

»Ob er noch lebt?«, meinte Julius beklommen.

»Mir egal«, erwiderte der Fotograf hartherzig. »Ich will nur Beweise finden.«

Bentheim sagte nichts mehr. Er achtete auf den Lichtschein zu ihren Füßen, in dessen Kreis die Schatten der Grabsteine und Kreuze einen wilden Tanz aufführten. Sie gingen über ein leeres Wiesenstück, dessen ungerodete Grashalme ihnen um die Beine strichen. Als sie das äußere Ende des Gevierts erreichten, leuchtete Krosick jedes noch intakte Holzkreuz einzeln ab. Bentheim war weit davon entfernt, sich durch religiöse Skrupel von seinem Tun ablenken zu lassen, und doch sträubten sich seine Nackenhaare. Es war vielmehr eine weltliche Angst, die ihn für einen kurzen Moment innehalten ließ, nämlich die Angst vor dem langen Arm der Justiz, der nach Grabschändern griff und nach jenen, welche die Ruhe der Toten zu stören wagten.

Bei einem Grabhügel mit frisch aufgeworfener Erde blieb Krosick stehen.

»Professor Goltz«, las er auf einer Holzplakette und rammte grimmig das Schaufelblatt in den Boden. Weiter hinten, bei einigen Trauerweiden, die tagsüber reichlich Schatten spendeten, befanden sich die entlang einer Mauer angelegten Familiengräber. Auf den Feldern dahinter blökten die Schafe.

Verstohlen sah sich Julius um, bevor er Albrecht zur Hand ging. Der flüchtige Laternenschimmer beleuchtete den immer größer werdenden Erdhaufen. Ihre Schatten wiederholten unbarmherzig ihre Bewegungen, wie um die Schwere der pietätlosen Totenschändung zu verdoppeln. Nach wenigen Minuten standen sie hüfttief im Grab und Albrecht warf den Spaten beiseite, um mit bloßen Händen Erde und Gesteinsbrocken heraufzuholen. Plötzlich stießen sie auf Widerstand.

»Der Sarg«, murmelte Bentheim.

»Hilf mir, den Deckel zu heben.«

Die Sargform war konisch, also am Kopfende breiter als bei den Füßen. Behutsam wischten sie mit den Fingern die letzten Erdkrumen weg und legten die Verschlussklappen frei. Noch ehe der Deckel ganz gehoben war, drang ihnen der typische Geruch der Verwesung entgegen. Albrecht leuchtete hinein, und obgleich ihnen vor Augen trat, was sie erwartet und sich ausgemalt hatten, erschreckte sie der Anblick.

Das Leichentuch war nicht mehr an seinem Platz, sondern nach unten verrutscht. Die Sackleinwand, mit der man den vermeintlichen Toten eingewickelt hatte, war durchbrochen und blutbesudelt. Brombeerfarben nahmen sich die Flecken darauf aus. Die Arme des Professors waren angewinkelt und vor der Brust verschränkt, die Handflächen präsentierten sich dem Betrachter. Die Nägel waren eingerissen oder abgebrochen, an einigen Stellen war das Fleisch an den starren Fingern bis zu den Knochen abgekratzt.

»Mein Gott, er hat tatsächlich noch gelebt.«

Julius hob die Laterne, um das Gesicht des Professors zu beleuchten. Eine zur Grimasse verzogene Fratze lachte ihnen entgegen. Die Augen waren glasig und gebrochen, traten aber wie bei einem angestrengt arbeitenden Menschen hervor. Die Stirn war in Falten gelegt, der rote Bart zerzaust, der Mund geöffnet mit verschobener Kinnlade, sodass es aussah, als hätte man dem Professor noch im Tod den Kiefer ausgerenkt.

»Beweis genug?«, meinte Bentheim und sah seinem Freund ins Gesicht.

»Mehr als genug.« Er nickte.

»Dann schaufeln wir ihn zu.«

Krosick hielt Bentheims Hand fest, ehe dieser wieder zum Spaten greifen konnte.

»Nein, wir gehen unverrichteter Dinge fort, damit morgen irgendjemand die Gendarmerie benachrichtigt. Der arme Teufel, der das Grab so vorfindet, tut mir zwar jetzt schon leid, aber es muss sein. Die Leute würden sonst nie etwas über Goltz' Schicksal erfahren.«

Sie kletterten aus der ausgehobenen Grube und schüttelten sich die Erde von den Kleidern. Bentheim langte nach dem Sargdeckel, der angelehnt an der Innenseite des Grabes stand, und zog ihn hoch, damit er nicht zufällig umkippen konnte. Er legte ihn hinter dem Holzkreuz ins Gras, packte seine Schaufel und tappte seinem Freund hinterher, der bereits den Weg zur Kutsche eingeschlagen hatte.

Neunundzwanzigstes Kapitel

Es wunderte Julius stets aufs Neue, wie verschwiegen Berlins Kutscher sein konnten. Mehr als einmal war er in den letzten Monaten auf die Dienste eines schweigsamen Helfers angewiesen gewesen und ein jedes Mal konnte er sich dessen Diskretion gewiss sein. So auch diesmal. Zweifellos war dem Mann auf dem Kutschbock ihr schmutziges Äußeres aufgefallen, doch er verzog keine Miene, als die zwei düsteren Gesellen über den Gottesacker getrottet kamen.

»Die Rückfahrt kostet zwei Scheine mehr«, brummte er lediglich und hielt die offene Hand hin.

»Halsabschneider!«, schimpfte Krosick und suchte in den Tiefen seiner Taschen nach Geld.

»Hier«, kam ihm Julius zuvor und entrichtete dem Mann seinen Lohn. »Dafür fahren Sie umgehend in die Stadt, zum Spandauer Schifffahrtkanal. Halten Sie bei der Kammerschleuse der Havel am Westufer an. Dort steigen wir aus.«

Mit gieriger Gewandtheit griff der Mann nach dem Geld. Die Freunde stiegen in den Verschlag und bald darauf knallte draußen die Peitsche.

»Am Havelufer wohnt Bissing, nicht wahr?«, fragte Albrecht.

Es war mehr eine Feststellung und für Julius erübrigte sich die Antwort. Wortlos starrte er aus dem Fenster, um den Friedhof zu betrachten, der wieder still und friedlich dalag. Die Kutsche bog in eine der Hauptstraßen ein und fuhr ungestört in Richtung der alten Stadtmauer. Im Arbeiterviertel lief ihnen ein streunender Hund kläffend hinterher, bis er mit hängender Zunge zurückblieb. Die brüchigen und rauchgeschwärzten Mietskasernen kamen in Sichtweite und alsbald holperten sie über das Kopfsteinpflaster des Kais. Kurz hinter dem Havelbecken ließen die Freunde anhalten und stiegen aus.

»Warst du schon einmal hier?«, wollte Albrecht wissen.

»Ich kenne seine Adresse«, entgegnete Julius wortkarg.

»Verstehe. Die Aktbilder.«

Der junge Zeichner beschleunigte die Schritte, bis er vor dem Eingangsbereich eines Wohnhauses des Großbürgertums stehen blieb. Die Front bestand aus Klinkersteinen, eine nahe Gaslaterne spendete ausreichend Licht, um die Messingplaketten mit den Namen der Hausbewohner problemlos lesen zu können. Ein Geheimrat sowie zwei Doktoren waren in den einzelnen Wohnungen einquartiert, während der Kommissar die Beletage belegte.

»Zieh an der Klingelschnur.«

Bentheim befolgte den Rat und trat dann zurück auf die Straße, um das obere Stockwerk besser im Auge zu haben. Die mechanische Klingel wurde ausgelöst, Licht ging an, ein Fenster wurde geöffnet. Bissings hagerer Kopf mit den geschorenen braunen Haaren wurde sichtbar. Der Kommissar atmete tief durch, blickte kurz zum dunklen, frühmorgendlichen Oktoberhimmel und meinte verdrossen: »Es muss wohl wichtig sein, die Herren?«

»Sie vermissen nicht zufällig ein Paar Handschuhe?«, rief Julius.

»Gedulden Sie sich einen Augenblick.«

Er verschwand, um wenig später mit einem Schlüsselbund zurückzukommen, den er aus dem Fenster hielt und fallen ließ. »Fangen Sie auf!«

Albrecht und Julius betraten ein einladendes Vestibül mit Blumentöpfen auf dem Boden. Sie stiegen die Treppe empor. Die Tür zur Beletage stand bereits offen, doch vom Hausherrn war nichts zu sehen. Julius ließ dem

Fotografen den Vortritt und folgte. Der Boden war mit schwarzen Fliesen ausgelegt, in der Mitte stand ein Esstisch und es gab viele Kommoden und Beistelltischchen. Den Geräuschen nach zu urteilen, die aus dem Badezimmer drangen, war Bissing dabei, sich frisch zu machen. Zweifelsohne hatte er seine Eitelkeiten, wovon auch das geschmackvolle Interieur der Wohnung zeugte. Er schien betucht und klammerte sich nicht nur an den Rockschoss der Gesellschaft, sondern auch an jenen der Schönen Künste. Überall standen Statuetten oder Aschenbecher mit außergewöhnlichen Formen und hingen Bilder von bekannten Malern. Gewiss waren es Kopien, aber sie zeugten von Geschmack, wie Julius ihm zugestehen musste. Innerlich fühlte er sich sogar geschmeichelt, dass ein Mann mit diesem Kunstsinn ihn zum persönlichen Pornografen gewählt hatte.

Der Kommissar erschien im Morgenmantel und roch nach dem Rosenduft seines Rasierwassers.

»Was haben Sie vorzubringen?«, fragte er, ohne den Gästen einen Platz anzubieten.

Ohne Umschweife zur Sache, dachte Bentheim. Er taxiert unser Aussehen und schon unsere vor Schmutz starrende Kleidung verrät ihm, woher wir kommen.

Krosick nahm die Figur eines Fauns von einer Kommode und ließ sie spielerisch durch die Hände gleiten, bevor sein Blick wieder den hageren Mann erfasste. »Eigentlich wissen wir bereits alles, Herr Bissing, und die Beweise befinden sich in unserem Besitz. Doch da wir Männer von Würde sind, geben wir Ihnen die Möglichkeit, sich wie ein Ehrenmann von der Welt zu verabschieden. Sie besitzen eine Dienstwaffe?«

Moritz Bissing nickte.

»Schreibzeug? Blätter, Feder, Tinte?«

»Ja.«

»Richten Sie alles her.«

Für einen Moment zögerte er, betrat dann jedoch sein Arbeitszimmer und kehrte mit den gewünschten Sachen zurück, die er auf dem Esstisch niederlegte. Julius trat heran und nahm die Vorderlader-Pistole, um sie zu überprüfen. Er griff nach Kugel, Zündhütchen, Lunte und Pulver und präparierte die Waffe mit einigen wenigen professionellen Handgriffen.

Bissing verfolgte das Geschehen, ohne mit der Wimper zu zucken. Als Julius die Pistole zurück auf den Tisch legte, meinte der Kommissar: »Sie haben vorhin die Handschuhe erwähnt.«

»Ja«, sagte Albrecht und stellte den Faun zurück, »wir wissen, wie Sie es angestellt haben. Uns interessiert jedoch die Art des Giftes.«

»Das Gift der Tetraodontidae«, erklärte er und setzte sich an den Tisch. »So nennt man die Familie einiger bunter Korallenfische. Sie besitzen vier breite Zahnplatten, mit denen sie das Gehäuse von Muscheln, Schnecken und Krebsen aufbrechen können. Daher auch ihr lateinischer Name. Wenn diese Fische bedroht werden, blasen sie sich durch Luft- oder Wasseraufnahme zu einer Kugel auf, weshalb man sie auch Kugelfische nennt. Aufgrund des Tetrodotoxins ist ihr Verzehr lebensgefährlich.«

»Aber der Professor hat doch nichts gegessen.«

»Der Verzehr ist lebensgefährlich, Herr Bentheim, nicht aber der Kontakt mit der bloßen Haut. Hier kann es zu Lähmungserscheinungen kommen, die je nach

Dosierung unterschiedlich lang anhalten. Das Gift wird von der menschlichen Haut aufgenommen und gelangt in den Blutkreislauf. Ungeübte Mediziner können einen auf diese Art Vergifteten nicht mehr von einem Toten unterscheiden.«

»Sie hatten eine Dose mit diesem Toxin in Ihrer Tasche, nehme ich an.«

»Ja, ich wusste im Voraus, was der Inhalt von Botho Goltz' Vortrag sein würde. Sie erinnern sich, meine Herren: Es lief eine Wette zwischen dem Professor und mir. Mit bloßer Hand konnte ich ihm das Gift nicht auf die Haut schmieren. Deshalb brauchte ich einen Handschuh.«

»Es wäre der perfekte Mord gewesen, wenn Sie die Handschuhe anderswo entsorgt hätten«, sagte Albrecht kühl. »So haben wir uns alles zusammengereimt: die Handschuhe, das Gift, Ihre Lektüre mit all den lebendig Begrabenen.«

Bissing lächelte. »Wissen Sie, was ironisch ist? Als der Professor aus seiner Starre erwachte und allmählich seine Lage erfasste, wie muss es ihn da aufgebracht haben, dass auch mir ein perfekter Mord gelang! Ein Bild für die Götter.«

Julius und Albrecht erwiderten nichts.

Bissing deutete mit einer Kopfbewegung auf die Schreibutensilien und meinte: »Für meinen letzten Willen?«

Albrecht Krosick nickte.

»Vernichten Sie alle Unterlagen, die auf Ihre Verwicklungen in den Mordfällen Goltz und Hackeborn hinweisen und schreiben Sie einen Abschiedsbrief. Die Berliner

Polizei kann es sich nicht leisten, dass Ihre persönliche Selbstjustiz bekannt wird. Ach ja, es wäre ein galanter Zug von Ihnen, auch alle Aktbilder, die sie besitzen, zu verbrennen.«

»Im Fall Hackeborn haben Sie also auch schon Lunte gerochen …«

»Wie gesagt, wir haben Beweise. Sie und Goltz sind aus dem gleichen Holz geschnitzt. Scheusale durch und durch.«

»Sie sollen aber eines wissen: Der Professor hat sich an Unschuldigen vergriffen; zwar in den Augen der Gesellschaft moralisch verwerfliche Figuren, aber dennoch Unschuldige, die niemandem etwas zuleide getan haben. Meine Opfer hingegen waren schuldig. Botho Goltz war bewiesenermaßen ein Mörder und Viktor Hackeborn ein Vergewaltiger.«

Bentheim atmete tief durch.

»Offensichtlich haben Sie einen anderen Gerechtigkeitssinn als wir«, sagte er. »Gab es noch weitere Opfer? Ich entsinne mich eines Gesprächs zwischen Ihnen und Gideon Horlitz auf dem Flur des Kollegienhauses. Sie deuteten an, das schlechte Gewissen hole bisweilen den einen oder anderen Kriminellen ein.«

Bissing sah ihn herausfordernd an. Mit den Fingern klopfte er einen Takt auf der Tischplatte und schnalzte einmal mit der Zunge.

Mit mysteriösem Unterton wiederholte er die Worte des Tatortzeichners: »Den einen oder anderen, Herr Bentheim, da liegen Sie vollkommen richtig.« Daraufhin erhob er sich und reichte den beiden Studenten die Hand. »Seien Sie unbesorgt, meine Herren, ich war stets darauf bedacht, keine Beweise zu hinterlassen. Ich habe weder Frau noch Kind und mein Nachlass ist geordnet. Zudem darf ich Sie meiner aufrichtigen Bewunderung versichern«, meinte er melancholisch lächelnd. »Das Palais Grumbkow kann stolz auf seinen Nachwuchs sein. Grüßen Sie Horlitz von mir. Und nun meine Verehrung, die Herren.«

Er geleitete sie zur Tür.

Als sie wieder draußen waren, überquerten sie die Straße und lehnten sich an die Kaimauer, von wo aus sie das Haus mit den Klinkersteinen nicht aus den Augen ließen. Keiner von ihnen sprach ein Wort und insgeheim wunderten sie sich über die abgeklärte Ruhe, mit der sich Bissing in sein Schicksal fügte. Hinter ihrem Rücken floss träge die Havel vorbei und allmählich ging die Sonne auf. Es war eine lange Nacht gewesen. Als in der Beletage endlich der Schuss ertönte, machten sich die beiden Studenten auf den Heimweg.

Dreißigstes Kapitel

Julius Bentheim fühlte sich derart müde und erschlagen, dass er nur noch danach trachtete, nach Hause zu gelangen, zu Filine, und sich neben sie auf das Matratzenlager zu legen. Krosick hingegen war aufgewühlt. Er plauderte und ließ die ganzen Geschehnisse der letzten drei Monate Revue passieren. So hatte sich Julius endlich breitschlagen lassen, mit seinem Freund das Frühstück einzunehmen.

»Sind wir eigentlich auf die gleiche Stufe gesunken wie unsere zwei Herren vom Feuerbach-Verein? Ich meine, wir haben einen von ihnen in den Tod getrieben«, sinnierte der Tatortzeichner.

Sie saßen im Café Kranzler auf der sogenannten Rampe, einer Terrasse mit Blick auf den Kurfürstendamm. Der Baupolizei war sie seit jeher ein Dorn im Auge, doch sie genoss den besonderen Schutz des Königs. Es war das erste Caféhaus, dessen Betreiber auf die Idee gekommen waren, Tische auf die Straße zu stellen, weshalb das Kranzler einen Anzugspunkt für Jung und Alt bildete.

Das mild-würzige Aroma gemahlener Kaffeebohnen stieg den Studenten in die Nase und Krosick schüttelte den Kopf.

»Nein, Julius«, erwiderte er, »wir sind unschuldig. Es lag in Bissings Ermessen, die Reaktion auf unsere Offenbarung abzustimmen. Er hätte auch flüchten können. Irgendwohin ins Ausland.«

»Als Ehrenmann? Nie und nimmer. Wir haben ihm keine Wahl gelassen.«

»Jemand, der Leute umbringt, verdient unseren Respekt nicht mehr.«

»Das stimmt auch wieder.«

»Bisweilen kann man bürgerlichen Ungehorsam befürworten«, meinte Albrecht. »Als Kollektiv ist es die Aufgabe des Menschen, sich um die Einhaltung von Regeln und Gesetzen zu bemühen. Als Individuum sollten wir jedoch stets das Beste tun – auch wenn es außerhalb des Gesetzes liegt. Dieser Fall ist eigentlich ein Meisterstück, findest du nicht auch? Diese Intensität der Zielstrebigkeit, mit der die beiden Mörder zu Werke gegangen sind, und diese Verachtung aller geläufigen Wertvorstellungen. Keine Habgier, keine Lust, kein Mord aus Verlangen. Das ist schieres Verbrechen, eine Schändlichkeit in Reinform. Mein lieber Junge! Und alles verdammt durchdacht.«

Er führte die Kaffeetasse an den Mund und nippte daran.

»Zumindest haben wir unseren ersten Mordfall gelöst«, sagte Julius schließlich voller Stolz. Sie bestellten Kuchen und scherten sich nicht um die scheelen Blicke, die sie ob ihrer noch immer schmutzigen Kleider auf sich zogen.

Kurz vor 9 Uhr verabschiedeten sie sich voneinander und Bentheim nahm einen Kremserwagen, einen offenen Pferdeomnibus. Zweimal musste er umsteigen, bis er die Marienburger Straße erreichte. Müde kämpfte er sich Stockwerk um Stockwerk empor bis zur obersten Etage. Erstaunt stellte er fest, dass die Tür zum gemeinsam genutzten Mansardenflur offen stand.

»Filine?«, rief er, ohne eine Antwort zu erhalten.

Er sah sich um. Eine düstere Vorahnung erfasste ihn und kroch wie eine Spinne über seinen Rücken. Die Tür zur Wohnung der alten Frau Lützow war zu, ebenso jene, die Lene Kulm und Gregor Haldern gehört hatte. Das Fenster zum Lichtschacht stand leicht offen, im leichten Luftzug bewegte sich der Rehfuß mit der Türglocke.

Atemlos näherte sich der Tatortzeichner seiner Mansarde und stieß die Tür auf, die nur angelehnt war. Er vernahm Geräusche, Wortfetzen, Gespräche, und begriff sofort, dass Filine nicht mehr im Zimmer war. Ein Kribbeln auf seiner Haut, ein Stechen in den Eingeweiden zeugte von der Angst, die ihn zu übermannen drohte.

Weder Spaten noch sonst ein Werkzeug, das er als Waffe gebrauchen konnte, trug er bei sich. Alles hatte Albrecht mitgenommen, und für ein paar endlose Sekunden stand Julius Bentheim reglos im Flur. Dann stieß er mit dem Fuß an die Tür, sodass sie aufschwang und den Blick auf drei Gestalten freigab, von denen zwei ihn forschend ansahen. Ein bulliger Kerl mit blonden Haaren und ein gedrungen wirkender Rotschopf saßen an seinem Tisch, ein paar Spielkarten in den Händen.

Der Dritte jedoch, der hagere 40-jährige Mann mit bleichem Gesicht, stand daneben und musterte ihn mit dem Blick eines unbarmherzigen Raubtiers. Schwindel erfasste den Studenten, als er Pastor Gottfried Sternberg erblickte. Filines Vater hielt ein Buch in den Händen, den zerrissenen Rest eines Kolportageromans. Im Hintergrund prasselte ein Feuer im Ofen, das mit den Bänden aus Bentheims Bibliothek genährt wurde. Es war, als wohnte Julius einem Theaterstück bei, dessen Ende für alle absehbar war.

»Wenn man das in Ihrem Heim machte?«, meinte er mit dem Mut des Verzweifelten. »Die Lebensbeschreibung des Heiligen Thomas, an der Sie angeblich arbeiten, den Flammen übergäbe? Was hielten Sie davon?«

»Ich schreibe Erbauliches, Herr Bentheim. Von der

Lektüre der billigen Sensationsromane, die ich hier vorgefunden habe, bekommt man lediglich eine schmutzige Fantasie. Ihre Bilder voller Perversitäten und Sünde sind der Beweis dafür.«

Obwohl er keine der Skizzen zu Gesicht bekommen hatte, grinste einer der Männer anzüglich. Sie mochten zwar grobschlächtige Kerle sein, doch in ihren Mienen zeigte sich kein persönlich motivierter Groll gegenüber Julius. Sie taten ihre Arbeit, und der Pastor musste sie gut entlohnt haben.

»Sie hätten bei den Heiligenbildchen bleiben sollen, die Sie anfangs für Filine und mich gemalt haben«, fuhr der Pastor fort. Er ließ seinen Blick umherschweifen und betrachtete den trübseligen Raum, als würde ihm in ebendiesem Moment bewusst, dass dieser alles darstellte, was das Leben seiner Tochter in den letzten Wochen ausgemacht hatte. »Einkehr und Buße sind alles, was ich Ihnen anempfehlen kann.«

»Was haben Sie mit Filine gemacht?«

»Sie werden sie nie wieder sehen.«

»Wo ist sie? Geht es ihr gut?«

Der Pastor zog ein Taschentuch aus der Weste und säuberte sich damit die Hände. Geistesabwesend besah er die Finger, bevor er das Tuch wieder einsteckte.

»Schwören Sie, dass Sie sie unbehelligt lassen!«

Mit einem Blick, in dem sich der ganze Groll auf die Welt entlud, sah Gottfried Sternberg Bentheim an.

»Schwören?«, höhnte er. »Ein Mann Gottes schwört nicht. Es steht geschrieben, dass man weder den Himmel zum Zeugen anrufen noch sich mit dem eigenen Kopf für etwas verbürgen soll. Schwören ist des Teufels. Mein

Misstrauen in Sie erwies sich als gerechtfertigt, wenn auch in anderer Weise, als ich es erwartet hatte.«

»Wir lieben uns«, erwiderte Julius.

»Liebe? Seien Sie nicht albern: Es ist das Herz ein trotzig und verzagt Ding. Wer mag es ergründen?« Er bückte sich, um die Ofentür zu öffnen, und warf den Roman ins Feuer. Als er sich erhob, meinte er mit Nachdruck: »Wir werden uns nie wieder sehen, Herr Bentheim.«

Der hagere Mann trat an Julius vorbei in den Flur und seine Begleiter erhoben sich. Einer von ihnen knackte mit den Fingerknöcheln. Sie behielten ihn im Auge, gaben ihm Zeit, sich mit der Situation abzufinden, bis ihr Auftraggeber im Treppenhaus verschwunden war. Als Julius etwas sagen wollte, traf ihn die Faust des Rothaarigen. Dumpf röchelnd sank der Student auf die Knie. Er wusste, dass er nicht kampfunfähig war, doch sich zu wehren hätte alles verschlimmert. Ein Ellenbogen fuhr mit aller Härte in sein Gesicht, sodass ein Spritzer Blut aus seinem Mund den Tisch und den Boden beschmutzte. Julius wollte auf die Beine kommen, doch er wurde gepackt, von kräftigen Händen hochgehoben und durchs Zimmer geschleudert. In grotesker Verrenkung lag er auf der Matratze, auf der Filine und er sich an den Abenden geliebt hatten, und rang nach Atem.

Seine Nase blutete heftig. Er spuckte aus, als er auf die Beine kam, und lehnte sich an die Wand.

»Nimm es nicht persönlich, Kleiner«, meinte der Blonde.

Ein Fausthieb in den Magen nahm ihm die Luft, ein Kinnhaken ließ seine Welt ins Taumeln geraten. Als er wieder am Boden lag, holte der Rothaarige mit dem Fuß aus und trat ihm in die Rippen, die bedenklich knackten. Eine Woge des Schmerzes durchfuhr ihn, er befand sich am Rande der Ohnmacht und wie von weit her vernahm er das leiser werdende Getrappel sich entfernender Schritte. Filines Gesicht trat ihm vor die Augen, in Gedanken fuhr er ihr durch die Haare. Seine Faust ballte sich um den Zipfel eines Kissens, ein dünnes rotes Rinnsal lief aus seinem eingerissenen Mundwinkel. Wie Wellenschläge pochte der Schmerz hinter seiner Stirn. Er hustete.

Ich werde dich finden, dachte der junge Tatortzeichner, während er sich jäh straffte. Ich werde dich suchen und finden und diesem Scheusal entreißen. Ich habe es einmal getan und ich werde es wieder tun.

Ein blassgelber Schimmer legte sich über seine Augen, seine Umgebung verschwamm allmählich und schließlich, als auch die letzte Faser seines Körpers sich mit der Situation abgefunden hatte, sank Julius Bentheim in eine erlösende Bewusstlosigkeit.

ENDE*

* Fortsetzung folgt in Julius Bentheims zweitem Fall.

Historische Persönlichkeiten:

Fontane, Theodor (1819–1898), approbierter Apotheker, Journalist bei der Neuen Preußischen Zeitung, Lyriker und Epiker (u. a. ›Effi Briest‹, ›Der Stechlin‹). Er gilt als der bedeutendste Vertreter des poetischen Realismus.

Lewald, Fanny (1811–1889), deutsche Schriftstellerin und Salonière. Sie war eine der entschiedensten Vorkämpferinnen der Frauen- und Judenemanzipation. Ihr Gesellschaftsroman ›Jenny‹ wurde zu einem der bedeutendsten und erfolgreichsten Werken der Frauenliteratur.

Retcliffe, Sir John, eigentlich: Friedrich Goedsche (1815–1878), Journalist, Autor von Sensations- und Tendenzromanen. Das Kapitel ›Auf dem Judenkirchhof in Prag‹, entnommen seinem Opus Magnum ›Biarritz‹, wurde zur Quelle der späteren antisemitischen Hetzschrift ›Die Protokolle der Weisen von Zion‹.

Stahr, Adolf (1805–1876), Gymnasiallehrer, Literaturhistoriker, Schriftsteller. Gatte der Fanny Lewald, die er in zweiter Ehe heiratete.

Virchow, Rudolf (1821–1902), Ethnologe, Archäologe, Politiker, Arzt. Mitbegründer der modernen Pathologie; gilt als einer der bedeutendsten Mediziner überhaupt.

GÜNTHER THÖMMES
Der Papstkäufer
Historischer Kriminalroman
GMEINER

Christoph Öhm
Das Mozart-Mysterium
978-3-8392-1299-8

»Ein historischer Krimi im Stile von ›Da Vinci Code‹: Geheimbünde, spannende Verschwörungstheorien, eine aufregende Jagd nach der Melodie der Weisen.«

Salzburg 1755. Leopold Mozart, Vater des berühmten Amadeus, steht vor der Herausforderung seines Lebens. Die Mizler'sche Gesellschaft, ein Geheimbund auf der Suche nach der idealen Melodie, möchte ihn aufnehmen. Doch die Ziele der Gesellschaft sind ominös: Geht es ihr wirklich um die Schönheit der Musik? Warum werden Leopolds Bemühungen von den Illuminaten torpediert? Mit seinem Schüler David Stark begibt er sich auf eine Schnitzeljagd voller Fallstricke. Ein Scheitern hätte tödliche Folgen …

GMEINER

Wir machen's spannend

Christiane Gref
Meike Schwagmann
Die Schädeljäger
978-3-8392-1298-1

»Lässt sich die Seele anhand eines Schädels vermessen? Ein spannender historischer Thriller vor atemberaubender Kulisse.«

Weimar, 1805. Die Heimat der deutschen Klassik steht Kopf: Eine blutige Spur enthaupteter Leichen führt durch die Stadt. Zur selben Zeit präsentiert der Phrenologe Dr. Franz Josef Gall seine umfangreiche Schädelsammlung in den Hörsälen Weimars. Hat er etwas mit den Morden zu tun? Als der Weinhändler Adrian Dennfelder das Angebot ausschlägt, seinen Schädel vermessen zu lassen, wird es auch für ihn gefährlich. Er muss den Täter finden, will er nicht selbst der nächste Kopflose sein …

GMEINER

Wir machen's spannend

Berlin